人民共和國文化與文學叢書

初　編

李　怡　主編

第 **14** 冊

從「廣場」到「地方」
——微觀視野下的詩歌空間（上）

霍　俊　明　著

花木蘭文化出版社

國家圖書館出版品預行編目資料

從「廣場」到「地方」——微觀視野下的詩歌空間（上）／霍
俊明 著 -- 初版 -- 新北市：花木蘭文化出版社，2014〔民 103〕
目 2+172 面；19×26 公分
（人民共和國文化與文學叢書 初編；第 14 冊）
ISBN 978-986-322-768-7（精裝）
1. 詩歌 2. 詩評
820.8　　　　　　　　　　　　　　　　　　103012665

特邀編委（以姓氏筆畫為序）：

ISBN-978-986-322-768-7

9 789863 227687

吳義勤　孟繁華　張　檸
張志忠　張清華　陳思和
陳曉明　程光煒　劉福春
（臺灣）宋如珊
（日本）岩佐昌暲
（新西蘭）王一燕
（澳大利亞）鄭　怡

人民共和國文化與文學叢書
初　編　第十四冊　　　　　　　ISBN：978-986-322-768-7

從「廣場」到「地方」
——微觀視野下的詩歌空間（上）

作　　者　霍俊明
主　　編　李 怡
企　　劃　北京師範大學民國歷史文化與文學研究中心
　　　　　四川大學現代中國文化與文學研究中心
總 編 輯　杜潔祥
副總編輯　楊嘉樂
編　　輯　許郁翎
印　　刷　普羅文化出版廣告事業
出　　版　花木蘭文化出版社
社　　長　高小娟
聯絡地址　235 新北市中和區中安街七二號十三樓
　　　　　電話：02-2923-1455／傳真：02-2923-1452
網　　址　http://www.huamulan.tw 信箱 hml 810518@gmail.com
初　　版　2014 年 9 月
定　　價　初編 17 冊（精裝）新台幣 30,000 元

從「廣場」到「地方」
——微觀視野下的詩歌空間（上）

霍俊明　著

作者簡介

霍俊明，河北豐潤人，北京師範大學文學博士後、評論家、詩人。任職於中國作家協會創研部，首都師範大學中國詩歌研究中心研究員、中國現代文學館首屆客座研究員、特約研究員。著有專著《尷尬的一代》、《變動、修辭與想像》、《無能的右手》、《隔窗取火》、《中國詩歌通史》（當代卷，合著）等，詩集《一個人的和聲》。曾獲《南方文壇》年度論文獎、「詩探索」理論與批評獎、首屆「揚子江詩學」評論獎、《詩選刊》年度最佳評論家、《星星詩刊》年度評論家、「後天」雙年藝術獎等。

提　　要

　　本書主要以微觀視野和細節史的方式來考察 1960 年代以來的詩歌空間形態、生成與轉換機制。20 世紀以來空間詩學以及「地方性」研究呈現了哲學以及社會思潮的交叉影響。考察當代中國的先鋒詩歌，其空間形態尤為複雜。從極權年代到逐漸開放年代的私人空間和公共空間來重新梳理詩歌現象具有重要的詩學和文化學的意義。在以往研究中這些被忽視的私人和公共空間可以使我們重新審視這一特殊時期詩歌的歷史構造、美學趨向與文化動因。本書中「地方性知識」強調的是不同「地方」之間的生產與構造、文化象徵性以及話語權力。1960 到 1990 年代以「南方」和「北方」為出發點的詩歌考察並不是一般意義上的文學地理學和區域性研究，而是要在歷史性的考察中對這一特殊時期的詩歌在「南方」（包括「西南」的四川與貴州）和「北方」的發生、重心、結構、位移、變化作出探索性的闡釋。在廣場、建築、胡同、街道、臥室、茶館、餐館、公園、校園等空間尋找詩歌的發生與發展史。本書還闡釋了以北京和杏花村、白洋淀等北方詩歌以及《今天》為主導的空間文化對「外省」尤其是南方的影響以及由此形成的南方「焦慮」。此外還從「細節新詩史」的角度分析北方與南方在歷史敘事方式和詩歌話語以及地緣心態上的差異。

《人民共和國文化與文學叢書》總序

李　怡

　　中國當代文學是與「中國現代文學」相對的一個概念，指的是中華人民共和國建立之後的文學。追溯這一概念的起源，大約可以直達 1959 年新中國十週年之際，當時的華中師院中文系著手編著《中國當代文學史稿》，這是大陸中國最早編寫的「中國當代文學史」教材。從此以後，「當代文學」就與「現代文學」區分開來。與中國現代文學研究比較，中國的當代文學研究是一個相對年輕的學科，所以直到 1985 年，在一些「現代文學」的作家和學者的眼中，年輕的「當代文學」甚至都沒有「寫史」的必要。〔註1〕

　　但歷史究竟是在不斷發展的，從新中國建立的「十七年」到「文化大革命」十年再到改革開放的「新時期」，而後又有「後新時期」的 1990 年代以及今天的「新世紀」，所謂「中國當代文學」的歷史已達六十餘年，是「中國現代文學三十年」的整整一倍！儘管純粹的時間計量也不足說明一切，但「六十甲子」的光陰，畢竟與「史」有關。時至今日，我們大約很難聽到關於「當代文學不宜寫史」的勸誡了，因為，這當下的文學早已如此的豐富、活躍，而且當代史家已經開始了更為自覺的學科建設與史學探討，這包括洪子誠的《中國當代文學史》，孟繁華、程光煒的《中國當代文學發展史》，張健及其北京師範大學團隊的《中國當代文學編年史》等等。

　　中國當代文學研究的活躍性有目共睹，除了對當下文學現象（新世紀文學現象）的緊密追蹤外，其關於歷史敘述的諸多話題也常常引起整個文學史

〔註1〕見唐弢：《當代文學不宜寫史》，《文藝百家》1985 年 10 月 29 日「爭鳴欄」（見《唐弢文集》第九卷，社科文獻出版社 1995 年），及施蟄存：《關於「當代文學史」》（見《施蟄存七十年文選》，上海文藝出版社 1996 年）。

學界的關注和討論，形成對「當代文學」之外的學術領域（例如現代文學）的衝擊甚至挑戰。例如最近一些年出現的「十七年文學研究熱」。我覺得，透過這一研究熱，我們大約可以看到中國當代文學研究的某些癥結以及我們未來的努力方向。

我曾經提出，「十七年文學研究熱」的出現有多種多樣的原因，包括新的文學文獻的發掘和使用，歷史「否定之否定」演進中的心理補償；「現代性」反思的推動；「新左派」思維的影響等等。〔註 2〕尤其是最後兩個方面的因素值得我們細細推敲。在進入 1990 年代以後，隨著西方後現代主義對「現代性」理想的批判和質疑，中國當代的學術理念也發生了重要的改變。按照西方後現代主義的批判邏輯，現代性是西方在自己工業化過程中形成的一套社會文化理想和價值標準，後來又通過資本主義的全球擴張向東方「輸入」，而「後發達」的東方國家雖然沒有完全被西方所殖民，但卻無一例外地將這一套價值觀念當作了自己的追求，可謂是「被現代」了，從根本上說，也就是被置於一個「文化殖民」的過程中。顯然，這樣的判斷是相當嚴厲的，它迫使我們不得不重新思考我們以「現代化」爲標誌的精神大旗，不得不重新定位我們的文化理想。就是在質疑資本主義文化的「現代性反思」中，我們開始重新尋覓自己的精神傳統，而在百年社會文化的發展歷史中，能夠清理出來的區別於西方資本主義理念的傳統也就是「十七年」了，於是，在「反思西方現代性」的目標下，十七年文學的精神魅力又似乎多了一層。

1990 年代出現在中國的「新左派」思潮在相當大的程度上強化著我們對「十七年」精神文化傳統的這種「發現」和挖掘。與一般的「現代性反思」理論不同，新左派更突出了自「十七年」開始的中國社會主義理想的獨特性——一種反西方資本主義現代性的現代性，換句話說，十七年中國文學的包含了許多屬於中國現代精神探索的獨特的元素，值得我們認真加以總結和梳理。在他們看來，再像 1980 年代那樣，將這個時代的文學以「封建」、「保守」、「落後」、「僵化」等等唾棄之顯然就太過簡單了。

「反思現代性」與新左派理論家的這些見解不僅開闢了中國當代文學史寫作的新路，而且對中國現代文學的基本價值方向也形成了很大的衝擊。如果百年來的中國文學與文化都存在一個清算「西方殖民」的問題，如果這樣

〔註 2〕 參見李怡：《十七年文學研究「熱」的幾個問題》，《重慶大學學報》2011 年 1 期。

的清算又是以延安—十七年的道路爲成功榜樣的話，那麼，又該如何評價開啓現代文化發展機制的五四？如何認識包括延安，包括十七年文化的整個「左翼陣營」的複雜構成？對此，提出這樣的批評是輕而易舉的：「那種忽略了具體歷史語境中強大的以封建專制主義文化意識爲主體的特殊性，忽略了那時文學作品巨大的政治社會屬性與人文精神被顛覆、現代化追求被阻斷的歷史內涵，而只把文本當作一個脫離了社會時空的、僅僅只有自然意義的單細胞來進行所謂審美解剖，這顯然不是歷史主義的客觀審美態度。」〔註3〕

利用文學介入當代社會政治這本身沒有錯，只不過，在我看來，越是在離開「文學」的領域，越需要保持我們立場的警覺性，因爲那很可能是我們都相當陌生的所在。每當這個時候，我們恰恰應該對我們自己的「立場」有一個批判性的反思，在匆忙進入「左」與「右」之前，更需要對歷史事實的最充分的尊重和把握，否則，我們的論爭都可能建立在一系列主觀的概念分歧上，而這樣的概念本身卻是如此的「名不副實」，這樣的令人生疑。在這裡，在無數令人眼花繚亂的當代文學批評的背後，顯然存在值得警惕的「僞感受」與「僞問題」的現實。

只要不刻意的文過飾非，我們都可以發現，近「三十年」特別是1990年代以來中國當代文學及其批評雖然取得了很大的發展。但是也存在許多的問題，值得我們警惕。特別需要注意的是1990年代以後中國文學現象的某種空虛化、空洞化，一些問題成爲了「僞問題」。

眞與假與僞、或者充實與空虛的對立由來已久。1980年代的現代主義文學也曾經被稱爲「僞現代派」，有過一場論爭。的確，我們甚至可以輕而易舉地指出如北島的啓蒙意識與社會關懷，舒婷的古代情致，顧城的唯美之夢，這都與詩歌的「現代主義」無關，要證明他們在藝術史的角度如何背離「現代派」並不困難，然而這是不是藝術的「作僞」呢？討論其中的「現代主義詩藝」算不算詩歌批評的「僞問題」呢？我覺得分明不能這樣定義，因爲我們誰也不能否認這些詩歌創作的眞誠動人的一面，而且所謂「現代派」的定義，本身就來自西方藝術史。我們永遠沒有理由證明文學藝術的發展是以西方藝術爲最高標準的，也沒有根據證明中國的詩歌藝術不能產生屬於自己的現代主義。也就是說，討論一部分中國新詩是否屬於眞正西方「現代派」，以

〔註3〕董健、丁帆、王彬彬：《我們應該怎樣重寫當代文學史》，《江蘇行政學院學報》2003年第1期。

「更像」西方作爲「非僞」，以區別於西方爲「僞」，這本身就是荒謬的思維！如果說 1980 年代的中國詩壇還有什麼「僞問題」的話，那麼當時對所謂「僞現代派」的反思和批評本身恰恰就是最大的「僞問題」！

不過，即便是這樣的「僞」，其實也沒有多麼的可怕，因爲思維邏輯上的某種偏向並不能掩飾這些理論探求求真求實的根本追求，我們曾經有過推崇西方文學動向的時代，在推崇的背後還有我們主動尋求生命價值與藝術價值的更強大的願望，這樣的願望和努力已經足以抵消我們當時思維的某種模糊。

文學問題的空虛化、空洞化或者說「僞問題」的出現，之所以在今天如此的觸目驚心在我看來已經不是什麼思維的失誤了，在根本的意義上說，是我們已經陷入了某種難以解決的混沌不明的生存狀態：在重大社會歷史問題上的躲閃、迴避甚至失語──這種狀態足以令我們看不清我們生存的真相，足以讓我們的思想與我們的表述發生奇異的錯位，甚至，我們還會以某種方式掩飾或扭曲我們的真實感受，這個意義上的「僞」徹底得無可救藥了！1990 年代以降是中國文學「僞問題」獲得豐厚土壤的年代，「僞問題」之所以能夠充分地「僞」起來，乃是我們自己的生存出現了大量不真實的成分，這樣的生存可以稱之爲「僞生存」。

近 20 年來，中國文學批評之「僞」在數量上創歷史新高。我們完全可以一一檢查其中的「問題」，在所有問題當中，最大的「僞」恐怕在於文學之外的生存需要被轉化成爲文學之內的「藝術」問題而堂皇登堂入室了！這不是哪一個具體的藝術問題，而是滲透了許多 1990 年代的文學論爭問題，從中，我們可以見出生存的現實策略是如何借助「文學藝術」的方式不斷地表達自己，打扮自己，裝飾自己。《詩江湖》是 1990 年代有影響的網站和印刷文本，就是這個名字非常具有時代特徵：中國詩歌的問題終於成爲了「江湖世界」的問題！原來的社會分層是明確的，文學、詩歌都屬於知識分子圈的事情，而「江湖世界」則是由武夫、俠客、黑社會所盤踞的，與藝術沒有什麼關係。但是按照今天的生存「潛規則」，江湖已經無處不在了，即便是藝術的發展，也得按照江湖的規矩進行！何況對於今天的許多文學家、批評家而言，新時期結束所造成的「歷史虛無主義」儼然已經成了揮之不去的陰影，在歷史的虛無景象當中，藝術本身其實已經成了一個相當可疑的活動，當然，這又是不能言明的事實，不僅不能言明，而且還需要巧妙地迴避它。在這個時候，生存已經在「市場經濟」的熱烈氛圍中扮演了我們追求的主體角色，兩廂比

照，不是生存滋養了文學藝術的發展，而是文學藝術的「言說方式」滋養了我們生存的諸多現實目標。

於是，在 1990 年代，中國文學繼續產生不少的需要爭論的「問題」，但是這些問題的背後常常都不是（至少也「不單是」）藝術的邏輯所能夠解釋的，其主要的根據還在人情世故，還在現實人倫，還在人們最基本的生存謀生之道，對於文學藝術本身而言，其中提出的諸多「問題」以及這些問題的討論、展開方式都充滿了不真實性，例如「個人寫作」在 20 世紀中國新詩「主體」建設中的實際意義，「知識分子寫作」與「民間寫作」的分歧究竟有多大，這樣的討論意義在哪裏？層出不窮的自我「代際」劃分是中國新詩不斷「進化」的現實還是佔領詩壇版圖的需要？「詩體建設」的現實依據和歷史創新如何定位？「草根」與「底層」的真實性究竟有多少？誰有權力成為「草根」與「底層」的的代言人？詩學理論的背後還充滿了各種會議、評獎、各種組織、頭銜的推杯換盞、觥酬交錯的影像，近 20 年的中國交際場與名利場中，文學與詩歌交際充當著相當活躍的角色，在這樣一個無中心無準則的中國式「後現代」，有多少人在苦心孤詣地經營著文學藝術的種種的觀念呢？可能是鳳毛麟角的。

在這個意義上，中國當代文學的研究與批評應該如何走出困境，盡可能地發現「真問題」呢？我覺得，一個值得期待的選擇就是：讓我們的研究更多地置身於國家歷史情態之中，形成當代文學史與當代中國史的密切對話。

國家歷史情態，這是我在反思百年來中國文學敘述範式之時提出來的概念，它是百年來中國文學生長的背景，也是文學中國作家與中國讀者需要文學的「理由」，只有深深地嵌入歷史的場景，文學的意味才可能有效呈現。對於中國現代文學研究而言，這樣的歷史場景就是「民國」，對於中國當代文學而言，這樣的歷史場景就是「人民共和國」。

感謝花木蘭文化出版社，使得我們對百年來中國文學的研究有了兩大厚重的背景——民國與人民共和國，這兩套大型叢書將可能慢慢架構起百年中國文學闡述的新的框架，由此出發，或許我們就能夠發現更多的真問題，一步一步推進我們的學術走上堅實的道路。

2014 年馬年春節於江安花園

目次

導　論
詩歌的「地方性知識」與空間構造

　　由文學以及詩歌的空間性我首先想到的是當年曼德爾施塔姆的詩歌《列寧格勒》的第一句：「我回到我的城市，熟悉如眼淚，如靜脈，如童年的腮腺炎」。然而當我們今天再次考察半個多世紀的詩歌和地方性的空間構成時一種巨大的陌生感卻不期而至。

　　詩歌空間在極權年代體現爲與政治對抗的「地下」和「革命性」特徵，而文革結束之後的詩歌潮流則帶有多元文化和運動與活動相結合的特點。到了 1980 年代先鋒詩歌更明顯地帶有地域和空間性特徵。

　　從 60 年代開始延續到 90 年代末期的詩歌潮流如果從空間上考察大體經歷了從「廣場」到「地方」的轉變過程。極權年代以「廣場」爲象徵的公共空間對詩歌和私人的空間不斷擠壓。開放年代經歷地方性的「外省」焦慮之後公共空間的敞開產生了一個「無中心」時代的到來。值得強調的是從 60 年代開始的帶有「異質性」與主流詩歌相異詩歌潮流中這些詩人都帶有「密謀者」（「地下」沙龍、「地下」刊物）和波西米亞的特徵。無論是文革時期知青點的串聯和城市裏的交遊還是 80 年代以校園爲中心以四處遊走爲主要方式的詩歌交往都體現了這一時期詩歌的叛逆精神和獨立姿態。我們對這一時期詩人的印象就是他們集體奔走在通往各個城市和鄉野的路上，火車、汽車、輪船和自行車上是一代人風中鼓蕩的詩歌背包以及躁動不已、興奮莫名的青春期的詩歌熱情與衝動。由此我們也可以發現這一歷史節點上詩歌鮮明的「地方性」和地理圖景。而 1989 年之後中國的詩歌由於進入有目共睹的「歷史轉

變」期而變得更爲複雜多元。這也導致很多詩人幾乎是在一夜之間不知道該怎樣繼續寫作,從而進入集體迷茫期和內心分裂階段──「1989 年對我來說確實是一個精神上的分水嶺,這一年我恰好 25 歲。我感到以前那種與詩歌發生聯繫的方式隨著某種經驗的突然降臨,很難再繼續下去。」〔註1〕隨著社會和文化的雙重激蕩和轉型,詩人心態、精神境遇、生存狀態以及寫作姿態不僅發生巨烈轉捩,而且作爲一種潮流和運動的詩歌已經不具備存在的合理性空間與可能性──儘管在某些詩人身上仍然程度不同地存在著「先鋒」情結和相應的寫作實踐。或者按照葛蘭西的說法這一時期的「有機知識分子」從歷史舞臺上消失了。這一時期的詩歌由潮流、運動而陷入一種顛躓低迷狀態,或者像程光煒所說的「90 年代詩歌很難再產生類似 80 年代那種能指性的緊張關係了」。當然這也並非像一些人所指認的那樣 1989 年以降的詩歌已經完全「沙化」。唐曉渡對此問題的回答比較具有說服力,「這樣說恐怕是太籠統、太簡單化了,我可不想讓『沙化』成爲一個什麼都可以往裏扔的新『糞坑』──我的意思是,『沙化』有其特定的歷史語境,而先鋒詩從一開始就有自己的問題;說得理論化一點,就是它在自我建構的同時也一直存在自我解構的傾向」〔註2〕。儘管指認先鋒詩歌「沙化」的看法未免有失偏頗,但是連一貫爲先鋒詩歌鼓吹的唐曉渡也不得不承認 1990 年代開始的詩歌寫作確實帶有一定的戲劇性和災難性的悲劇色彩,「事實上,當代中國向現代社會轉型過程所具有的、往往以戲劇化方式呈現出來的複雜性,已經令我無法在原初的意義上使用『災難性』一詞。這不是說災難本身也被戲劇化了,而是說人們對災難本身的記憶很大程度上浸透了濃厚的戲劇色彩。」〔註3〕由詩人和研究者對1990 年代以來詩歌弱化和「沙化」的觀感,再推進一步就產生了「斷裂」的看法。也就是說很多人認爲先鋒詩歌作爲一種文脈已經在這一時期結束,詩人集體經歷了「深刻的中斷」(歐陽江河語)和「噁心的時代主題」(陳超語)焦慮症。而其中最重要的原因被指認爲是政治事件的壓力以及商業時代的衝擊造成的烏托邦精神和精英意識的消解。當然這種壓力和衝擊在少數的先鋒詩歌那裡得到了反抗的回聲,比如王家新《瓦雷金諾敘事曲》和《帕斯捷爾

〔註1〕 臧棣:《假如我們真的不知道我們在寫些什麼……》,《從最小的可能性開始》,人民文學出版社,2000 年版,第 263 頁。

〔註2〕 唐曉渡:《與沉默對剌》,北京大學出版社,2012 年版,第 221 頁。

〔註3〕 唐曉渡:《90 年代先鋒詩的幾個問題》,《中國詩歌九十年代備忘錄》,人民文學出版社,2000 年版,第 330 頁。

納克》、歐陽江河的《傍晚穿過廣場》、孟浪的《死亡進行曲》,陳超的《風車》和《我看見轉世的桃花五種》、周倫佑的《刀鋒二十首》等。

格非的《春盡江南》這部長篇小說的題目曾經長期讓我迷戀和充滿期待,這具有強烈的詩意化象徵的詞語讓我對其充滿了各種想像。江南的春天該是如此的讓人嚮往和迷戀並值得反覆追憶,而江南的春天也有一天走向了盡頭——曾經的春意必將枯萎。這顯然也一定程度上凸顯了格非《春盡江南》這部小說的精神宏旨。由繁榮到枯萎,由詩意葳蕤到理想喪盡,這呈現的恰好是中國 1980 年代末期以降知識分子的命運和先鋒精神頹敗的寓言。

「春盡江南」是從一個春天裏的「詩人之死」開始的——「原來,這個面容抑鬱的年輕人,不知何故,在今年的 3 月 26 日,在山海關附近臥軌自殺了。她再次看了一眼牆上的照片,覺得這個人無論是從氣質還是從眼神來看,都非同一般,絕不是自己那鄉下表弟能夠比擬的,的確配得上在演講者口中不斷滾動的『聖徒』二字。儘管她對這個其貌不揚的詩人完全沒有瞭解,儘管他寫的詩自己一首也沒讀過,但當她聯想到只有在歷史教科書中才會出現的『山海關』這個地名,聯想到他被火車壓成幾段的遺體,特別是他的胃部殘留的那幾瓣尚未來得及消化的橘子,秀蓉與所有在場的人一樣,立刻流下了傷痛的淚水,進而泣不成聲。詩人們紛紛登臺,朗誦死者或他們自己的詩作。秀蓉的心中竟然也朦朦朧朧地有了寫詩的願望。當然,更多的是慚愧和自責。正在這個世界上發生的事,如此重大,自己竟然充耳不聞,一無所知,卻對於一個寡婦的懷孕耿耿於懷!她覺得自己太狹隘了,太冷漠了。晚會結束後,她主動留下來,幫助學生會的幹部們收拾桌椅,打掃會場。」此後諸多的文學敘述中由「詩人之死」開始中國進入到一個「全新」的時代。而這種精神的劇烈震蕩、中斷和轉換不能不在一代人關於歷史和現實的想像和敘述中佔有著相當重要的位置。與此同時這種恍惚的歷史感和先鋒精神的斷裂感也成爲了評價當下現實的一個重要尺度。顯然在小說家格非這裡擴充和誇張了 1989 年海子自殺給詩壇和文學青年所帶來的影響,但是因爲海子的自殺帶有著歷史和精神的雙重寓言的性質,我們確實能夠在這裡得以窺見時代之間的詩人差異。當詩歌和詩人成爲公眾心目中偶像,這個時代是不可思議的!當詩歌和詩人已經完全不被提及甚至被否棄,這個時代同樣是不可思議的!弔詭的是這兩個不可思議的時代都已經實實在在地發生在中國詩人身上。甚至在此發生過程中眾多的普通人和寫作者們都感受到了空前的撕裂感和陣痛

體驗。可以想見這種對歷史和現實的雙重疼痛的體驗已經成為諸多寫作者們最為顯豁的精神事實。所以，對於那些經歷了兩個截然不同的時代的詩人而言敘述和想像「歷史」和「現實」就成為難以規避的選擇。然而需要追問的是我們擁有了歷史和現實的疼痛體驗卻並非意味著我們就天然地擁有了「合格」和「合法」的講述歷史和現實的能力與資格。

而空間、地方、地域、地景（landscape）等詞一旦與文學和文化相關，那麼這些空間就不再是客觀和「均質」的，而必然表現出一個時期特有的徵候，甚至帶有不可避免的意識形態性。昂希・列斐伏爾（Henri Lefebvre）就此提出「空間的意識形態」，即「空間看起來好似均質的，看起來其純粹形式好似完全客觀的，然而一旦我們探知它，它其實是一個社會產物。」昂希・列斐伏爾更強調空間是政治的，即「空間並不是某種與意識形態和政治保持著遙遠距離的科學對象（scientific objects）。相反地，它永遠是政治性的和策略性的。假如空間的內容有一種中立的、非利益性的氣氛，因而看起來是『純粹』形式的、理性抽象的縮影，則正是因為它已被佔用了，並且成為地景中不留痕跡之昔日過程的焦點。空間一向是被各種歷史的、自然的元素模塑鑄造，但這個過程是一個政治過程。空間是政治的、意識形態的。它真正是一種充斥著各種意識形態的產物」〔註4〕。隨著 20 世紀以來的「空間轉向」，空間詩學以及「地方性知識」的研究也隨之呈現了諸多哲學思想以及社會思潮的交叉影響（比如結構主義和後結構主義對空間的具有差異性的理解）。海德格爾、齊美爾、梅洛・龐蒂、福柯、維柯、本雅明、巴什拉、哈貝馬斯、列斐伏爾、巴赫金、卡爾維諾、布迪厄、哈維、德勒茲、吉爾茲、桑內特、賽義德、哈里斯、索雅、賽都、克朗、穆爾、蓋爾等人顯然大大豐富了空間詩學。其中代表性的空間理論有齊美爾的「空間社會學」，福柯的知識、權力和性欲相交織的空間歷史構成和「異質空間」，巴赫金的「超視」、「外位」、「時空體」等構成的「空間對話」，維柯的「詩性地理」，巴什拉的「詩意空間」，賽義德的「想像性地理空間」，哈里斯的「建築的空間倫理」，桑內特和蓋爾的「城市空間」，德勒茲的「褶子」、「根莖」以及「光滑空間」、「條紋空間」、「多孔空間」，索亞的「第三空間」等。當然這些形形色色的空間概念是有各自的差異的。福柯在批評 19 世紀以前西方的思想史時就認為空間在以往被當

〔註4〕 昂希・列斐伏爾：《空間政治學的反思》，陳志梧譯，《空間的文化形式與社會理論讀本》，夏鑄九、王志弘編譯，明文書局，2002 年版，第 34 頁。

作是僵死的、刻板的、非辯證的和靜止的東西，相反時間卻被認為是豐富的、多產的、有生命力的和辯證的〔註5〕。而在福柯看來 20 世紀必然是一個空間的時代，而空間在公共生活中會顯得極其重要。在我看來索亞在《第三空間》裏對以往的第一空間和第二空間認識論的反撥以及希望建立起第三種空間認識論顯然具有重要的理論意義和現實價值。在索亞看來以往的第一空間認識論偏重於所謂純粹科學性基礎上的客觀性與物質性，而作為空間的科學論因此就表現為某個實物文本的特性，「我們只需對這些特性的全部細節進行仔細的閱讀、消化和理解。作為一種經驗文本，對第一空間的傳統空間閱讀可分為兩個層面，一是集中對表象進行準確描繪（這是空間分析的原始辦法），另一個則主要是在外在的社會、心理和生物物理過程中尋求空間的解釋」〔註6〕。第二空間認識論則試圖用藝術家對抗科學家或工程師、用唯心主義對抗唯物主義、用主觀解釋對抗客觀解釋，「第二空間是創造性藝術家和具有藝術氣質的建築師、城市學家、地理學家、詩人、空間符號家、造型理論家等進行闡釋和辯論的地方，他們按照主觀想像的形象把世界用圖像或者文字表現出來，或者用空間想像的詩學對世界進行沉思，或者重建理性闡釋的意義世界，或者用抽象的精神概念來捕捉空間形式的意義」〔註7〕。正是基於對第一空間和第二空間二元論的解構和重構索亞提出了第三空間，「這樣的第三化不僅是為了批判第一空間和第二空間的思維方式，還是為了通過注入新的可能性來使它們掌握空間知識的手段恢復活力。這些可能性是傳統的空間科學未能認識到的。」〔註8〕而暫時擱置這些關於空間的文學和哲學觀念，考察二十世紀當代中國詩歌的時候我們會發現空間話語顯現地尤為複雜。當再次撥開歷史的煙雲，從特殊年代的私人空間和公共空間來重新梳理那些詩人、文本、活動和現象的時候我們也許能夠尋找到不同於一般意義上的文學史話語對這段特殊時期的詩歌空間的理解和解讀方法。也正如杜拉斯所認為的人是空間的存在，「我的生命的歷史並不存在。那是不存在，

〔註5〕 福柯關於空間的理論體現在《關於地理學的若干問題》、《空間、知識和權力》、《不同空間的正文和上下文》等文章中。

〔註6〕 愛德華・索亞：《第三空間——去往洛杉磯和其他真實和想像地方的旅程》，陸揚等譯，上海教育出版社，2005 年版，第 95 頁。

〔註7〕 愛德華・索亞：《第三空間——去往洛杉磯和其他真實和想像地方的旅程》，陸揚等譯，上海教育出版社，2005 年版，第 99 頁。

〔註8〕 愛德華・索亞：《第三空間——去往洛杉磯和其他真實和想像地方的旅程》，陸揚等譯，上海教育出版社，2005 年版，第 103 頁。

沒有的。並沒有什麼中心。也沒有什麼道路，線索。只有某些廣闊的場所、處所。」〔註9〕

多年來隨著不斷的出遊和對地理版圖上中國城市和鄉村的認識，我對詩歌地理學或者更確切地說對詩歌的「地方性知識」越來越發生興趣。我不斷想起美國女詩人伊麗莎白‧畢曉普（1911～1979）在其詩歌《旅行的問題》中這樣的詩句：「陸地、城市、鄉村，社會／選擇從來不寬也不自由。」然而在特殊的年代裏這些地方和公共空間甚至會成為社會災難與政治災難的見證，「從高處望著這些鱗次櫛比的宮殿、紀念碑、房屋、工棚，人們不免會感到它們注定要經歷一次或數次劫難，氣候的劫難或是社會的劫難。我幾個小時幾個小時地站在富爾維埃看里昂的景色，在德‧拉‧加爾德聖母院看馬賽的景色，在聖心廣場看巴黎的景色。在這些高處感受最深切的是一種恐懼。那蜂擁一團的人類太可怕了」〔註10〕。而對於當代中國而言政治年代裏廣場、學校、工廠、農村、城市裏成群結隊的「人民」無不體現了空間以及建築強大的倫理功能。

當年的保羅‧克魯曾在遊記《騎著鐵公雞——坐火車穿越中國》中描述了從廣州、上海到哈爾濱、新疆的「南北」見聞。而我想考察的是中國在上個世紀60年代到90年代之間當代詩歌的「空間」結構以及人文視角下的「地方」圖景。而克利福德‧吉爾茲所提出的「制度性素材堆砌」意義上的「淺描」（thin description）之外的「深層描述」（thick description）也對我深有啟發。據此，在本書的論述過程中我將格外強調那些特定的時間和空間中詩人以及文本的細節，從而進行更為微觀意義上的「細讀」。在那些被忽視的帶有強烈的地方性以及那些私人和公共空間裏，我們能夠重新審視那一特殊時期詩歌歷史的構造與深層機制。在本書中「地方性知識」顯然更為強調的是不同「地方」之間「知識」成因、空間的生產與構造、「地方」的文化象徵性以及地方文化話語權力的差異性和相互之間的博弈。換言之，這些「地方知識」在不同情境和年代經歷了換轉甚至劇烈地轉捩。在六七十年代這種地方性直接與政治運動、文化主導權、地緣政治以及意識形態發生關係，而70年代末以來的地方性則更多的與詩歌運動、詩歌活動、校園文化、多元多變的文藝思潮

〔註9〕 瑪格麗特‧杜拉斯：《情人　烏髮碧眼》，王道乾、南山譯，上海譯文出版社出版，1997年版，第5頁。

〔註10〕 本雅明：《發達資本主義時代的抒情詩人》，張旭東、魏文生譯，張旭東校訂，生活‧讀書‧新知三聯書店，2007年版，第104頁。

以及實驗性的文本創造意識聯繫在一起。而「地方」之間的關係對於考察這一時期的詩歌顯然具有著特殊的意義。在考察當代詩歌的地方性知識與空間構造時布迪厄的場域理論和關係主義顯然具有重要性。在布迪厄看來場域是一種具有相對獨立性又不斷轉化、爭奪和博弈的社會空間而非地理空間。布迪厄認爲在高度分化的社會里社會世界是由具有相對自主性的社會小世界構成的，「這些社會小世界就是具有自身邏輯和必然性的客觀關係的空間，而這些小世界自身特有的邏輯和必然性也不可化約成支配其他場域運作的那些邏輯和必然性。」〔註 11〕顯然在布迪厄這裡他強調的是一種結構和關係，而場域中指涉的利益、資本、位置和慣習對於文學研究而言具有重要參照意義。

　　而說到詩歌的地方性知識顯然與傳統意義上的地域詩歌以及後現代文化語境下的文化地域觀有一定的區別。換言之我這裡提出的「地方性知識」更爲強調的是詩人和詩歌現象在中國特殊的年代裏的文化權力、空間結構、地方想像以及地方精神之間的關聯。

　　政治地理學意義上的「體國經野」(《周禮》)和行政區域的等級劃分也顯現出不同的地貌、氣候、居民、建築以及人文環境的差異和層出不窮的層級的多樣性特徵。而對於有 68 條總長超過六萬公里的陸地省界和 41 萬多公里的縣界我們不能不發出幅員遼闊的感歎。而感歎背後是這些難以計數的界碑背後的生活方式、屬地性格和人文界限的諸多差異性。1980 年代我國曾有過一次巨大規模的由數萬人參加的全國性的勘定省、市、縣界的工程，我的父親霍慶永也有幸參加。這一勘定的標準也能顯現出中國地理版圖的複雜性，比如或依據山脈的走向，或依據河流和航道，或依據道路、橋梁、關隘的地理標示物。中國廣泛的地域空間以及地域之間的差異性、複雜性曾不斷引起西方歷史學者和社會研究者的關注。而對於地域差異性和人文地理學的研究以及建立於地域文化精神基礎之上的更爲複雜的詩歌活動以及相應的社會、歷史、民俗、政治、經濟、生態、文化、宗教之間的互動關係的考察（比如發展的不平衡性、不同步等）則成了中國詩歌研究長期的缺陷。儘管從《禹貢》、《漢書‧地理志》開始人文地理學研究已經開始發生和發展，但是人文地理學在很長時期內被自然地理以及相應的研究所淹沒甚至取代。我們可能早就忘記了蘇軾當年對杜甫遠走成都時就詩人和地方的關係所發出的慨歎，「老杜自秦州赴成都，所歷輒作一詩，數千里山川在人目中，古今詩人殆無

〔註11〕布迪厄：《實踐與反思》，中央編譯出版社，1998 年版，第 134 頁。

可擬者」（朱弁：《風月堂詩話》）。初到中山大學的魯迅儘管說過「我覺得廣州究竟是中國的一部分，雖然奇異的花果，特別的語言，可以淆亂游子的耳目，但實際是和我所走過的別處都差不多的。倘說中國是一幅畫出的不類人間的畫，則各省的圖樣實無不同，差異的只在所用的顏色。黃河以北的幾省，是黃色和灰色畫的，江浙是淡墨和淡綠，廈門是淡紅和灰色，廣州是深綠和深紅」〔註12〕。但這更大程度上是魯迅對廣州印象不深難以發表意見或批評的藉口，而魯迅對各個省份的「色彩」印象恰恰在一定層面揭示出這些省份的諸多差異。作家和區域文化的關係確實是相當複雜的，無論是對於生長和生活在某一文化區域內的作家還是對於文化區域之外的觀察者而言區域文化與寫作的關係都顯得耐人尋味，「生在某一種文化中的人，未必知道那個文化是什麼，像水中的魚似的，他不能跳出水外去看清楚那是什麼水。假若他自己不能完全客觀的去瞭解自己的文化，那能夠客觀的來觀察的旁人，又因為生活在這種文化以外，就極難咂摸到它的滋味，而往往因一點胭脂，斷定他美，或幾個麻斑而斷定他醜。不幸，假若這個觀察者是急於搜集一些資料，以便證明他心中的一點成見，他也許就只找有麻子的看，而對擦胭脂的閉上眼」〔註13〕。就作家和空間的關係我又不太贊成直接比附的做法，比如在一本名為《巴黎文學地圖》〔註14〕的書中作者直接將一個個街道和空間與作家聯繫起來，如波德萊爾與聖路易島、左拉與舊中央廣場、雨果與孚日廣場、喬治桑與大道區、普魯斯特與香榭麗舍、巴爾扎克與拉丁區、薩特和波伏娃與聖日耳曼德普雷、紀德與盧森堡公園等等。地方與寫作之間的關係肯定是雙向影響和交互運行的，正如1990年代詩人王小妮坐船經過長江的時候所追問的「從武漢到上海，走的是長江。我只知道我的腳下是水，水的兩邊是岸。不知道船經沒經過湖北的赤壁。我不關心這個。究竟是蘇軾使那懸在水上的懸崖成為名勝，還是那水白石紅使蘇軾的詞留名至今？」〔註15〕而不可忽視的是地方和空間必然會因為曾經的文化名人和文學大師的存在而帶有強烈的文化象徵性以及穿越時空的坐標性意義，「虹口曾經是日本人聚居的區域，內山書店就在那兒，魯迅和許多新文學的重要作家也多寓居於那一帶，譬如瞿

〔註12〕 魯迅：《在鐘樓上──夜記之二》，《三閒集》，人民文學出版社，1980年版，第23頁。

〔註13〕 老舍：《四世同堂》（上卷），百花文藝出版社，1979年版，第100頁。

〔註14〕 BY工作室編：《巴黎文學地圖》，華東師範大學出版社，2007年版。

〔註15〕 王小妮：《一直向北：我的人生筆記》，時代文藝出版社，2007年版，第173頁。

秋白、郭沫若、沈尹默、曹聚仁、林語堂、丁玲、夏衍等。電線交錯在交錯的路口上空，更高處有一群群鴿子盤旋，那天彷彿是我第一次去虹口，騎車在山陰路一帶轉悠，你覺得自己說不定也會交錯進另一重時間」〔註16〕。而克里斯丁‧羅斯也試圖在《社會空間的興起：蘭波和巴黎公社》（1988年）一書闡釋當時巴黎公社時期的城市空間與詩人蘭波寫作之間的關係。而由巴黎這樣的都市人們自然會想起波德萊爾這樣的詩句——「穿過古老的郊區，那兒有波斯瞎子／懸弔在傾頹的房屋的窗上，隱瞞著／鬼鬼祟祟的快樂，當殘酷的太陽用光線／抽打著城市和草地，屋頂和玉米地時，／我獨自一人繼續練習我幻想的劍術，／追尋著每個角落裏的意外的節奏，／絆倒在詞上就像絆倒在鵝卵石上」。所以無論是巴黎的廣場、紀念碑，還是街區和流浪漢、密謀者，這一切對於波德萊爾這樣的詩人而言都成了寓言，「寓言是波德萊爾的天才，憂鬱是他天才的營養源泉。在波德萊爾那裡，巴黎第一次成為抒情詩的題材。他的詩不是地方民謠；這位寓言詩人以異化了的人的目光凝視著巴黎城。」〔註17〕不可否認的是作家與這些空間和地方之間的關係，但是顯然有些研究者忽視了一個作家的寫作與地方之間存在的多種多樣的關係，甚至地方和空間也不是固定不變的。其中最具代表性的就是魯迅與故鄉紹興之間「既愛又疏離」的關係，就如當年的郁達夫所言「魯迅不但對於杭州，並沒有好感，就是對他出身地的紹興，也似乎並沒有什麼依依不捨的懷戀。這可從有一次他的談話裏看得出來。是他在上海住下不久的時候，有一回我們談起了前兩天剛見過面的孫伏園。他問我孫伏園住在哪裏，我說，他已經回紹興去了，大約總不久就會出來的。魯迅言下就笑著說：『伏園的回紹興，實在也很可觀！』他的意思，當然是紹興又憑什麼值得這樣的頻頻回去？所以從他到上海之後，一直到他去世的時候為止，他只匆匆地上杭州去住了一夜，而絕沒有回去過紹興一次。」〔註18〕

而就文學和地方的關係，60至90年代先鋒詩歌和空間文化主導權的關係以及「地方知識」與詩歌的意識形態性、文化心理結構、思維方式等都是值

〔註16〕 陳東東：《「游俠傳奇」》，《天南》，第3期（2011年8月）。

〔註17〕 本雅明：《發達資本主義時代的抒情詩人》，張旭東、魏文生譯，張旭東校訂，生活‧讀書‧新知三聯書店，2007年版，第192頁。

〔註18〕 郁達夫：《回憶魯迅》，連載於《宇宙風乙刊》（1939年3月至8月）和新加坡《星洲日報》半月刊（1939年6月至8月），收入《回憶魯迅及其他》，宇宙風社，1940年7月版。

得關注和探究的。這正如當年福克納所說的「地方是有名有姓、可以考證、實實在在、準確無誤、要求極高，因而可以信賴的集中一切感受的地點。地方同感情緊密相連，感情又同地方有深刻的聯繫。歷史上的地方總代表一定的感情，而對歷史的感情又總是和地方聯繫在一起」〔註 19〕。而詩歌和地方（「地方」一詞很容易被理所當然地理解和置換爲「地理」、「地域」）的關係又往往並非直接和對等，出生地、籍貫只是浮於淺層的一種身份。王蒙就曾在 1980 年代針對一些人提出的大陸文學和臺灣文學哪個更好的問題時對狹隘的文學與地域的理解做出過批評，「冰心祖籍福建，小時候生活在山東，求學在美國，幾十年長期住在北京，我們需要明確她老人家的唯一地方歸屬嗎？」〔註 20〕文學對地域的呈現方式往往要融入作者的詩性創造、想像甚至某種合理的虛構。誠如宇文所安所說的「好的文章創造了一個地方」（《地：金陵懷古》）。地理和地域更多帶有自然和社會的屬性，而「地方」則更具有一種人文觀照以及個體寫作和精神性存在的特殊性命運。同時這種「地方」考察在我的視野裏又一定程度上接近於「場域」，這與「空間」（臺灣的研究者更爲強調的是「地景」）又有所不同。我試圖在那些差異性明顯的「地方」以及背後的知識和構造那裡，在一個個具體和日常的場所與空間裏（比如胡同、街道、居所、車站、廣場、里弄、酒館、公園）尋找詩歌的命運。一定程度上我們可以認爲詩歌「地方性知識」的歷史更多的時候是通過各種文本構造和呈現出來的。就此，表象背後的寫作、經驗、空間結構和文化性格尤爲值得研究，「加勒比地區是一個截然不同的世界，它的第一部魔幻文學是哥倫布的日記，這本書描述了各種奇異的植物以及神話般的世界。是啊，加勒比的歷史充滿了魔幻色彩，這種魔幻色彩是黑奴從他們的非洲老家帶來的，但也是瑞典的、荷蘭的以及美國的海盜們帶來的」〔註 21〕。

說到地方性知識我們不能不看看隔海相望的臺灣。

在我看來臺灣因爲島嶼和海洋文化以及地緣政治的影響其地方性的意識和焦慮症是相當強烈的。正如八卦山之於賴和、東海花園之於楊逵、美濃小鎮和笠山之於鍾理和、城南水岸之於林海音、高雄西子灣之於余光中、左營

〔註 19〕福克納：《福克納中短篇小說集》，中國文聯出版公司，1985 年版，第 12 頁。

〔註 20〕王蒙：《文學地理》，《讀書》，1994 年第 4 期。

〔註 21〕加・加西亞・馬爾克斯：《番石榴飄香》，生活・讀書・新知三聯書店，1987 年版，第 75 頁。

之於《創世紀》詩社、宜蘭平原之於黃春明一樣，臺灣的學者非常注重研究這些作家的書寫空間。在他們看來這些書寫空間和場所對於作家的生活、寫作甚至文學運動都有著不可替代的意義，「書寫空間，也可能是一群作家聚集、聊天，甚至展開文學乃至社會運動的場所。這些場所可能是聚會廳、山房、林園，可能是酒樓、咖啡館、俱樂部、小酒店，也可能是街頭、大會場、學校，甚至鹽田、荒地、廟宇……，這些場所，是作家社群議論文學、社會、政治的所在，也是可聞高談闊論、輕聲細語，也可見聞滿室酒香煙霧，充滿文人社群的浪漫顏彩、激情喧嘩。」〔註22〕而對於那些由大陸來臺的知識分子其尷尬的鄉愁和文化心態更是與臺灣的「在地」文學發生複雜的糾結性對話。

272 平方公里的臺北的各個街道都是由大陸的各個省份和城市命名。由這些地名所構成的特殊意義上的「中國地圖」必然會讓人聯想到臺灣偏安一隅的政治焦慮，或可看做蔣介石企圖收復大陸的願望，「失去了實體的萬里江山，就把這海角一隅畫出個夢裏江山吧，每天在這地圖上走來走去，相濡以沫，彼此取暖，也用來臥薪嘗膽，自勉自勵」（龍應台語）。但實際狀況是1945 年日本在臺灣的統治結束後，國民政府在 11 月 17 日即下發了《臺灣省各縣市街道名稱改正辦法》。而街道名稱的改正和重新命名正是從這時開始的，而不是在蔣介石國民政府兵敗去臺之後。1947 年，建築師鄭定邦將一張中國地圖鋪蓋在臺北街道圖上。與此相應的各個街道就與各個省份發生了奇妙的對應。但是在兩岸的政治文化背景以及弔詭的「中國化」情結之下大陸人行走在臺北的各個街道自然會產生一種因為地緣政治而帶來的極其特殊莫名的感覺。而這種感覺在上海就不會有，儘管上海的街道命名方式與臺北極其相似。而對於臺灣作家龍應台而言，她在《大江大海一九四九》中所流露出來的地方性焦慮更是難以排遣，「你把街道圖打開，靠過來，跟我一起看：以南北向的中山路、東西向的忠孝路畫出一個大的十字坐標，分出上下左右四大塊，那麼左上那一區的街道，都以中國地理上的西北城市為名，左下一塊，就是中國的西南；右上那一區，是東北，右下，是東南。所以如果你熟悉中國地理，找『成都路』、『貴陽路』、『柳州街』嗎？往西南去吧。找『吉林路』、『遼寧路』、『長春路』嗎？一定在東北角。要去寧波街、

〔註22〕 向陽：《走尋臺灣新文學地圖》，《我在我不在的地方——文學現場踏察記》，
臺南：臺灣文學館，2010 年版，第 8 頁。

紹興路嗎？」〔註23〕。而當 2011 年我第一次走在海峽對岸的臺灣街頭，那迎面而來的中山路、中正路、林森路、北京路、西藏路、南京路以及中山廣場、中正廣場帶來的是難以形容的感受。日本學者蘆原義信認為街道的名稱十分重要是因為它同生活是不能分割的〔註24〕。但是他可能不瞭解中國，因為對於中國而言街道的命名實際上不只是與生活有關，更與文化、歷史甚至政治有關。

本書儘管不是一般意義上的詩歌地理學研究，但還是有必要簡略說下文學地理學研究的傳統。

丹納在《藝術哲學》中對決定文學的三要素「地理、種族和時代」的闡釋早已為人熟知。丹納所強調的從時代精神和風俗概況形成的「精神氣候」來瞭解作品和作家甚至解讀文學和自然環境之間的關係是有價值的。值得注意的是丹納對不同時期的建築和公共空間與「時代精神」之間關係的考察一直被研究者忽略，比如「從發展的普遍看，歌德式建築的確表現並且證實極大的精神苦悶。這種一方面不健全，一方面波瀾壯闊的苦悶，整個中世紀的人都受到它的激動和困擾。」〔註25〕確如丹納所說南方與北方的環境差異會形成精神氣候和文學「氣候」的差異，「假定你們從南方向北方出發，可以發覺進到某一地帶就有某種特殊的種植，特殊的植物。先是蘆薈和桔樹，往後是橄欖樹或葡萄藤，往後是橡樹和燕麥，再過去是松樹，最後是苔蘚。每個地域有它特殊的作物和草木，兩者跟著地域一同開始，一同告終；植物與地域相連。地域是某些作物與草木存在的條件，地域的存在與否，決定某些植物的出現與否。而所謂地域不過是某種溫度，濕度，某些主要形勢，相當於我們在另一方面所說的時代精神與風俗概況。自然界有它的氣候，氣候的變化決定這種那種植物的出現；精神方面也有它的氣候，它的變化決定這種那種藝術的出現」，「精神文明的產物和動植物界的產物一樣，只能用各自的環境來解釋」〔註26〕。儘管文學和地理環境之間的關係丹納闡釋的有些過度，但是「地方氣候」和「精神氣候」之間的關係的確開啟了一個重要的文學和文化話題。

〔註23〕 龍應台：《大江大海一九四九》，臺北：天下雜誌，2009 年版，第 56 頁。

〔註24〕 蘆原義信：《街道的美學》，尹培桐譯，百花文藝出版社，2000 年版，第 30 頁。

〔註25〕 丹納：《藝術哲學》，傅雷譯，人民文學出版社，1963 年版，第 54 頁。

〔註26〕 丹納：《藝術哲學》，傅雷譯，人民文學出版社，1963 年版，第 8～9 頁。

　　勃蘭兌斯認爲人和文學都是時代、種族和環境的綜合產物。據此他強調盧梭《新愛洛綺思》的重要性並區別夏多布里昂與盧梭作品的差異主要是在景物（環境）描寫上。在他那部影響深遠的《十九世紀文學主流》中他以大量華采的美侖美奐的散文詩般的筆觸來極其細緻地描述盧梭的故鄉（也即《新愛洛綺思》的取景之處），藉以說明環境對人和文學的重要影響。而這種環境的差異在勃蘭兌斯看來也正是盧梭與夏多布里昂等其他作家的相同與相異之處的根源。

　　盧梭的雕像今天聳立在日內瓦湖南端狹長部分的一個小島上。這是世界上最可愛的地方之一。從這小島上過去。再過一道橋，就可以看到羅納河激起白色的泡沫奔騰湍急地從湖裏流出去。再往前走幾步，可以看到它白色的急流和阿爾夫河灰色的雪水匯合在一起。兩條河並排地流著，各自保持著自己的顏色。在遠處，在兩座高大的山嶺之間，可以看到頂上覆蓋著白雪的勃朗峰。傍晚時候，當這兩座山嶺的色彩暗下來時，勃朗峰的積雪瞠瞠，就像白色的玫瑰。大自然彷彿把一切形成對比的東西都集中在這裡。即使在最暖和的季節，當你走近這灰色的泡沫四濺的山間急流時，空氣會變得冰一樣地涼。只要再走一小段路，在一個避風的角落，你會感到夏天那樣熱，而再往前走幾步，你可能碰到嚴酷的秋天，迎面吹來刺骨的寒風。人們很難想像這裡空氣清涼的程度和風的強度。只有太陽和夜間閃爍的星星使人想到這是南方。這裡的星星不像在北方那樣，亮晶晶地嵌在遙遠的天上，而像是鬆鬆地懸在空中似的；而空氣吸起來使人感到是一種濃鬱的有份量的東西。

　　由湖上坐船到維衛，在這個市鎮後面的阿爾卑斯山麓是一片片樹林和南國的葡萄園。在湖的那一邊，矗立著藍色的巍峨陡峭的懸岩，陽光照射在山腰上，形成明暗相間的圖樣。哪兒的水也不像日內瓦湖水那樣靛藍。在晴朗的夏天船行在湖上時，湖水燦燦發光，就像嵌著金線的藍緞子。這兒簡直是一個仙境，一個夢境，高大的群山在天藍的湖水上投下暗藍的影子，明豔的太陽給天空抹上了富麗的色彩。船再往前行就到了蒙特里厄，這裡西龍石堡一直伸延到湖裏，這是一所監獄，中世紀暴虐的統治者曾在這裡設置了種種殘酷的刑具。這個發生了種種野蠻恐怖行爲的地

方卻位於如此秀麗迷人的景色之中。這裡湖面更加寬闊，風景不那麼獨特，氣候比維衛更富有南方特點。天空、阿爾卑斯山和湖水融成一片神秘的藍色。從蒙特里厄向克拉蘭走去，可以在栗樹林停一停，這地方現在仍叫作「朱麗林」。這裡是一塊高地，從這裡可以看到蒙特里厄隱蔽在湖灣裏。你只要向周圍望一望，就可以理解為什麼對自然的熱愛從這裡一直傳播整個歐洲。這裡是盧梭的家鄉，是他的《新愛洛綺思》取景之處。就是這樣的景色取代了攝政時期的那種寫景。〔註27〕

文學地域性問題的研究在中國文學研究中更是不乏傳統，只是這種研究方法和傳統還沒有被研究者系統地放在考察 1960 年代以來的當代詩歌那裡。而無論是《左傳》中對中國各地古老民歌風格的地域性考察、劉勰《文心雕龍》對「南北詩歌」的典範《楚辭》和《詩經》的比較研究，還是《漢書》（地理志）、《隋書》（卷 76）等歷史典籍對南北地理以及南北文風的差異性研究〔註28〕以及近現代以來梁啓超、劉師培等人的《中國地理大勢論》、《南北文學不同論》都形成了強大的地域文學和文化研究的傳統與血脈。對於詩歌寫作尤其是近代以前的詩歌，研究者反覆強調地域性和文化根性對於一個地域和個體寫作的重要性。誠如梁啓超先生所言「蓋文章根於性靈，其受四周社會之影響特甚焉」。在《詩經》、《楚辭》、《左傳》、《文心雕龍》以及梁啓超的《中國地理大勢論》、《中國學術思想變遷之大勢》、《近代學風之地理分佈》和劉師培的《南北學派不同論》等經典文本中地域性得以顯現出其在文化和歷史中的重要意義。例如劉師培關於文學風格差異與地學（地理學）關係的論述：「南方之文，亦與北方迥別。大抵北方之地土厚水深，民生其間，多尚實際。南方之地水勢浩洋，民生其際，多尚虛務。民崇實際，故所著之文不外記事、析理二端；民尚虛務，故所著之文，或為言志、抒情之體」〔註29〕。劉師培的這個經典言論總有過於僵化的「比附」之嫌，但對於文學、民性和地理學關係的考察也是一種有效的方法。而至於劉師培所

〔註27〕勃蘭兌斯：《十九世紀文學主流》（第一分冊），人民文學出版社，1997 年版，第 18～20 頁。

〔註28〕如《隋書》（卷 76，中華書局點校本，第 1730 頁）所說的「江左宮商發越，貴在清綺，河朔詞義貞剛，重乎氣質。氣質則理勝其詞，清綺則文過其意。理深者便於時用，文華者宜於詠歌。此其南北詞人得失之大較也」。

〔註29〕劉師培：《南北學派不同論》，《劉師培論學論政文集》，李妙根編，復旦大學出版社，1990 年版。

言南方更適合產生言志和抒情的詩歌文體也有一定的合理性。而梁啓超關於南北文學差異與地理關係的論述與劉師培有相似之處,「燕趙多慷慨悲歌之士,吳楚多放誕纖麗之文,自古然亦。自唐以前,於詩於文於賦,皆南北各為家數;長城飲馬,河梁攜手,北人之氣概也;江南草長,洞庭始波,南人之情懷也。散文之大江大河,一瀉千里者,北人為優;駢文之鏤雲刻月善移我情者,南人為優」〔註30〕。

　　儘管各個省份的文學史研究者在上個世紀八九十年代開始將視野投注到省級文學史的研究上來,但是也一定程度上導致了文學地理決定論的傾向。研究者們過於強化了地理對文學的影響和意義,同時因為忽略了人文環境、區域文化而形成了狹隘、僵化的文學地理學觀。正如後來嚴家炎所強調和指出的那樣「可惜的是,他們對於地域的理解,注意力過分集中在山川、氣候、物產之類自然條件上,而對構成人文環境的諸般因素則相對忽視,這就可能流於機械和膚淺,不易說明地域對文學影響的那些複雜、深刻的方面。自然條件對人和文學當然有重大的意義,尤其在初民時代。但是地域對文學的影響是一種綜合性的影響,決不僅止於地形、氣候等自然條件,更包括歷史形成的人文環境的種種因素,例如該地區特定的歷史沿革、民族關係、人口遷徙、教育狀況、風俗民情、語言鄉音等;而且越到後來,人文因素所起的作用也越大。確切點說,地域對文學的影響,實際上通過區域文化這個中間環節起作用。即使自然條件,後來也是越發與本區域的人文因素緊密聯結,透過區域文化的中間環節才影響和制約著文學的。」〔註31〕同時還值得注意和反思的是現代以來中國的區域文學研究往往是集中於小說尤其是鄉土文學上,而很少有人關注詩歌和文化地理的關係。研究者們往往將魯迅當年的話爛熟於心,「蹇先艾敘述過貴州,裴文中關心著榆關,凡在北京用筆寫出他的胸臆來的人們,無論他自稱為用主觀或客觀,其實往往是鄉土文學,從北京這方面說,則是僑寓文學的作者。」〔註32〕而在特殊的革命年代裏南方和北方在知識分子看來已經成為了帶有濃烈政治色彩的恐懼性空間。在說到 1927 年後南方和北方大批的作家聚集上海時,施蟄存道出革命和血腥對於空間的

〔註30〕梁啓超:《中國地理大勢論》,《中國現代學術經典》,河北教育出版社,1996年版。

〔註31〕嚴家炎:《20世紀中國文學與區域文化研究叢書總序》,李怡:《現代四川文學的巴蜀文化闡釋》,湖南教育出版社,1995年版,第2頁。

〔註32〕魯迅:《中國新文學大系》(小說二集·導言),上海文藝出版社,1980年版,影印。

重要影響，「一九二七年四月以後，蔣介石在南方大舉迫害革命青年，張作霖在北方大舉迫害革命青年。這裡所指的革命青年，在南方，是指國民黨左派黨員，共產黨員、團員；在北方，是指一切國民黨、共產黨分子，和從事新文學創作，要求民主、自由的進步青年。張作霖把這些人一律都稱爲『赤匪』，都在搜捕之列。一九二七年五、六、七月，武漢、上海、南京、廣州的革命青年紛紛走散。一九二七年下半年至一九二八年上半年，北平、天津的革命青年紛紛南下。許欽文、王魯彥、魏金枝、馮雪峰、丁玲、胡也頻、姚蓬子、沈從文，都是在這一時期中先後來到上海」〔註33〕。1927年10月3日魯迅和許廣平經過一個多星期的輾轉奔波終於抵達上海。從共和旅店、景雲里29號、景雲里18號、景雲里19號〔註34〕、北四川路194號的拉摩斯公寓、施高塔路大陸新村9號（今山陰路132弄9號）以及內山書店、公咖啡館等私人和公共空間裏我們可以看到這一時期魯迅的生活和寫作狀態與上海之間的複雜而特殊關係。

　　顯然無論是在文化區隔、政治地理，還是在哲學思想（如「南老北孔」）、宗教文化、文學屬性等層面上南北的差異是明顯的並且自古以來即受到人們的關注，「在全國範圍內，南北差異是文化區域差異的主旋律」〔註35〕。而「南方」與「北方」文學的劃分和各自的傳統、走向以及政治地理和人文地理的結構性調整已然成了文學界研究的一個重要支點。神話學家們就發現早在遠古時代北方的神話人物和英雄多爲男性，南方則多爲女性。地域特徵帶又有很大程度的穩定性特徵，「南方」和「北方」的詩歌精神和文化徵候是相對的。其各自的文學傳統和文化基因顯然具有相應的自主性和獨立性。這正如被視爲南方與北方詩歌各自代表的《離騷》和《詩經》的「南騷北風」的差異。而不同歷史時期「南方」和「北方」文學也代表了所謂的「中心」與「邊緣」的差異和互動。魏晉南北朝時期南北雙方都極力強調各自的文化正統地位，竭力爭奪文化主導權以及合法性。而關於南方與北方的差異，南方文學與北方文學的差異似乎已然成爲一種共識和傳統。在西方文學視閾中「南方」與「北方」也具有非常明顯的比照關係，例如斯達爾夫人就將荷馬視爲南方文

〔註33〕施蟄存：《滇雲浦雨話從文》，《施蟄存七十年代文選》，陳子善、徐如麟編，上海文藝出版社，1996年版，第310～311頁。

〔註34〕關於景雲里幾次遷居時間魯迅、許廣平以及周建人、郁達夫等人的說法都不太一致。

〔註35〕胡兆量等：《中國文化地理概述》，北京大學出版社，2001年版，第49頁。

學的開山祖師。所以南方和北方在很大程度上已經不再是單純的地理和自然
屬性的地域，而是成為一種精神向度、文學氣象和研究方法。換言之只有當
我們要討論的詩人和文本帶有屬於南方或北方的精神向度和文學氣象時「南
方詩歌」和「北方詩歌」才有可能是成立的。而並非在地域性上簡單談論誰
是南方詩人，誰是北方詩人，或更為可笑的為地域文學史爭得榮光。而以詩
人身份、出生地或遊歷之地為搶奪重點的政治地理學和經濟地理學就更顯得
滑稽。當年，胡適從語言和地域的角度區分了北京和吳地的差別以及二者之
間的關係，比如他認為的除了京語文學之外吳語文學是最有勢力和希望的方
言文學。南方與北方文學的差異確實是值得關注的一個話題。儘管為數眾多
的詩人並不會在創作中直接比附與地理、氣候、風俗、人文的關係，但是不
可否認的是地方文化作為一種特殊「知識」的長期濡染與潛移默化的影響。
地理環境的重要性不只在於像法國年鑑派學者費爾弗所說的地理環境構成了
人類活動框架的主體部分，而是地理環境和人文環境的相互作用對於文學性
格而言顯然同樣重要。而考察 1960 年代以來的詩歌尤其是先鋒詩歌，「地方」
意義上的詩歌話語則呈現了明顯的非詩歌因素（比如政治運動、階級鬥爭、
地緣政治、文學運動情結、文化主導權）的巨大影響。

　　不容忽視的是一個作家的「出生地」以及他長期生活的地理空間無論是
對於一個人的現實生活還是他的精神成長乃至文學寫作都有著一定的影響。
當然筆者這裡所要強調的「地方」的詩歌創作與其故鄉之間的血緣關係與海
德格爾所強調的「詩人的天職是還鄉」的觀點是有差異的。海德格爾更多是
強調詩人和語言、存在之間的複雜關係，而筆者更多的是從文化地理學意義
上強調詩人的「出生地」和環境對於一個作家的重要影響以及時代意義。這
讓我想到智利詩人聶魯達的一生尤其是後期詩作更為關注普通甚至卑微的事
物。他的眼光不時地回溯到遙遠的南方故鄉，故鄉的這些自然景觀和平凡事
物成為他詩歌寫作的最為重要的元素和驅動力。聶魯達的一生就是時時走在
回望故鄉的路上。南方的雨林、植物和動物都成為他詩歌創造中偉大的意象
譜系，「我從幼小的時候起，便學會了觀察像翡翠那樣點綴著南方森林朽木的
蜥蜴的脊背；而凌空飛架在馬列科河上的那座高架橋，則給我上了至今無法
忘懷的有關人的創造智慧的第一課。用精緻、柔美、會發出聲響的鐵帶編織
成的那座大橋恰似一張最漂亮的大琴，在那個明淨地區散發著芳香的寂靜中
展示它的根根琴弦」。

　　必須強調的是在特殊的歷史時期地方的諸多改變會對作家寫作產生重要的影響，而這種影響如果在作家看來是消極和令人失望的話就反會妨害到作家的想像與創作。魯迅的寫作受爭議之處就是一生沒有寫作過長篇小說，這對於一個傑出的小說家而言確實是一種遺憾。然而魯迅曾經在 1920 年代有過寫作關於唐朝的長篇歷史小說《楊貴妃》〔註36〕的計劃。1924 年魯迅受西北大學的邀請前往西安。但是，7 月 7 日到 8 月 12 日長達一個月之久的西安之行不僅沒有激發他的創作欲望，反倒是徹底打消了他的寫作計劃，「五六年前我為了寫關於唐朝的小說，去過長安。到那裡一看，想不到連天空都不像唐朝的天空，費盡心機用幻想描繪出的計劃完全被打破了，至今一個字也未能寫出。原來還是憑書本來摹想的好。」〔註37〕至於對西安如此失望的具體原因魯迅似乎不願意多談，只是在西安之行四個月後的一篇文章中順帶提了幾句，「今年夏天遊了一回長安，一個多月之後，糊裏糊塗的回來了。知道的朋友便問我：『你以為那邊怎麼樣？』我這才慄然地回想長安，記得看見很多的白楊，很大的石榴樹，道中喝了不少的黃河水。然而這些又有什麼可談呢？我於是說：『沒有什麼怎樣。』他於是廢然而去了」〔註38〕。儘管此次與魯迅同行的孫伏園記述了他們西安之行不僅只是看到了白楊、石榴樹和黃河，而且參觀了大雁塔、小雁塔、碑林、灞橋、曲江以及街道上的古董鋪，但是似乎一切在魯迅看來都打破了自己想像中的「長安」，「唐都並不是現在的長安，現在的長安城裏幾乎看不見一點唐人的遺迹。……至於古迹，大抵模糊得很……陵墓而外，古代建築物，如大小二塔，名聲雖甚為好聽，但細看他的重修碑記，至早也不過是清之乾嘉，叫人如何引得起古代的印象？」〔註39〕當數年之後普實克來到西安的時候，他眼裏的西安顯然不能和北平以及意大利相比，「西安府周圍的廢墟與意大利和北平的廢墟相比，給人的印象更加令人悲哀。意大利的廢墟覆蓋著綠色植物，與周圍美麗感傷的自然景色相協調；北平的廢墟則使人回憶起舊時光的宏偉壯麗。而這裡的一切都覆蓋著塵土，

〔註36〕相關說法參見郁達夫：《歷史小說論》，《創造月刊》，1926 年 4 月第 1 卷第 2 期；孫伏園：《〈楊貴妃〉》，《魯迅先生二三事》，作家書屋，1942 年版；馮雪峰：《魯迅先生計劃而未完成的著作》，《宇宙風》，1937 年 11 月 1 日第 50 期。

〔註37〕魯迅：《致山本初枝》，《魯迅全集》（第十三卷），人民文學出版社，1981 年版，第 556 頁。

〔註38〕魯迅：《說鬍鬚》，《語絲》，1924 年 12 月 15 日第 5 期。

〔註39〕孫伏園：《長安道上》（二），《晨報副刊》，1924 年 8 月 17 日。

寶塔像一座座畸形的雪人站立在骯髒的工廠院子裏」〔註40〕。

　　考察 1960 到 1990 年代這一時期詩歌與地方性知識我又不能不慣性而討巧地硬性設置了「南方」與「北方」、「首都」與「外省」、「中心」與「邊緣」、「本土」與「外地」的對比關係。實際上這很容招惹到一些詩人和學者的不滿。因為在文體的比較上而言可能小說的地理特性要更為明顯，而詩歌所依據的景觀基本上是「反地理特性」（臧棣語）的。確實一定程度上，「普通話」對方言和地域界限的挑戰甚至消弭是一個客觀事實，但是也不意味著詩歌的「地方性」就不存在。實際上，這種詩歌的地方性在 1960 年代開始就具有著多種機制的影響和深層動因。此外，就 1960 年到 1990 年間（尤其是在 1980 年代中期以前）的先鋒詩歌而言「南方」曾經一度在以「北京」為中心的主導性的北方文化和文學那裡帶有了「外省」的「邊緣」性命運，「有人把 70 年代至 80 年代中期受朦朧詩影響的中國詩歌稱之為『北方詩歌』，把 80 年代中期至 90 年代的後朦朧詩稱之為『南方詩歌』。這聽起來更像是一種詩歌政治學」〔註41〕。當然「南方」與「北方」二者是相對的，更大程度上二者帶著詩歌精神和氣象差異上的對比關係。而詩歌並非是簡單的涉及文學和地理、空間的關係（如秦嶺－淮河作為我國氣候的南北分界線），而更重要是探究這一時期詩歌場域的特殊性、詩歌的精神向度、文化氣象的走向以及社會風貌視閾下特殊的詩歌空間構造。1990 年代以來隨著城市化時代人口的流動狀態越來越明顯以及極權年代結束之後地緣政治的弱化，曾以北京為代表的「中心」與「外省」、「主流」與「邊緣」、「方言」與「普通話」甚至「北方」與「南方」的關係已經不再是以往理解的那樣二元對立的對抗，而是更過地呈現為一種對稱和交互關係。正如有研究者所指出的上個世紀末的「盤峰論爭」的爆發就帶有「外省」詩人對「北京詩人」的錯誤估計和評價，「從地緣政治的角度，可以說所謂『知識分子詩人』部分地是在代朦朧詩受過，因為以受壓制者身份出場的一方在突出外省／北京的對立時故意忽略了一個明顯的事實，就是這些人絕大多數其實都是外省人，只不過後來因為各種原因居住在了北京。我本人也從不認為自己是一個北京人，相反樂於承認來自外省，

〔註40〕普實克：《中國——我的姐妹》，叢林等譯，外語教學與研究出版社，2005 年版，第 402 頁。

〔註41〕臧棣：《假如我們真的不知道我們在寫些什麼……》，《從最小的可能性開始》，人民文學出版社，2000 年版，第 293 頁。

雖然缺少這方面的自我意識」〔註42〕。從 1990 年代開始一個無中心的詩歌時代到來，或者說這一時期的詩人已經不再需要什麼「中心」。在 1990 年代以後強調「外省」意識在唐曉渡這樣的學者看來沒有任何建設性的詩學意義，而是「空洞的能指罷了」。而城市化和全面城鎮化的時代就是要抹去「地方性」的構造，以一同化的城市建築的空間倫理來取消「地方性知識」。而值得關注的另外一個現象就是在相關的先鋒詩歌的論爭中為什麼是身處南方的詩人提出了「南方詩歌」與「北方詩歌」的概念（比如鐘鳴、黃翔、陳東東、蕭開愚等）而不是那些北方詩人？陳東東甚至還曾辦過一份名為《南方詩歌》的民刊。為什麼是居於南方地帶的詩人們帶有強烈的「外省」焦慮而又恰恰不是北方的詩人？這背後的動因和機制是什麼？研究者王珂就曾深入地指出「越是流動性小的研究者、學者，如生活在南方的學者，他們格外強調南方詩歌精神，而生活在北方的學者，尤其是生活在北京的學者，好像很少談論南方詩歌這個話題」〔註43〕。所以一定程度上，這是政治年代地緣政治和文化地理所形成的慣性遺留的時代焦慮症。長時期的因為政治等原因形成的地理優勢和文化主導權也滲透進日常生活和文學交往當中。這甚至更多時候是以詩人們和寫作者無意識的方式體現出來的。彷彿歷史是在不斷循環往復一樣，這不能不讓人想到當年的「京派」與「海派」的論爭。「海派」的提法最早正是來自於上海的繪畫界。晚晴時期上海雲集了各省上百位的畫壇高手，代表人物有趙之謙、任伯年、吳昌碩等。而由「京派」與「海派」的論爭，敏銳的魯迅就注意到二者並不是真正意義上的文學之爭，而是與帶有地緣政治和文化想像所造成的二者之間的差異有關。魯迅更是進一步指出 1930 年代的「北平」已經不是五四新文化運動的「北京」，「而北京學界，前此固亦有其光榮，這就是五四運動的策動。現在雖然還有歷史上的光輝，但當時的戰士，卻『功成，名遂，身退』者有之，『身穩』者有之，『身升』者更有之，好好的一場惡鬥，幾乎令人有『若要官，殺人放火受招安』之感。『昔人已乘黃鶴去，此地空餘黃鶴樓』，前年大難臨頭，北平的學者們所想援以掩護自己的是古文化，而惟一大事，則是古物的南遷，這不是自己徹底的說明了北平所有的是什麼了嗎？」〔註44〕

〔註42〕唐曉渡：《當代先鋒詩：薪火與滄桑》，《與沉默對剌》，北京大學出版社，2012年版，第 37 頁。
〔註43〕王珂《文學研究領域引入「區域文化」研究方法的利弊》，王珂新浪博客。
〔註44〕魯迅：《「京派」與「海派」》，《申報・自由談》，1934 年 2 月 3 日。

　　1960 到 1990 年間以「南方詩歌」與「北方詩歌」為出發點的先鋒詩歌考察並不是一般意義上的文學地理學和區域性研究，而是要在此基礎上動態和歷時性地考察這一特殊時期的先鋒詩歌在「南方」（如南京、上海以及「西南」的四川與貴州）和「北方」（以北京、白洋淀、杏花村等地為代表）的發生、重心、意識形態性以及結構特性。十六和十七世紀英格蘭經濟發展和造酒業的推動使得酒館（inn）成為重要的公共空間並且進而推動了戲劇和文學發展。而馬克思則在那些煙霧彌漫、人聲喧嘩的小酒館裏發現了那些職業密謀者和作家、工人以及流浪者等構成的臨時密謀者們「波西米亞人」的身影，「隨著無產階級密謀家組織的建立就產生了分工的必要。密謀家分為兩類：一類是臨時密謀家（conspirateursd'occasion），即參與密謀，但本來有其他工作的工人，他們僅僅參加集會和時刻準備聽候領導人的命令到達集合地點；一類是職業密謀家，他們把全部精力都花在密謀活動上，並以此為生。……這一類人的生活狀況已經預先決定了他們的性格。……他們的生活動蕩不安，與其說取決於他們的活動，不如說時常取決於偶然事件；他們的生活毫無規律，只有小酒館——密謀家的見面處——才是他們經常歇腳的地方；他們結識的人必然是各種可疑的人」〔註45〕。波德萊爾的《遊歷中的波西米亞人》、蘭波的《我的波西米亞》都不斷強化了尋求精神自由和人格獨立的願望。在中國文學史上民國時期的北平、上海和南京、重慶等地的酒館、茶樓和咖啡館裏到處可見這些精神上的波西米亞者。而到了新中國成立之後隨著公共空間的完全政治化這些文人的身影不經不見。他們集體出現在會場、批鬥會、「牛棚」和勞改農場裏。1960 到 1990 年間特殊的公共空間與私人空間的博弈甚至對立狀態使得詩歌發展步履維艱。這些精神上的波西米亞者也才不斷出現。所以直至 1980 年代末期在王家新眼裏那些深夜趕來談詩喝酒的詩人朋友們更像是「地下黨人」。而尤其是從北京與其他省份的關係，由南方的詩人和批評家製造了「南方」與「北方」的文學場域。城市和鄉村的公共空間如建築、胡同、街道、學校、工廠、茶館、飯館、旅館、酒吧、廣場、車站、公園等空間都成為考察這一時期詩歌的有效起點。同時在六七十年代極權背景下，私人空間成為詩歌產生和傳播的重要地帶。

　　而考察這一特殊時期的詩歌和地方性的關係以及在不同歷史節點上其重

〔註45〕本雅明：《發達資本主義時代的抒情詩人》，張旭東、魏文生譯，張旭東校訂，
　　　　生活·讀書·新知三聯書店，2007 年版，第 31～32 頁。

心的變化、位移以及相互之間的影響是具有重要性和有效性。在一個全面城市化和城鎮化的時代,「地方性知識」和詩學地理正在加速度前進的推土機面前日益消弭。而「南方」與「北方」視野下的詩歌考察也可以看作當代漢語詩學延續不斷的某種傳統甚至一些爭議性話題的現代性延續。無論是「南方」還是「北方」,無論是「中心」還是「邊緣」,這實際上都與複雜的時代情境中的詩歌生產、傳播和文學史焦慮情結有著或隱或現的關係。而建立於「地方性知識」基礎上的詩人交往、遊歷、書信、照片、日記、手抄詩稿、詩歌選本甚至其他文體(如小說、話本、散文隨筆)等都將成為我考察這一時期詩歌生產和特殊形態傳播的不可或缺的部分。同時更應該注意的是「南方」與「南方」詩歌之間、「北方」與「北方」詩歌之間自身的影響和互文性。從這一角度考察中國當代的先鋒詩歌在不同時間節點和場域下的發生與轉向,尤其是考察不同時期詩歌場域在精神和文化心理層面的變動將會呈現出詩歌的另一個特殊的面影。

在近年來重敘和重新研究「八十年代文學」的研究中程光煒先生率領他的學術團隊已經取得了豐碩的成果並呈現了一種方法論上的時代意義。但是整體性上來看因為文體上的差別,詩歌的重新敘述則被有意或無意地忽視。或者說「八十年代詩歌」研究的程度和熱度顯然不如同時期的小說以及其他文體。我對此不能不留有些許遺憾。記得在 2010 年 6 月,在去往南京機場的路上我曾對《當代作家評論》的主編林建法和《星星》主編梁平表達了我的一些想法。也即更多的研究者將重新研究「八十年代文學」的視野放在了小說美學、倫理學和歷史學、社會學的維度,而恰恰忽視了 1980 年代是一個真正的詩歌年代。詩歌在那一時期的影響和作用是有目共睹的。這一時期也成為難得的至今仍讓人不斷留戀回味的詩歌的黃金時期。然而詩歌卻在目下的重敘「八十年代文學」的研究熱潮中因為種種原因被忽視了,儘管一些當事人通過回憶錄和訪談的方式企圖重新進入這一時期的詩歌場景之中。所以在一定程度上研究詩歌與「地方性知識」之間的關係正是基於我對 1980 年代文學研究的一種小小的補充。因為在很多研究者看來似乎已經沒有什麼值得研究的七八十年代詩歌恰恰有很多重要的部分被無情地改寫和遮蔽了。甚至在很大程度上以北方為代表的「地下」詩歌的發生、生產和傳播以及相應的歷史敘述和經典化過程中仍有諸多詩學問題未能得以深入和準確地討論與研

究。其中不乏一定程度上對「北方」詩歌的拔高和對當時處於「外省」和「邊地」位置的「南方」詩歌的貶抑，或者相反。我們仍然需要進一步挖掘這一時期被擱置的詩歌「資源」和「傳統」。同時本研究的意義還在於對當代「地下詩歌」研究的反思。在「地下詩歌」漸已成為一種研究傳統和顯血的今天，其研究現在已經真正進入瓶頸期。更多的文章是相互重複，立論、觀點和材料幾乎如出一轍。因此，在寫作本書的過程當中我尋訪或者通過書信、郵件的方式聯繫了當年的重要詩人、編輯和當事人，比如海外的孟浪、北島等。在對話以及那些更為真切的發黃的一手材料面前，我得以再一次與「歷史現場」對話。儘管在我看來作為「後來者」不可能在真正意義上再次回到曾經的歷史煙雲的深處，因為歷史敘述必然是一種修辭和想像性的話語方式。

　　我的另外一個「私心」還想在這份研究中提供一份非「學院化」的言說方式。這也是多年來我對文學批評自身的一個思考。

　　我想在立足於大量資料的前提下用一種隨筆式的方式呈現出我的觀感和判斷。可能這種渙散不羈的寫法不會被一些「學院派」接受，但近年來我是如此鍾情於這種隨筆性的研究方法。一定程度上正是得力於此，我那本研究「70後」先鋒詩歌的專著《尷尬的一代：中國70後先鋒詩歌》（廣西師範大學出版社，2009年版）在一種自由、隨性的散文隨筆般的言說方式中呈現了一代人的詩歌生活史和思想史。面對著一些詩歌同行仍然隔靴搔癢地談論我們記憶深處的從1960年代開始一直延續到1980年代的先鋒詩歌，尤其是仍然對「第三代」詩歌時時充滿了偏見，我一次又一次想到的是馬爾科姆・考利和他為同代人和自己所撰寫的影響深遠的《流放者歸來——二十年代文學流浪生涯》。而考利所做的正是為自己一代人的流浪生活和文學歷史刻寫帶有真切現場感和原生態性質的歷史見證。穿越歷史的煙雲，那一代人的回響似乎仍在繼續——這是一個輕鬆、急速、冒險的時代！在這時代中度過青春歲月是愉快的。可是走出這個時代卻使人感到欣慰，就像從一間人擠得太多、講話聲太嘈雜的房間裏走出來到冬日街道上的陽光中一樣。我想我應該做的，也是一個類似的工作。那縱橫交錯的原野和地層下的河流正是我所要勘測和挖掘的。

　　上個世紀60年代初期到80年代末期正是當代中國由無比激烈壯闊的階級政治運動到逐漸走向自由的詩歌運動和詩歌活動的轉換期。在這一節點上諸多因素導致了詩歌重心的不斷變化和位移且這種變化最終形成了80年代中

後期南方（西南）詩歌「中心」的形成。而自 1989 年之後隨著城市化進程的加速以及文學自身生態的變化和調整，無中心時代已經來臨。地方詩學遭受到前所未有的「除根」過程。我們這個時代的不安、孤獨、痛苦和無根的彷徨不純然是我們在成長過程中離開「出生地」而再也不能真正返回的結果，而在於地方性知識喪失過程中我們無以歸依的文化鄉愁和精神故鄉的日益遠離。我們將繼續在詩歌和文學中尋找文化地理版圖上我們的基因和血脈，尋找我們已經失去的文化童年期的搖籃和堡壘。2011 年我在臺灣最南部的屏東講學時讀到了一本名為《我在我不在的地方》的書。多麼弔詭的命運！我們必將是痛苦的，我們可能必將慘敗——「他在尋找已經不再存在的東西。他所尋找的並不是他的童年，當然，童年是一去不復返的，而是從童年起就永遠不忘的一種特質，一種身有所屬之感，一種生活於故鄉之感，那裡的人說他的方言，有和他共同的興趣。現在他身無所屬——自從新混凝土公路建成，家鄉變了樣；樹林消失了，茂密的鐵杉樹被砍倒了，原來是樹林的地方只剩下樹樁、枯乾的樹梢、枝丫和木柴。人也變了——他現在可以寫他們，但不能為他們寫作，不能重新加入他們的共同生活。而且，他自己也變了，無論他在哪裏生活，他都是個陌生人」〔註 46〕。既然上個世紀 30 年代的美國人都在痛苦地經受「失根」和「離鄉」的過程，那麼現在中國這個在東方現代化路上狂奔的國度又怎能幸免於一體化的寓言或者悲劇？

〔註 46〕馬爾科姆·考利：《流放者歸來——二十年代的文學流浪生涯》，張承謨譯，重慶出版社，2006 年版，第 195 頁。

第一章　政治年代的空間形態

　　在闡釋地方性知識和詩歌之間的關係時我不是「環境決定論」者，也非「環境虛無論」者。我更願意注意詩歌與文化地理「風水」之間複雜而深具意味的關係。海德格爾強調地理學者不會從詩歌裏的山谷中去探詢河流的源頭，而上個世紀 60 年代開始一直到 80 年代末期仍有一些詩人在義無反顧的在地方空間中不斷探詢精神和文化的若隱若現的「南方詩學」和「北方詩學」的源頭。

　　1960 年到文革，詩歌在政治生活和公共空間極端擠壓之後產生反彈甚至反抗，「生不逢時，寂寂無名，還有流浪，為延續詩歌的毫光，在不同方位的大地上，將受緩刑之苦的文化板塊撬動，在北京的院落裏，在白洋淀寂寞的村莊，在貴陽某基督教堂凋敝的樓上，在四川由門板房銜接的小巷子裏，在雲南的橡膠樹下，在北大荒的原野，在廣州修飾的珠江大橋邊，在上海黑駿駿的蘇州河邊……一些敏感的人，一些美學幽靈，開始發動詩歌昆蟲的翅膀，好像有個更深、更微觀的世界正在敞開，蜜蜂嗡嗡，最先從鋼鐵的碾軋獲得憂傷的韻律」〔註 1〕。在這些重要的公共空間裏主導性的政治文化得以發揮潮流性的作用，「西單十字路口東北角是各種小報雲集中心。各派的喉舌栽這兒競相出售。《兵團戰報》、《新萊茵報》、《湘江風雷》、《只把春來報》……應有盡有。『瞧，陳伯達的女兒。』有人指著一個皺著眉頭，每份報紙買一份，穿黑燈心絨衣服的胖姑娘說。」〔註 2〕而當思想的導火索最終在 70 年代末 80 年代初引燃大面積的先鋒詩歌熱潮的時候，當年的「地下」

〔註 1〕　鐘鳴：《旁觀者》（第 2 卷），海南出版社，1998 年版，第 650 頁。
〔註 2〕　陶洛誦：《留在世界的盡頭》，電子版。

詩人和刊物也在隨之到來的新的時代語境和文學範式轉換中成為時代先鋒和文化英雄。而當年他們在中國大地上插隊和寫詩的流放者身影以及詩歌故事已經成為當代中國不多見的神話和傳奇。這些當年離開各個城市到鄉村中國經歷了短暫的精神淬煉的一代青年此後在中國的「新時期」被罩上了一層層的光環。他們曾在「流放」以及「歸來」之後的廣場和大街上為此付出了不無巨大甚至慘痛的代價。甚至時至今日其中的一些文化精英仍然在異域「流放」。儘管時過境遷，包括北京在內的中國城市和鄉村都發生了如此令人不可思議的改變和動蕩，但是當年的這些青年而今已步入老年的「民間」歌手已經在詩歌的殿堂裏豎起了一個巨大的音箱。一個詩歌的聖殿曾經沉落，而那些被譽為「持燈的使者」卻最終照亮了一個時代夤夜的寒冷和虛無。當然，在他們被「神化」的背後我們也不能不正視時代和文化的弔詭和新的困境。這曾經流放的一代他們的文化世界和精神空間以及詩歌寫作是具有差異性和多層次性的。甚至不乏因了時代語境的轉捩其中的一些人主動或被動充當了被侮辱與被損害者的時代控訴者和反思者形象。儘管其中歷史的真相並非像我們今日的文學史所想像的完全是苦難和承受。換言之，重新透過歷史的迷霧，我們應該重新認識這些當年的青年人的雙重性甚至多層次性──他們既有先鋒性、叛逆性又不可避免地沾染上了主流文化和詩學的影響。他們注定是夾縫中並不「純粹」和「徹底」的一代！儘管他們當中的少數者確實以精神大勢甚至犧牲個人的自由和生命為時代鐫寫了不無悲壯卻印記深刻的墓誌銘。

第一節　先鋒詩歌在歷史區隔中的家族相似性和差異

　　1960 年代初到文革結束這一階段的地方性是一種極其特殊的存在形態，大一統的極權政治文化正是以排斥地方性、差異性和個人性為前提的。而地方性之所以在先鋒詩歌那裡得到最先的呈現這恰恰體現了先鋒自身具有的與主流文化和政治規範相對立的疏離意識和反叛精神。

　　政治高壓之下的地方性結構遭到巨大變形。這一時期的地方性被整體性消弭，公共空間甚至私人空間都帶有強烈的一體化特徵。而 1970 年代後期開始的地方性隨著社會和文化語境的變化而更多呈現為一種生命意識、本土精神和語言策略。尤其是在北島等「今天」詩人和以四川為中心的西南先鋒詩歌那裡地方性是通過私人空間和公共空間的雙重「解放」得以實現的。而

「第三代」在整個 1980 年代對地方性的強化正是通過詩歌的語言方式和文體解放來實現的，在那些粗糙、狂躁、奔突、荒誕、畸形和嘶叫的文本中我們能夠生動地發現詩人們的屬地性格和地方癖性。如果以 1978 年為界，我們會發現前後兩個階段的先鋒詩歌的地方性表現有一定差異。前一階段更為強調和偏重的是政治性、革命性、「地下性」和對抗性，而後一階段則更為注重的是本土性和獨立性以及「地方性」在詩歌文本中的創造意識。而在 1980 年代末期徐敬亞就覺察到先鋒詩歌的結束正是來自於空間所遭受到的巨大挑戰，「這一次我回到北方，感到的是遍地充斥的細節！物欲橫流，人欲橫流，這個世界把人深陷於生存的那種力量真是強大無比。在北方遼闊的土地上空，我嗅不到精密靈魂裏應該浮蕩出的高貴氣息。我曾傾心熱愛的北中國的曠達性格萎縮著，人整個兒地就被埋在汗津津的肉裏，皮皺裏和貪婪的毛孔裏。」〔註3〕

　　「先鋒」是一個時間性的歷史概念，在不同的歷史區隔中既具有維特根斯坦所說的家族相似性又具有變動性和發展。沒有永遠的「先鋒派」，而也不存在一個沒有先鋒派的時代。《新韋伯斯特英語國際詞典》對「先鋒派」一詞的界定是「任何領域裏富於革新和進步的人，特別是藝術家或作家，他們首先使用非正統或革命性的觀念或技巧。」在羅振亞看開先鋒詩歌至少應該具備反叛性、實驗性和邊緣性〔註4〕。敬文東認為「用某種用起來順手的形式發現了我們在庸常事境中發現不了的東西，揭示了我們靈魂深處的未知領域，就是先鋒」〔註5〕的說法則又過於寬泛。因為就中國當代先鋒詩歌而言不僅帶有特殊的運動和潮流性，而且這種先鋒精神還不只是一種「發現」，而是呈現為對既有社會秩序和文學格局的反抗性。即使是從詩歌的語言和形式上而言這一時期的先鋒詩歌也帶有「先天不足」的症狀。而值得注意的是先鋒詩歌儘管其「非正統」和「革命性」觀念、「革新」意識和對題材禁忌和既定秩序的突破在不同的時期和歷史區隔中具體的表現是有差異的，但內裏仍然具有維特根斯坦所說的「家族相似性」。六七十年代的先鋒詩歌和 80 年代的先鋒詩歌都具有強烈的反抗「正統」和「主流」的革命性觀念，當然前者更多針對的是極權政治和僵化的「社會主義現實主義」的頌歌和戰歌機制，而後者針對的則是以「朦朧詩」為代表的詩歌美學和日漸開放而又日益

〔註3〕　徐敬亞：《我對中國現代詩榮譽評選的建議》，《作家》，1989 年第 7 期。
〔註4〕　羅振亞：《朦朧詩後先鋒詩歌研究》，中國社會科學出版社，2005 年版，第 2 頁。
〔註5〕　敬文東：《詩歌在解構的日子裏》，北京大學出版社，2008 年版，第 230 頁。

混亂的社會。六七十年代先鋒詩歌的地方性更具有強烈的意識形態色彩和啓蒙立場以及對抗精神，詩人的「自我」更多還帶有代言人的特徵。這可以以1960 年代初期郭世英等人的「X」小組爲例說明，「一九六三年二月十二日下午五時左右，在北京大學中關園 153 號我家後門的一片苗圃中，X 社成立。這個日期公安部沒有搞錯。我、孫經武、郭世英和葉蓉青四人姓名都對。但我們爲共同發起人，而不是我和孫經武是組織者，郭和葉是被發展對象。當時我們商定的不過是辦一個名爲『X』的雜誌，發表我們讀書的體會和文學創作。大家用活頁紙寫好文章後集中在我處裝訂成冊而已。孫經武雖然想過正式印刷出版，但也只是說說而已，並沒有實踐。因而說 X 社是一個集團，實在沒有道理」，「『X』雜誌從 2 月 12 日成立到 5 月 18 日被捕共出了 3 期。上面發表的是我們的純文藝的創作，主要是詩，是我們對當時流行的黨文藝的不滿，想闖出一條眞正的文學創作的路來。在公安局抓我們之前，我們燒了許多其他材料，但這 3 期刊物決定留下了。因爲我們認爲這是純文藝的東西。我們這麼做無非是不想虛度青春年華，做一些有益的事。」〔註 6〕而正是因爲六七十年代的先鋒詩歌所帶有的對抗和「異端」的色彩，這些詩人的命運大多都是悲劇性的，比如張郎郎、張鶴慈、郭世英、張久興、甘露林、车敦白、徐浩淵、陶洛誦、趙京興、黃翔等不是關進監獄就是非正常死亡。正如張郎郎後來所說的任何和「太陽縱隊」沾邊的人都被批鬥、關押、審查，「只要和我們接觸過較多的親戚、同學、朋友幾乎無一幸免」〔註 7〕。而到了 1990 年代，四川的幾個先鋒詩人廖亦武、萬夏和李亞偉等人入獄被捕也是來自於政治環境的高壓。

　　需要強調的是 1960 年代開始的「地下」小組和秘密的閱讀活動更多是來自於北京，而這正得力于禁閉年代裏這裡先天的文化優勢和精神資源。而對於那些更爲偏遠的「外省」而言除了極少一部分少的閱讀活動之外更多人的閱讀生活卻是從文革結束之後才開始的。甚至這在「第三代」詩人和 1980 年代的先鋒小說家那裡有著不言自明的印證和體現──「文化大革命結束以後，被視爲毒草的禁書重新出版。托爾斯泰、巴爾扎克和狄更斯們的文學作品最初來到我們小鎮書店時，其轟動效應彷彿是現在的歌星出現在窮鄉僻壤一樣。人們奔走相告，翹首以待。由於最初來到我們小鎮的圖書數量有限，

〔註 6〕　宋永毅：《訪「X」社張鶴慈》，「盛唐社區」（www.s-tang.net）

〔註 7〕　張郎郎：《太陽縱隊的死者與生者》，金鐘主編：《共產中國五十年》，香港：衡天有限公司開放雜誌社，1999 年版，第 90 頁。

書店貼出告示，要求大家排隊領取書票，每個人只能領取一張書票，每張書
票只能購買兩冊圖書。當初壯觀的購書情景，令我記憶猶新。天亮前，書店
門外已經排出兩百多人的長隊。有些人為了獲得書票，在前一天就搬著凳子
坐到了書店的大門外，秩序井然地坐成一排，在相互交談裏度過漫漫長夜。
那些淩晨時分來到書店門前排隊的人，很快發現自己來晚了。儘管如此，這
些人還是滿懷僥倖的心態，站在長長的隊列之中，認為自己仍然有機會獲得
書票」﹝註8﹞。而那些被爭搶的也就是《安娜‧卡列尼娜》、《高老頭》和《大
衛‧科波菲爾》這樣的書。而文革結束之後隨著時代政治和文學語境的變化，
先鋒詩歌和地方性也隨之發生變化。換言之，1970 年代後期以來的先鋒詩歌
儘管有北島等「今天」詩人仍然明顯的政治文化色彩和反抗精神，但是到了
1980 年代的「第三代」時期的先鋒詩歌則更為強調的是個體與語言、形式和
歷史之間的多樣化關係——既有衝突也有對話和融合。當然因為 1980 年代先
鋒詩歌不可避免的運動性特徵也導致了自身「個體」精神和詩歌話語的巨大
差異。六七十年代的先鋒詩歌顯然更帶有「地下革命」的政治文化色彩，而
1980 年代的先鋒詩歌更多是對個體意識和獨立姿態的強調。這也是為什麼年
輕一代詩人不斷挑戰北島等「今天」詩人的一個重要動因。

　　就先鋒詩歌與地方性的關係而言六七十年體現為公共空間和私人空間相
交互的特徵，尤其是在公共空間裏先鋒詩歌和地方性都沾染上不無強烈的公
眾意識和泛政治化情結。儘管這些帶有先鋒特徵的詩人反撥了以往的極權政
治，但是他們的宿命在於寫作和活動都掙脫不開政治時代的強大影響。

　　目前的批評界所指稱的「先鋒詩歌」大體將時間限定在「朦朧詩」以及
80 年代以來「第三代」詩歌運動﹝註9﹞。這種慣性的先鋒詩歌「知識」不僅來
自於那些詩歌研究者，而且還在於 1980 年代先鋒詩人們自身的觀念，「之所
以把八十年代詩歌的主導潮流命名為先鋒詩歌，乃是基於『先鋒』這個概念
包含著一定的過渡性、運動性，以及破壞與探索、實驗與創新等因素，它是
產生世界性、經典性的偉大詩歌作品的必要前提和條件」﹝註10﹞，「殘忍點說，
這批所謂的現代詩人也不是真格的現代派。即使是北島也不過嫺熟地運用了

﹝註8﹞　余華：《十個詞彙裏的中國》，臺北：麥田出版社，2010 年版，第 79 頁。
﹝註9﹞　如徐敬亞的《崛起的詩群》、《圭臬之死》以及陳超、唐曉渡、朱大可、陳仲
　　　　義、程光煒的相關文論。
﹝註10﹞　巴鐵、廖亦武、李亞偉、苟明軍：《先鋒詩歌四人談》，《作家》，1989 年第 7
　　　　期。

一些現代派的語言技巧和表現手法，骨子裏仍是人性、正義、眞理、愛等現實主義的母題」〔註11〕。在當時很多「第三代」詩人看來先鋒幾乎等同於「現代派」，所以在他們看來北島們的「現實主義」就落伍了。但是當我們將視野放在北島那一代詩人所處的六七十年代主流詩歌的背景之下考量，儘管他們的詩歌還不是完備意義上的「現代主義」但是足以可稱爲先鋒詩歌了。這從多多最初讀到根子的那首帶有強烈的現代主義甚至存在主義色彩的長詩《三月與末日》瞠目結舌的反應就能夠體現出來。更爲不同的還在於北島一代人的先鋒色彩還體現爲對政治體制的對抗色彩和意識形態性。

從 1960 年代開始延續到 1980 年代末的先鋒詩歌潮流帶有明顯的「密謀者」和波西米亞特徵。詩人之間的串聯和交流達到一個空前活躍的時期，而這也與公共空間由封閉到逐漸敞開的影響有關。六七十年代以張郎郎、郭世英、食指、白洋淀詩群、貴州詩人群以及「今天」爲代表的先鋒詩人深深影響到了 1980 年代的先鋒詩歌運動。而筆者之所以將「先鋒詩歌」的時間推移到 1960 年代（有研究者將這一時期的詩歌稱爲「準先鋒詩歌」，這是多麼曖昧的一個提法），不僅在於這一時期的先鋒詩歌與 1980 年代先鋒詩歌存在著明顯的歷史譜系性，而且就其與當時主流文化和正統觀念的反叛和對立精神、邊緣（「地下」）位置以及文體實驗和維護語言的差異性而言先鋒詩歌確實是從 1960 年代就開始了——而不是遲至 1980 年代「第三代」才出現的。甚至在一些研究者看來，夾雜著浪漫主義和現代主義特徵的新月詩派、象徵詩派、「現代」詩派、九葉詩派以及五六十年代臺灣的現代詩都可「堪稱各自時代詩歌陣營中的先遣隊，只是那時從來沒有人用『先鋒詩歌』的字樣爲後一流脈命名。」〔註12〕這也是爲什麼 1990 年代以來的先鋒詩歌研究中設置「前朦朧詩」、「朦朧詩」和「後朦朧詩」概念和以「現代主義」、「先鋒精神」爲歷史敘述線索的動因。在關於「朦朧詩」的重要選本中（比如唐曉渡《在黎明的銅鏡中》以及洪子誠和程光煒編選《朦朧詩新編》）之所以除了經典性的五位詩人北島、顧城、江河、楊煉和舒婷之外還要涵括白洋淀詩群、食指以及貴州的黃翔和啞默等人，正是出於先鋒詩歌的歷史譜系性考慮。越來越多的研究者已經注意到並且把 1960 年代開始的「地下詩歌」（「潛在寫作」）與朦朧詩潮作爲同一歷史譜系予以觀照和歷史性考察。與此同時 1960

〔註11〕朱凌波：《第三代詩概觀——獻給親愛的朋友們》，《關東文學》，1987 年第 6 期。
〔註12〕羅振亞：《朦朧詩後先鋒詩歌研究》，中國社會科學出版社，2005 年版，第 3 頁。

年代開始的先鋒詩歌與 1980 年代的先鋒詩歌二者之間又不是硬性隔開彼此獨立的，而是有著極其複雜的歷史性關聯。這種歷史性關聯和家族相似性在1980 年代那樣一個文化爆炸的年代裏體現爲兩個方向──一是選擇性接受，一是不問緣由地拒絕。在 1980 年代先鋒詩歌運動中王家新等當事人就將其分爲兩個板塊，「後朦朧詩」（「和諧型」）和「口語詩」（「反和諧型」）。前者以海子、駱一禾、歐陽江河、柏樺、張棗、鐘鳴、西川、王家新、陳東東、圓明園詩派等爲代表，後者則以「莽漢」、「非非」和「他們」等爲代表。顯然「後朦朧詩」與「朦朧詩」、「今天」之間具有更切近和一致性的血緣關係，而「口語詩」則對「朦朧詩」體現爲不滿與反撥。正如有研究者所認爲的那樣「後朦朧詩就比朦朧詩更集中注意力於自我，更深地走向內心深處，開掘無意識這塊內心礦藏」〔註13〕。而在一些研究者看來 1980 年代的「回到個人」和 1990 年代的「個人寫作」體現了先鋒詩歌從「青春期寫作」到成熟期寫作的過渡性特徵。而即使是這種不滿與反撥也實際上體現了與「朦朧詩」的親緣關係，比如朦朧詩強調的「表現自我」，第三代詩人的「生命詩學」和「回到個人」，1990 年代先鋒詩的「個人寫作」以及 2000 年開始更爲激進的「下半身寫作」。在當時顯得過於極端的沈浩波等先鋒詩人那裡除了「下半身」其他一切都是可疑的並且與藝術和先鋒無關，「知識、文化、傳統、詩意、抒情、哲理、思考、承擔、使命、大師、經典、餘味深長、回味無窮……這些屬於上半身的詞彙與藝術無關，這些文人詞典裏的東西與具備當下性的先鋒詩歌無關。」〔註14〕但是一個不能否定的重要事實是當年的北島以及《今天》對「第三代」詩人的廣泛而不可替代的重要影響，「對於我們這代人來說，北島的名字無疑具有相當重要的意義，是我們詩歌精神的啓蒙。正像 2004 年郭力家在長春見到北島時所表達的那樣：你就是北島！我恨死你了！如果當年不去追尋你的足跡，我怎麼落得今天這般地步！」，「當年我們高喊 PASS 北島，無非是想超越北島，完成一種傳承。」〔註15〕

　　而對於臧棣這樣稍晚於「第三代」的年輕詩人而言他們對「第三代」詩歌美學的不滿也就是自然而然的事情了，「80 年代在第三代人中盛行的一個

〔註13〕藍棣之、李復威：《八十年代文學新潮叢書總序》，《燈芯絨幸福的舞蹈──後朦朧詩選萃》，唐曉渡編選，北京師範大學出版社，1992 年版，第 4 頁。
〔註14〕沈浩波：《下半身寫作及反對上半身》，《下半身》，第 1 期。
〔註15〕蘇歷銘：《細節與碎片──記憶中的詩歌往事》，《陌生的鑰匙》，自印，2007年，第 235 頁。

詞，就是『原創性』，彷彿詩歌中的一切都只是在這些人開始寫作時才出現的」，而當時許多詩人高度亢奮的聲音只是在一種「粗陋的文學策略上運用這種意識，並且在很大程度上，反而被它自身所蒙蔽」，「它造成了80年代中國詩歌中一種狂妄話語，諸如喜歡以決斷的口吻指稱事物，把所有事物都強行納入一種簡單的眼界中，把褻瀆推向一種自我的癲狂。一些第三代詩人指責朦朧詩沒能平等地對待事物和現象，但問題是，這些人自己也沒能平等地對待事物和現象。」〔註16〕當然如果像一些人把臧棣歸入「後朦朧詩人」〔註17〕的行列，這種對「第三代」的「粗暴」詩學的批評顯然與朦朧詩天然的精神譜系有關。而在更廣泛的層面，我們可以認為以臧棣為代表的詩人對「第三代」的反思和反撥又恰恰體現了先鋒精神。在關於「地下詩歌」、「今天」詩歌和「第三代」以及「90年代詩歌」的關係認定上弔詭的是一直存在著「唯美學」的「反社會學」的傾向（與之相對的另一個極端就是「唯社會學」的「反美學」，二者本質上卻是一致的），換言之更多強調所謂的語言、美學、修辭和技巧而恰恰忽略了重要的歷史意識和文化語境。在這一點上連優秀的詩人臧棣也未能「免俗」——「用社會標準評價詩，與其說是褒獎，不如說是貶低。文革地下文學、『今天』、『朦朧詩』的真誠和勇氣，不應遮掩詩本身的不成熟：簡單的語言意識、幼稚的感情層次，滲透洛爾迦、艾呂雅、聶魯達式的意象和句子的英雄幻覺，使那時的大多數作品經不起重讀。我以為，『今天』詩人們的成熟——倘若有——也在離開了公眾注目之後，完成於冷卻和孤獨中」〔註18〕。沿著這種思路，這也是後來臧棣用罕見長文《北島，不是我批評你》嚴厲批判北島的精神根源之一。儘管于堅和韓東等人批評朦朧詩的「自我」和「尋根」、「歷史感」是在詩歌之外尋找抽象的哲學、宗教和文化感、永恒感〔註19〕，但是這些1980年代的先鋒派們卻同樣犯了一個嚴重的毛病——脫離歷史語境。對於1960年代開始延續到1970年後期這一特殊歷

〔註16〕臧棣：《假如我們真的不知道我們在寫些什麼……》《從最小的可能性開始》，
　　　　人民文學出版社，2000年版，第275～276頁。
〔註17〕目前研究界對「後朦朧詩」的界定和認識並不一致，一種是將朦朧詩之後所
　　　　有的先鋒詩歌行籠統地稱為「後朦朧詩」或「朦朧詩後」，另一種則是將海
　　　　子、駱一禾、西川、王家新等與朦朧詩在詩學觀念上存在一致性和譜系性的
　　　　寫作稱之為「後朦朧詩」。筆者沿用的是後一種觀念。
〔註18〕臧棣：《假如我們真的不知道我們在寫些什麼……》《從最小的可能性開始》，
　　　　人民文學出版社，2000年版，第398頁。
〔註19〕于堅、韓東：《在太原的談話》，《作家》，1988年第4期。

史時期的先鋒詩歌和文化觀念而言，對於這些正處於過渡階段的北島等人而言他們只能在當時的歷史秩序中對詩歌和思想進行盡可能的建設，而不可能像後來的先鋒詩人那樣在社會開放和西方詩學全面爆炸的年代裏近乎無所顧忌的「先鋒」。一定程度上北島等人面對的還是政治，儘管他們沒有將詩歌作為工具而是盡可能地進行了探索和實驗。鐵板一塊的政治禁錮斷裂之後先鋒詩人們面對的則是瞬間被打開的無數多的思想和文化的窗戶，而個體的可能性、詩歌語言的覺醒和花樣翻新而又極其駁雜的文化觀念與美學趣味都只能發生在 1980 年代——「在 1985、86、87 這些年頭，恨不得一夜之間窮盡詩歌形式的所有可能性」〔註20〕。就文化觀念和語言方式而言，李亞偉和宋渠、宋煒兄弟又是如此迥異。所以，韓東高呼詩歌回到「肉體」和「詩到語言為止」只能發生在「第三代」這代人身上。而韓東等人的先鋒觀念又並非來自本土性的原創，而是像同時期的先鋒文學一樣來自於異域。維特根斯坦提出的「我的語言的盡頭是我的世界的盡頭」顯然對韓東的「詩到語言為止」有著顯在的直接影響。80 年代的西川有過這樣一個極具先鋒意味和行為藝術的舉動。一次王家新在夜裏找西川談詩，一進門西川就拉滅了電燈而點起蠟燭還感歎到「電燈算什麼，蠟燭陪伴了人類幾千年」。西川這樣反對工具理性和維護「傳統」的先鋒行為在當時具有普遍性。

需要注意的是 60 年代延續到 80 年代的先鋒詩歌，儘管期間歷史語境有著明顯差異，但是這一時期的先鋒詩歌都帶有明顯的「冒犯」精神。即使是在 1980 年代，寫詩不僅會招惹麻煩而且還帶有一定的危險性。1985 年，工廠工勞科長親自把工廠除名決定送到梁小斌家裏，「我說：本來應該是我去拿的，麻煩你們送來了。自此，我的生活靠全國詩友們的贊助」〔註21〕。工作、生活和精神上的被迫「斷裂」導致梁小斌在 1986 年完成了另一首代表作《斷裂》。上海的詩人吳非也因為寫詩而遭到車間主任的當面警告——「酒菜剛剛端上，車間主任敲門而入，當面警告吳非，如果繼續迷戀詩歌而曠工，集體企業將把吳非開除。在那個年代工作就是飯碗，就是命，而吳非毫不含糊，當即作答：老子不幹了！」〔註22〕

〔註20〕李振聲：《季節輪換》，學林出版社，1996 年版，第 4 頁。
〔註21〕梁小斌：《梁小斌自述》，《在一條偉大河流的漩渦裏》，上海文藝出版社，2009 年版，第 176 頁。
〔註22〕蘇歷銘：《細節與碎片——記憶中的詩歌往事》，《陌生的鑰匙》，自印，2007 年，第 283 頁。

　　而「第三代」幾乎都帶有高校的背景,這個特殊的空間對於先鋒詩歌的文化吸收顯然有著重要推動作用。

　　從詩人身份上而言北島、黃翔、芒克等人都是「工人」,而「第三代」則大體爲大學生。「今天」詩人和「第三代」詩人所面對的文化環境是如此不同。「今天」詩人面對更多是極權年代的政治環境,80 年代詩人面對的則是日益開放的多元文化和文體實驗。80 年代開始先鋒詩歌的重心以及群落和民刊都轉移到了校園,「學校的鄉村(小鎮)詩人,搭乘著骯髒而擁擠的長途汽車走向省城,而外省的詩人則奔赴北京、上海和廣州等超級城市。作爲新知識分子搖籃和堡壘的大學校園,成爲詩人覷覦和混飯吃的目標。校園裏到處是渾身髒兮兮的流浪詩人的身影。」〔註 23〕而北島、芒克、江河、顧城、楊煉和黃翔等人也將先鋒詩歌的活動空間由廣場、公園轉到了大學校園。即使有些先鋒詩歌的發生不是在校園,但從文化地理的角度來看它們又與大學存在著密切的關聯,比如以北京的掛甲屯和福緣門村爲聚集地的圓明園詩派和先鋒畫派就緊挨著北京大學和清華大學。那一時期我們在北京以及外地的各個大學教室裏頻頻能夠看到當年的朦朧詩人講座的身影。朦朧詩人和「第三代」詩人一起在校園裏成爲文化英雄並掀起一輪輪的明星效應。自此「校園先鋒主義」和「文化先鋒主義」成爲 1980 年代先鋒詩歌運動不同於六七十年代的重要特徵。所以在周倫祐看來即使「第三代」詩歌中有「身體」甚至「肉體」的描寫,但是本質上這仍然是文化策略意義上的。但是今天看來這種「校園先鋒主義」因爲「非正常」因素而必將是短暫的,因爲那一時期詩人和「觀眾」之間產生的狂熱心理和追星情結只能是那一時代轉折點上文化過渡期的特殊心理的反應和投射。這一時期先鋒詩歌因爲花樣翻新的運動性和誇張的表演性而成爲社會以及文化的焦點,「詩人在校園中獲得了類似明星的崇高地位。女學生們狂熱地追逐著男性詩人,在校園朗誦會上漲紅著臉,拍手,跺腳,爲她們心儀的詩人高聲喝彩。她們的夢遊般的眼神掠過了詩歌,久久停棲在那些不修邊幅的流氓式的臉龐上。」〔註 24〕確實那一時期的校園先鋒派們有一部分人充當了不羈的叛逆者和怪笑耍壞的「流氓」與「壞蛋」形象,「我

〔註 23〕 朱大可:《流氓的盛宴:當代中國的流氓敘事》,新星出版社,2006 年版,第192 頁。

〔註 24〕 朱大可:《流氓的盛宴:當代中國的流氓敘事》,新星出版社,2006 年版,第195 頁。

是 1980 年認識朱淩波的,當時他的詩歌留給我印象最深的不是後來所謂的『體驗詩』,而是『雪白的大腿和豐碩的臀部』,這對於當時尚未到 20 歲的我和包臨軒來說,朱淩波無疑是個有流氓嫌疑的壞蛋」,「那時已經從東北師大畢業的郭力家,經常出現在我們學生宿舍的門前。他總是坐在臺階上,斜眼弔春暉,只要有靚麗的女學生走過,他眼睛的餘光會一直跟蹤到人家消失於街道的盡頭。我一直認為他心術不正,匪氣十足」〔註 25〕。而在文化策略和身份扮演意識中,無論是「朦朧詩」還是「第三代」都具有一定的偽飾性和表演性,「他寫在黑暗中選擇了叛逆與毀滅的英雄,寫源遠流長的,沒有盡頭的苦難,寂寞的死亡與埋葬,以及生命如何在死亡中成為『東方的秘密』。他在當時的激昂的氛圍中寫出的這些詩句,有一半的真誠,另一半的做作。民族,歷史與祖國突然成為他的主題,這似乎是不自然的。他是個人主義者,一個心緒晦暗,多少有些不健全的個人主義者。我始終以為他的那些張揚的,『大我』的長詩不過是另一種意義上的八股文」〔註 26〕。而正是因為文化取向和詩歌美學趣味上的差異,1980 年代新湧現的一批先鋒詩人就不能不把北島等「前輩」詩人作為目標甚至「假想敵」──「最近我系統地看了他們的發表的作品,他們這茬人作為一個高峰已經過去了,雖然在文學史上寫上了重重的一筆,他們的詩還以 76 年的格調嘶喊著,對撲面而來的第三次浪潮和大趨勢竟無動於衷,對新生活的流行色和笑聲竟滿含仇恨,甚至變得聲嘶力竭,連起碼的美感都失去了,我為他們感到可悲可憐,當然這不能怪他們,這是時代和社會的產物。未來的詩壇是屬於我們的!」〔註 27〕朱淩波這些「第三代」詩人不僅要批評北島,連帶以謝冕為代表的「新詩潮」批評家也不能「幸免」。朱淩波和包臨軒曾經合寫過一篇批評謝冕的文章《疲憊的追蹤》。「今天」詩人必然會對後來的青年詩人產生影響的焦慮,正如布魯姆所說當一個詩人的想像力在前輩詩人那裡受到限制和壓抑的時候就會在二者之間產生伊底帕斯一樣的關係。1986 年 9 月,《詩刊》社舉辦的第六屆青春詩會在太原召開。會議期間于堅和韓東二人之間展開了一次對話,談話中被更多談論的就是北島和「朦朧詩」。對話開頭于堅的第一句就是「在成都有人問我,是不是要和

〔註 25〕蘇歷銘:《細節與碎片──記憶中的詩歌往事》,《陌生的鑰匙》,自印,2007年,第 253、247 頁。

〔註 26〕潘婧:《抒情年代》,作家出版社,2005 年版,第 101 頁。

〔註 27〕朱淩波寫給蘇歷銘的信,1985 年 5 月 10 日。

北島對著幹。我說，我不是搞政治的」〔註28〕。之所以「第三代」要反叛甚至「強姦」（楊黎語）「朦朧詩」，其中一個重要的原因是北島等人要表現的「自我」被指責爲實際上對英雄主義和人道主義的恢復。換言之「第三代」所要反對的就是北島等人重新塑造「英雄」和「權威」的心理，「陽光下，那搖搖晃晃的紀念碑又重新開始穩定了。中世紀騎士的風衣，穿在了八十年代中國青年詩人的身上。表現自我偉大的人格，表現彌漫血腥的早晨那個挺拔的英雄，以人道主義和英雄主義的結合，構成了朦朧詩強大的背景。在悲憤的旗幟下，遍地種上了理想的鮮花。那個時代，似乎每一個人都從噩夢中醒來；清理著自身的憂傷，傾訴著過往的怨曲，渴求著重溫舊夢。舊，舊到了極點」〔註29〕。而「第三代」一部分詩人所要做的就是不僅要「否定英雄」還要「否定自我」，就像李亞偉所說「用悲憤消滅悲憤，用廝混超脫廝混」。也正如胡冬所說這是一群製造思想和詩歌炸彈的造反派！到了後來李亞偉等先鋒詩人才終於意識到當年他們極力反對的同爲「莽漢」詩人的二毛所說的「流派是陷阱，主義是圈套」是有道理的。1986 年冬天在喧囂的「第三代」詩歌運動終於濃煙散盡之後，李亞偉發出如此地慨歎──「越是新奇有衝擊力的東西，到頭來越是容易成爲圈套」〔註30〕。即使是當時無不激進的廖亦武也對「第三代」詩歌運動懷有疑問，「是誰發起了 1986 年現代詩運動，攛得繆斯抱頭鼠竄？」（《巨匠》）而這種後起詩人的否定心理和反叛意識與「朦朧詩」否定極權政治的反叛心理本質上是一致的，只是不同歷史語境下反叛的對象和重心具有差異──朦朧詩人希望在廣場上扮演精英、英雄和啓蒙主義者的角色，而「第三代」（一部分）就是要把人的非理性的青春期衝動和反傳統的狂暴的一面塑造成新時代的標杆。作爲先鋒詩歌的歷史譜系，「朦朧詩」和「第三代」之間存在著既對抗又對稱的關係（這在「第三代」的「和諧派」和「反和諧派」那裡有直接的對應），無論是從家族相似性還是從時代語境來說二者之間既有融合也有差異。張棗當年的一首詩更能說明二者之間這種特殊的歷史性關聯，「報警的鈴兒置在你不再爆炸的手邊 / 像把一隻夜鶯裝到某條黑洞洞的枝柯 / 你和你的藥片等著這個世界消歇 // 用了一輩子的良心，用舊了雨

〔註28〕 于堅、韓東：《在太原的談話》，《作家》，1988 年第 4 期。

〔註29〕 楊黎：《穿越地獄的列車──論第三代人詩歌運動（1980～1985）》，《作家》，1989 年第 7 期。

〔註30〕 李亞偉：《莽漢手段──莽漢詩歌回顧》，《關東文學》，1987 年第 6 期。

水和車輪／用舊了眞理憤怒的禮品和金髮碧眼／把什麼都用了一遍，除了你的自身／／當你模糊的呼吸還砌著海市蜃樓／我感到你在隔壁，被另一個地球偷運／有一隻手正熄滅一朵蒼蠅，把它彈下圓桌和宇宙／／可人家還要來恫嚇你，用地獄和上帝／每禮拜叫你號啕一場，可是哭些什麼呢？／透過殘淚你看出一枝枝點燃了的蠟燭／好比黑白分明的棋局裏一過了河的卒子／或者是天翻地覆，我們已經第二次過河吧／重複一遍你的老妹妹，還要我，一個／醉心於玫瑰柔和之旋律的東方青年／／黑髮清朧，我們或者眞是第二次相遇／在一個我越拉你，你越傾斜的邊緣／請記住我：我和夜鶯還會再次相遇」（《朦朧時代的老人》）。

　　1980 年代的先鋒詩歌的不足除了運動心理以及「地方主義」作祟外，另一個缺陷就是詩人普遍具有的身份裝飾色彩。換言之這些詩人把自己扮演成了痞子、市民、氓流、俗人、無賴、潑皮、莽漢、造反者和「復古主義者」。這種身份扮演和話語類型無疑在具有一定的先鋒反叛精神的同時也導致了表演性和自我消解。而無論是延續還是反撥「朦朧詩」，1980 年代先鋒詩歌都體現了與六七年代先鋒詩歌之間不可分割的關係。而就六七年代和 1980 年代兩個時期的先鋒詩人而言他們在與主流和正統文學的關係上本質上是一致的，他們的反叛意識、創新精神、詩歌的「現代性」以及民刊策略和文體實驗上是同構的。尤其要強調的是北島、芒克等人創辦的民刊《今天》以及黃翔、啞默等人的《啓蒙》對 1980 年代以校園爲主體的詩歌民刊的巨大影響。1980 年代的詩歌民刊不斷強調著邊緣性和先鋒性，這與《今天》眞正意義上的與官方刊物相對立的「地下」性質是一致的，「儘管非官方詩歌刊物的發行量有限，它們的重要性是不容低估的。從 1970 年代末《今天》的創刊到 1990 年代末的今天，非官方詩歌一直是當代中國文學實驗和創新的拓荒者」〔註31〕。而到了 1990 年代的先鋒詩歌強調的已經不是當年的「地下」，而是轉換爲「民間」，「與居主流地位以成功爲目標的詩人的寫作相比，民間寫作的活力與成就都是更勝一籌的，它構成了 1990 年代詩歌寫作眞正的制高點和意義所在」〔註32〕。從 60 年代開始的先鋒詩歌一直就是主流和非主流、官方與地下（民間）、中心與邊緣、體制與個人之見的齟齬和博弈。先鋒詩歌在不同歷史區隔和意識背景中的表現在於重心和程度的差異，有時更偏重於詩歌的思想主

〔註31〕吳密：《從邊緣出發》，廣東人民出版社，2000 年版，第 206 頁。
〔註32〕韓東：《論民間》，《芙蓉》，2000 年第 1 期。

題、社會批判、歷史控訴以及詩人與政治文化的關係，有時則更強調詩歌的語言、語感、形式以及觀念的更新。

更值得注意的也是被普遍忽視的就是以北島為代表的「今天」詩人以及當年的多多等白洋淀詩人在八九十年代仍然保持了詩歌的先鋒精神。當一部分1980年代的先鋒詩人以反撥北島等「朦朧詩」為大旗並自以為取得戰果的時候他們卻忽視了1984年之後北島等朦朧詩人自身的分化和轉向。而這種分化和轉向與所謂的「第三代」先鋒詩的精神是具有某種同構性的。比如北島由以往對政治和意識形態的強烈批判轉向對人生存問題的關注，多多的存在主義色彩的對人和時間的雙重追問，芒克的口語和反諷對現實的重新介入等等。一般的當代新詩史在敘述「朦朧詩」和「第三代」詩時更多是強調二者之間的斷裂關係，更多是從外部即「第三代」詩人的寫作中去尋找言之鑿鑿的證詞。而姑且不論「朦朧詩」與後此的新詩寫作潮流是否就是這樣簡單的二元對立的關係，實際上這種寫作的差異性和詩學傳統的轉換從朦朧詩人內部即已開始。這當然不排除那些在1970年代末和1980年代初的一些有別於朦朧詩人寫作的詩學變革的先聲，而梁小斌正是從「朦朧詩」內部走出並對「第三代」詩歌寫作有著相當影響的詩人。1986年第9期的《星星》發表的梁小斌的《斷裂》就是這一轉換的標誌，同期刊發了評論家吳思敬的文章《痛苦使人超越──讀梁小斌的〈斷裂〉》。文章談到詩人梁小斌已不滿意自己過去的《雪白的牆》和《中國，我的鑰匙丟了》等詩作，也不滿於江河、楊煉等詩友的「神話」和「史詩」追求，指出必須懷疑美化自我的朦朧詩的存在價值與道德價值，自己所要要寫的詩是「生活流」色彩的詩。當時梁小斌的這首《斷裂》被批評為是在「展覽醜惡」。而這不正是「第三代」詩人津津樂道的不同於「朦朧詩」的美學趣味嗎？而梁小斌在1985年寫的《重新羞澀》和在1986年寫的《潔癖》可以看作這類文本的嘗試和代表。

而當歷史轉入1990年代之後，隨著政治經濟文化的劇烈震盪和轉捩，不僅轟轟烈烈的先鋒詩歌作為運動已經結束，而且先鋒詩歌所體現的激進和反叛精神也在大大削弱──「真正的先鋒一如既往。當青年理論家吳亮在四年前說出這句高邁的話時，我青春的心頗為感動。不過，我現在才感到，那時真正的考驗還沒有來得及全面發生。市場圖騰這陰冷誘人又『體面』的食肉獸也還沒有發出撲鼻的氣息」〔註33〕。無論是精神的個體烏托邦還是詩歌的

〔註33〕陳超：《變血為墨迹的陣痛──先鋒詩歌意識背景描述或展望》，《生命詩學論

理想主義與超越、創新精神都幾乎消失殆盡——詩歌與時代的摩擦係數空前降低。儘管當年的先鋒詩人仍在零落地寫作，更為年輕的詩人們也自詡為先鋒派，但是從整體性的層面而言1990年代以來的先鋒詩歌迎來了波瀾不驚的階段。而整體性上先鋒詩歌和先鋒精神的弱化（其他的小說和戲劇也是如此）又與媒體和審美的極其多元化、世俗化、庸俗化有關。多元共生的文化景觀顯然一定程度上會削弱先鋒性，而歷史上的先鋒性恰恰大多時候是在文化一體化和專制化的時代（包括由專制向自由時代的過渡階段）出現的。眾多年輕一代自稱「屌絲」，而馮小剛則認為他們是在自取其辱又自以為榮，這恰恰體現了「先鋒殘餘」與階層分化的社會倫理之間的不對接狀態。著名的先鋒詩歌批評家陳超曾從想像力的方式、意識背景和語言方式上區分了先鋒詩歌在不同歷史階段的差異，比如朦朧詩的「隱喻—象徵，社會批判」想像力模式，新生代（一般意義上的「第三代」）詩歌中以「生命經驗—口語」和「靈魂超越—隱喻」為代表的兩種差異性想像力模式，90年代出現的知識分子寫作的「歷史想像力—異質混成」想像力模式，90年代末到新世紀以來先鋒詩歌則進入了「用具體超越具體」的「日常經驗—口語小型敘述」的想像力模式〔註34〕。

在2012年冬天上海的冷雨中，梁曉明送給我一本他的自印詩集。在扉頁上他給我寫下這樣一句話——「我離革命已越來越遠」。

第二節　政治年代的公共空間與私人空間

極權年代不斷向個人和家庭的日常生活灌輸強勢的政治文化，私人生活的空間甚至在文革時期達到了空間縮減和被置換的程度。而恰恰這種極端的對個體主體性的壓制在詩歌中反倒是獲得了難能可貴的掙扎和反抗的聲音。這種聲音的傳達最終的渠道也是唯一的渠道就是在秘密的「地下」空間寫作、傳抄、閱讀、交換、朗誦中完成的。即使到了1990年代末期，在一些詩人看來公共空間與個人生活之間仍然存在著難以消弭的緊張與對抗關係。1999年12月29日西渡在夜晚完成了名為《公共時代的菜園》的詩作。這首詩歌儘管帶有歷史的回敘性視角（時間為1976年春天，這一年「公共生活即將走到它

稿》，河北教育出版社，1994年版，第185頁。
〔註34〕陳超：《中國先鋒詩歌論》，人民文學出版社，2007年版。

的盡頭」），但是這首詩歌的個人化的歷史想像能力和現實指向性都是非常強烈的，「爲了救治 / 祖父的病，我和堂弟在圍牆的 / 石縫裏栽上草藥，直到它們 / 的濃蔭在我們的願望中覆蓋了 / 菜園的四季。噢，公共生活的針尖 / 在私人菜園裏彎軟了，我們就用它 / 在公社的稻田裏釣起頂呱呱的青蛙」。實際上，「歷史病」有時候就是「現實病」。而當公共生活不斷進入到個體的現實生活甚至詩歌寫作空間當中的時候，我們應該正視無論是一個極權的時代還是城市化的時代我們的精神生活都沒有那麼輕鬆和容易。

之所以北京能夠成爲 1960 年代開始的「地下詩歌」以及後來《今天》等先鋒詩歌產生的策源地正是來自於政治高壓下特殊的個人空間與公共空間的關係。那些參與「地下」沙龍和活動的相關人士的出身尤其值得關注。質言之，這些人的父母多爲高乾和高知，這就爲他們提供了同時代其他省份詩人不可能擁有的精神資源和閱讀空間（比如私人藏書的數量以及內部借書證等），「當時，他們都不到 20 歲，讀了許多書，對一切新奇的東西感興趣。那是 1961～62 年，相對比較寬鬆，除了公開出版的書籍外，還有許多解放前出版過的小說，記得的有屠格涅夫的《煙》，陀思妥耶夫斯基的《罪與罰》等等，蕭伯納的《英雄與美人》給我觸動最大。他們利用高幹子弟的特權，還能讀許多內部讀物，我也從中看了不少，如《麥田裏的守望者》、《向上爬》之類的小說，《椅子》之類先鋒派的劇本，有些我看不懂，另外像哈耶克的《通向奴役之路》，薩特、維特根斯坦的著作等。他們接觸的面很廣，已不再嚮往蘇聯了。我相信，就他們的年齡來說，有些東西並沒有看懂，但他們很認真地討論，還時常要與我辯論（那時我思想比較正統），二弟和我祖父也有了交談，祖父十分喜歡他，不過，年青人狂得很，他覺得祖父在有些方面已經落伍了，當然他們更看不上郭沫若，我二弟幾次和我談起，郭世英對他父親的劇本及報紙上的詩作的苛評。」〔註35〕張郎郎等人的情況也是如此，「當時我父親有北京圖書館的內部借書證，可以借許多當時中國的禁書，像《十日談》、《地糧》等。同時，我父親也買了許多後來被稱之爲黃皮書和灰皮書，這才讀到了《麥田守望者》、《在路上》、《向上爬》、《憤怒的回頭》等作品，我拿《憤怒的回頭》到學校，熱情推崇，從頭到尾讀給朋友們聽。那時雖然也喜歡葉甫圖申科的《娘子谷及其他》、阿克蕭諾夫的小說《帶星星的火車票》等，總

〔註35〕張飴慈：《張飴慈致邵燕祥的信》，《新詩界》，2003 年第 3 卷。

之，讀遍了當地的『內部圖書』，但最喜歡也最受震憾的還是《麥田守望者》和《在路上》。當時狂熱到這樣程度，有人把《麥田守望者》全書抄下，我也抄了半本，當紅模子練手。董沙貝可以大段大段背下《在路上》。那時居然覺得，他們的精神境界和我們最相近。那時，我們讀書、談書成了主要話題。所以搜尋書刊也是重要活動。外語學院附中，離琉璃廠最近。下了課，我們流連在舊書店。在這裡，我買到了《美國現代詩選》，也第一次讀到了佛洛伊德的《精神分析引論》。」〔註 36〕後來諸多當事人對「黃皮書」（國外的文藝類著作）和「灰皮書」（國外的哲學社會科學類著作）的列舉和回憶大同小異，「在內部發行的蘇聯和西方文學『黃皮書』中，當年對青年一代影響最大的是塞林格的《麥田裏的守望者》、凱魯亞克的《在路上》和阿克蕭諾夫的《帶星星的火車票》；其他如愛倫堡的《人・歲月・生活》和《解凍》、艾特瑪托夫的《白輪船》、葉甫圖申科的《娘子谷》、特羅耶波爾斯基的《白比姆黑耳朵》、索爾仁尼琴的《伊凡・傑尼索維奇的一天》、西蒙諾夫的《生者與死者》和《最後一個夏天》、特里豐諾夫的《濱河街公寓》、沙米亞金的《多雪的冬天》、拉斯普京的《活著，可要記住》、邦達列夫的《熱的雪》和《岸》等等，以及西方現代派文學作品如薩特的《厭惡》、加繆的《局外人》等，也對『文革』中覺醒的一代青年人產生了巨大影響。」〔註 37〕據相關統計建國後三十多年時間內共出版內部書籍 18301 種，其中社科類為 9766 種（文革結束前社科類出版數量大約為 4000 種）〔註 38〕。數目已經可觀的這些帶有與「社會主義文藝」具有差異的著作對於那一年代的青年人而言其影響程度是無法估量的。

　　同時值得強調的是在私人空間的秘密交流中產生的「地下」性質的沙龍和文學圈子除了極權年代青年人的精神渴求、叛逆性格以及家庭出身之外還與他們青春期的愛情生活有著極其重要的關係。無論是張郎郎和郭世英、徐浩淵等人的沙龍還是後來的白洋淀詩群以及「今天」詩人都說明了愛情在詩歌和文學交往中的重要。可以看看當年張郎郎等人的情況，「主要是我和張久

〔註 36〕張郎郎：《「太陽縱隊」的傳說及其他》，廖亦武主編：《沉淪的聖殿——中國 20 世紀 70 年代地下詩歌遺照》，新疆青少年出版社，1999 年版，第 38 頁。

〔註 37〕沈展云：《灰皮書，黃皮書》，花城出版社，2007 年版，第 22 頁。

〔註 38〕中國版本圖書館編：《全國內部發行讀書總目 1949～1989》，中華書局，1988 年版。

興兩個人在秘密寫詩。當時的直接原因,是張久興愛上了在實驗中學讀書的陳乃雲。每天到放學時分,我們倆就在校門口等候,因為陳乃雲正好騎車從這裡路過。且不論戀愛故事是否成功,但至少張久興一下子變成了多產詩人。讓我望塵莫及。可見激情出詩人」〔註39〕,「那個年齡的人都很重視難得的友情,那時我們就成了鐵哥們兒。我們也都寫東西,也畫畫、攝影,志趣相投。又同時愛上了蔣家的女孩子,我追蔣定粵,他追妹妹蔣定穗。她們家的大哥蔣建國也是中央美院畢業生,搞版畫、攝影,二哥蔣之翹寫古詩,蔣慶渝寫新詩,小弟蔣慶寧也一心想寫小說。那一段時間,他們家成了這階段的沙龍。」〔註40〕

在新中國成立後隨著政治運動和階級鬥爭頻繁而暴風驟雨般地進行,國家政治文化對私人空間和公共空間的雙重侵佔甚至剝奪成為顯豁的文化現象,「新政權的建立,使國家機器的強化達到頂峰,這是 20 世紀現代化國家建構的一個重要過程」〔註 41〕。國家政治話語的極度膨脹和公共空間生活的極端集體化和國家化必然使得個人的生存空間和交流場所的個人性逐漸喪失。以往農耕文明的緩慢的生活方式和交通方式產生出的相對封閉也相對自足、特徵更為明顯的地方文化和文學話語也隨著現代化進程和一體化極權政治傾向的加劇而逐漸喪失。地方與國家,個人空間與公共空間之間的關係在這一時期形成了一體化的強硬關係。地方和個人都被縮減到了最小的程度。這就形成了有「國家」無「地方」,有「公共」無「個人」的殘酷事實。當領袖的雕像、畫像、像章和書籍擺放在每一個家庭的臥室,私人生活和精神空間是允許存在的嗎?這種高端擠壓也在特殊時期形成了個人、地方與國家以及公共生活秩序之間的激烈矛盾與衝突。一些青年人尤其是詩人的叛逆性反撥,從而以詩歌話語的方式形成了罕見而彌足珍貴的個人與地方的重新復活與創生。這也是考察上個世紀後期先鋒詩歌精神的關鍵所在。而文學社團在當代的消失以及各種喪失了獨立性的社會組織的不斷集體化反映出國家政權機構的強大力量。1949 年全國文代會期間,與會的詩人發起了全國詩歌工作

〔註39〕 張郎郎:《「太陽縱隊」的傳說及其他》,廖亦武主編:《沉淪的聖殿──中國20 世紀 70 年代地下詩歌遺照》,新疆青少年出版社,1999 年版,第 34 頁。

〔註40〕 張郎郎:《「太陽縱隊」的傳說及其他》,廖亦武主編:《沉淪的聖殿──中國20 世紀 70 年代地下詩歌遺照》,新疆青少年出版社,1999 年版,第 43 頁。

〔註41〕 王笛:《茶館:成都的公共生活和微觀世界,1900～1950》,社會科學文獻出版社,2010 年版,第 4 頁。

者聯誼會。會後，北平、天津、上海、南京等大城市也分別成立詩歌工作者聯誼會。在 8 月 2 日的全國詩聯成立大會上艾青、臧克家、柯仲平、王亞平、蕭三、呂劍、林山、李季、何其芳、沙鷗、馮至、卞之琳、戴望舒、天藍、魯藜等當選為理事，田間、辛笛等被選為候補理事。但是由於當時對同人結社、同人辦刊的限制這個詩歌工作者聯誼會很快就夭折了。自此同人性質的詩歌刊物、社團乃至詩歌流派在國家一體化的規範下基本消失。詩人不是為個人寫作，而是為政治、運動、集體寫作。只有到了 1970 年代末期隨著社會政治語境的艱難轉換，個人空間和公共空間才逐漸恢復了真正的個人性、交互性和漸漸敞開的自由性。也正是在此條件下形成了這一時期大量湧現的民間刊物和由「地下」到「地上」的詩歌交往和活動。但是隨著時代語境的轉換，90 年代以來的詩歌則呈現了個人空間的極度膨脹。這就使得我們必須重新考慮如何使詩歌能夠在公共空間和個人生活空間自由地穿逐，「過去，我們的詩歌過度強調社會性、歷史性，最後壓垮了個人空間，這肯定不好。但後來又出現了一味自戀於『私人化』敘述的大趨勢，這同樣減縮了詩歌的能量，使詩歌沒有了視野，沒有文化創造力，甚至還影響到它的語言想像力、摩擦力、推進力的強度。」〔註 42〕

　　政治年代國家對人們日常行為和生活的干預、介入和規訓是相當突出的，而詩人的生活和私人空間甚至公共空間是如何轉變為國家政治活動空間的顯然更值得關注。在比較嚴格意義上哈貝馬斯把公共領域視為與國家權力對抗的一種社會和政治空間。葛蘭西則認為革命取得文化霸權的關鍵在於是否成功地把新的文化觀念傳播到廣大民眾之中。英國學者邁克奈爾認為在現代社會政治進程中大眾媒介是介於政治組織和公民之中的第三要素。在此前提下媒介的傳播過程就是有選擇性和傾向性的，而媒介在政治年代就更大程度上成為政治訊息的傳播者並且參與政治文化的構建。就中國而言，上個世紀 50 到 70 年代，政治運動的媒介傳播網絡主要是紙質報刊和電臺廣播。這一時期形成了以《人民日報》、新華通訊社、中央人民廣播電臺（有線廣播站）為核心的集中統一的媒介傳播網絡。作為文學生產和傳播的重要環節的官方主流刊物顯然對塑造某一時期的文學生態和推動主流文學思潮都起著不可忽視的作用。而建國後創辦的詩歌刊物較之其他文學刊物從數量上而言是很少的，除了 1950 年短暫的《大眾詩歌》、《人民詩歌》之外，直到 1957 年才出

〔註 42〕陳超：《中國先鋒詩歌論》，臺灣秀威，2013 年版，第 20 頁。

現了有全國性影響的《詩刊》和《星星》。這一時期媒介傳播網絡的目的和功能完全是為政治宣傳和主流文化教育服務。在這一政治化的媒介傳播網絡中作為政治年代主流刊物樣板的《詩刊》從 1957 年 1 月 25 日創刊伊始就與政治緊密聯繫在一起。刊物積極貫徹和配合黨和國家的文藝政策和政治方針，從而成為相當重要的政治宣傳武器。每每有運動到來和國內外重大事件發生，《詩刊》就首當其衝不遺餘力地配合、鼓動和宣傳。綜而言之，《詩刊》（1957～1964）由於其與國家領導人的特殊關係和當時作為官方權威刊物的重要媒介地位為社會主義國家的詩歌建設與宣傳起到了重要作用。《詩刊》和《星星》在政治運動中的表現和命運都有力地呈現了這一時期不斷畸形和失衡的詩歌生態。這從《詩刊》創刊號即發表毛澤東詩詞 18 首即可清晰看出其辦刊方向。而《詩刊》社所主持的活動和座談會也往往請國家重要領導人和文化領導人參加，如 1959 年 4 月《詩刊》社召開了由主編臧克家主持的座談會，國務院副總理陳毅受邀參加；1962 年 4 月 19 日《詩刊》又邀請朱德副主席、文聯主席郭沫若參加座談。在日漸緊張的政治年代作為主流官方樣板刊物的《詩刊》以特有的詩歌生產和傳播方式對社會主義詩歌的塑造、傳播以及對蘇聯和亞非、拉美等社會主義國家的詩人、詩作的大力推介起到了不可替代的政治作用。

　　正是長時期的政治一體化無限加速的過程使得方言、地方和個人在詩歌寫作中幾乎整體性地喪失。這一時期的詩歌寫作基本不存在真正意義上的地方性知識的「發現」，而是呈現出普通話和政治意識形態的極端化發展對地方和文學的雙重遮蔽。漢語詩歌寫作在建國後一直到 70 年代末期都處於強大的政治形態下的階級話語和集團話語的陰影之下。被意識形態化的「普通話」消解了真正的詩歌語言，漢語從來都沒有受到過如此嚴峻的衝擊與挑戰。強大的話語秩序在規範著每一個人的說話內容和言說方式，「母語」就是「那個在歷史上從未擺脫過政治暴力的重壓，備受意識形態的欺凌，懷舊、撒謊、孤立無援卻又美麗無比的漢語」〔註43〕。1970 年代末以來，隨著國家政治社會語境的逐漸轉換，「地方」和「個人」得以逐漸的復蘇。而 1989 年之後現代化進程的加劇尤其是城市化和城鎮化的全面推進導致了「地方」的不斷弱化、縮減。

〔註43〕張棗：《詩人與母語》，《今天》，1992 年第 1 期。

第三節 地緣政治、公共空間與詩歌北京

在王德威看來在一代中國文人的內心深處北京帶有神秘的牽引〔註44〕，而在談論現代文學史時李歐梵對北京的印象則是「唯我獨尊式的中心主義太強」〔註45〕。北京古都曾經帶給人們很多溫暖的想像和記憶。正如林語堂所說「事實上所有古老的大城市都像寬厚的老祖母，她們向孩子們展示出一個讓人難以探尋淨盡的大世界，孩子們只是高高興興地在她們慈愛的懷抱裏成長。」〔註46〕而郁達夫更是對北京懷有深厚的感情，「離開北京，又快一年，每想到風雪盈途的午後，圍爐煮酒，作無頭無尾的閒談的逸致，只想坐一架飛機，回北京來過冬」〔註47〕。此時正忙於創造社諸多事務的郁達夫只能向中原北望，「歎一聲命苦而已」。但是在20世紀的歷史進程中就文學而言北京給知識分子帶來的既有榮光又有無盡的痛苦與失落。

在現代文學史上北京（北平）和上海作爲文化和文學的中心曾吸引著大量的作家群落甚至還形成了「京派」和「海派」。而到了新中國成立後北京則成爲了唯一的政治、文化和文學中心。而這種文學中心的形成更多是因爲地緣政治和主流意識形態影響的結果。這種以北京爲中心的北方文學體系的主導性話語權力一直延續到了80年代。而那些暫時寄居北京或從外地來北京謀出路的「外省」詩人則成了「邊緣知識分子」。在北京這一文化形象的巨大影響之下其他的省份都成了政治和文化上雙重失落的「邊地」。我們能夠在「鄉下人」沈從文那裡看到這種邊緣知識分子的心態以及以北京爲中心的北方文學與文化的強大，「出門向西走十五分鐘，就可到達中國古代文化集中地之一——在世界上十分著名的琉璃廠。那裡除了兩條十字形街，兩旁有幾十家大小古董店，小胡同裏還有更多不標店名，分門別類包羅萬象的古董店，完全是一個中國文化博物館的模樣……使得我這個來自六千里外小小山城的『鄉下佬』，覺得無一處不深感興趣。」〔註48〕沈從文成了中國「外省」知識分子

〔註44〕 王德威：《北京：都市想像與文化記憶》（序二），陳平原、王德威編，北京大學出版社，2005年版，第1～2頁。

〔註45〕 李歐梵、李進：《李歐梵季進對話錄》，蘇州大學出版社，2003年版。

〔註46〕 林語堂：《大城北京》，陝西師範大學出版社，2008年版，第5頁。

〔註47〕 郁達夫：《海大魚——副刊編輯室座右銘》，《世界日報副刊》，1927年2月6日。

〔註48〕 沈從文：《二十年代的中國新文學》，《沈從文文集》，北嶽文藝出版社，2002年版，第96頁。

心態的一個寓言和切片，儘管他在北平仍然希望保留自己南方的記憶與「湘西人」身份，「就在這個時節，我回到了相去九年的北平。心情和二十五年前初到北京下車時相似而不同。我還保留二十歲青年初入百萬市民大城的孤獨心情在記憶中，還保留前一日南方夏天光景在感覺中」〔註49〕。但無論是沈從文幾年後不再從事文學寫作還是北京一體化政治文化的巨大影響我們看到了建國後文學寫作的難度和文學空間的極度萎縮。即使到了 21 世紀的今天，儘管城市化的路上北京已經面目全非，但是在一些身居異地的青年詩人那裡北京仍然帶有難以抹去的歷史的濃重記憶，「今天我是城外人，／遠離帝鄉的逆子，有鳥有鳥丁令威。／不想做法，變一座七層浮屠／叫你們好看。／／今年的沙塵暴來了嗎？／今年的離魂雨呢？今年該是第幾年／彈盡糧絕，我們把自己重重圍困。／城牆外，鬼夜哭，無人能記這楚歌聲。／／北京城，垃圾堆上放風箏；／黑衣秀士，明朝化狼。／我回來時，額上刺字：曾參。／意思即殺人，即死士，即杯酒意難平。／／我邀請王道長下山吃蛇，／再邀請高和尚進城聲色，／在網上登一張幻相：帝京帝京，／白鶴盤旋七次的時候自己消失了吧」（廖偉棠：《暮春圍城志》）。

北京曾一度成為政治家和農民起義英雄們眼中的權力中心，「北京不會被任何一個有眼光的政治家拋棄，它像一個神秘的光源，在中國北方的要津之地兀自發光，層出不窮的人們，躲在暗中窺視著它。每當一個英雄黯然離去，都會有另一個英雄捲土重來」〔註50〕。而在上個世紀 60 年代到 80 年代末期的先鋒詩歌這裡北京仍然是牢不可破的中心，只是英雄的角色不再是那些農民和造反英雄，而是那些在私人空間和廣場上企圖再次扮演啟蒙角色的詩人。儘管北京曾在現代文學史上同上海一樣扮演了文化中心的角色，但是從新中國成立起「北京」作為都城才在不斷強化的政治運動和階級鬥爭中成為政治和文化的唯一的中心。「北京」成為「新中國」的同義語。「北京」從此作為國家政治和文化的唯一象徵反覆出現在此後的文學作品中。甚至時至今日在「外省」詩人那裡「北京」的形象仍然是無比高大的。正如外地趕來的人們到北京的第一站就要去天安門廣場一樣，那裡高高矗立的紀念碑正是北

〔註49〕 沈從文：《北平的印象和感想》，《沈從文文集》，北嶽文藝出版社，2002 年版，第 97 頁。

〔註50〕 祝勇：《北京，永恒之城》，任歡迎等主編：《讀城——當代作家筆下的城市人文》，同心出版社，2010 年版，第 299 頁。

京高大形象的最好象徵。紀念碑不僅超過了一般建築物的高度，而且這種物理的高度顯然正是國家意志的高度和國家主導性精神不可逾越的地緣「倫理」性標誌。廣場上的紀念碑成為帶有宗教性和政治性雙重身份的特殊建築，而它所攜帶的倫理功能和烏托邦的寓意也必將是唯一而不可撼動的。尤其是天安門廣場上的紀念碑就不能不成為中心和「聖地」，「紀念性建築物通過保存那些甘願把他們個人幸福放在次要地位、甚至為那些價值觀而活著的人們的記憶，使我們回想起那種統轄我們社會的價值觀念。記住他們，我們就再次確認了我們的社會成員資格；同時這種記憶轉變為要確保那個社會持續下去的決心」〔註51〕。

　　從一出生起，中國兒童就是伴著這樣的歌聲長大的，「我愛北京天安門，天安門上太陽升」，「北京的金山上光芒照四方，毛主席就是心中的太陽」。在長時期的文學和文化語境中北京確實已經不再是一個一般意義上的北方區域的城市，而是上昇為具有強大的國家話語力量象徵的首都。在萬民不斷的仰望和讚美聲中「北京」成為卡里斯瑪形象。幾十年的時間裏，收音機和有線廣播中時時出現的「現在是北京時間×點整」的高亢而字正腔圓的聲音在中國大地上響起。「北京時間」如此生動地體現了這一地理景觀背後的政治性和不容辯白的權威性。

　　北京在當代中國的文學和文化界顯然具有絕對中心和權威地位，而北京在先鋒詩歌運動中成為北方詩歌的中心顯然更大程度上來自於「今天」詩人和那份影響深遠的刊物《今天》。圍繞著北京的 13 路沿線我們能夠在一些胡同和大雜院看到當年這些詩人的身影，而東四十四條胡同 76 號、前拐棒胡同、東堂子胡同等已經成為北京乃至北方詩學版圖上不可替代的坐標。13 路車從西三環的玉淵潭公園出發，終點是東城區和平里北口。其間經過兒童醫院、月壇、阜成門、白塔寺、張自忠路（鐵獅子胡同）、船板胡同、宮門口橫二條、三不老胡同、北海、地安門、鑼鼓巷、國子監、雍和宮……。這些地點曾經是「今天」詩人們在白天聚集、晚上閒遊的場所。而藍色封面的《今天》已經塵封進歷史，曾經激情澎湃的理想主義的一代詩歌青年都已步入了老年的開端。很多詩人已經離開北京、離開北方去了遙遠的大洋彼岸。當年午夜的詩歌聲響已經恍如隔世。只能說「今天」作為北方詩學的象徵仍然在延續著

〔註51〕卡斯騰・哈里斯：《建築的倫理功能》，申嘉、陳朝暉譯，華夏出版社，2001年版，第 297 頁。

它罕見的詩歌傳奇和文學史神話，而詩歌的理想時代已經遠去了，「夜闌人靜正是出門訪友的好時光，深夜的北京又是另一番景致。有一夜我同於友澤去西單訪友，當我們信步在闃無一人的長安街上，忽然聽到一大陣撲撲嚕嚕的響聲，就像無數蒙著布的鼓槌敲打著路面」。〔註52〕這響聲正穿過北京那麼多相似的十字路口和河流般曲折的小巷。北京在上個世紀 60 年代開始一直到 80 年代成為中國「地下」詩人眼中最後的理想和溫暖之地，儘管這裡曾是他們以及上一代人的災難之地。這是他們曾經短暫或長久離開的魂牽夢繞之所，而作為中心的北京仍然給出生於這裡的文革一代人以精神上的安慰，「從中學時代起，我就喜歡寫關於童年的往事；寫古老的，建築學家梁思成試圖保存下來的北京，擺著盆景，爬滿葡萄藤的四合院，在炎炎的夏日，老槐樹下幽深的胡同；寫城牆的頹敗之美；暮色中的角樓，成群的蝙蝠靜靜地翱翔，不祥而憂鬱；冬天的郊外，裸露的田野上，棲息著大片的烏鴉，翅膀閃著藍紫色的光。」〔註53〕

第四節　天安門廣場的公共空間與文化象徵

　　政權交替必然會使得公共空間發生巨大變化，從而創造出富有新時代特徵的政治空間。

　　蘇聯十月革命勝利後列寧在 1918 年 4 月頒發《紀念碑宜傳法令》，宣佈拆除沙皇的雕像並在莫斯科和聖彼得堡的廣場以及街道上豎立起新時代的英雄──馬克思、恩格斯、馬拉和傅立葉的紀念碑和雕像。這正如新中國成立後在各大城市的廣場以及其他公共空間（尤其是學校、工廠、禮堂、車站）看到的毛澤東等領袖的雕像如出一轍。這顯然是在公共空間裏樹立新時代的文化權威和偶像崇拜。建築在特殊年代甚至可以成為國家主導性意志的倫理化象徵，「像格羅皮烏斯和許多其他人一樣，包括海德格爾在內，希特勒幻想一個徹底重建的德國能從第一次世界大戰的廢墟上站起來。以建築自詡的希特勒，也指望能有一種新的建築風格來幫助塑立新德國的現實在像位於慕尼黑的圖斯特的藝術之家這樣的建築物中，生活的政治形式，以一種在第三帝

〔註52〕田曉青：《13 路沿線》，《持燈的使者》，廣西師範大學出版社，2009 年版，第 43 頁。

〔註53〕潘婧：《抒情年代》，作家出版社，2005 年版，第 9 頁。

國的紀念性建築中占首要地位的風格，的確得到了明白無誤的表達」〔註54〕。
這些帶有國家意志色彩的建築在一個個空間裏佔據著時代主流精神的制高點
並成爲主導性權力話語的轉喻。尤其是對於北京這樣的城市而言其建築的倫
理色彩、美學趣味和權力符碼更具代表性和風向性，「從交通部辦公樓、全國
婦聯辦公樓、新大都飯店、三里河銀行大樓，到現代風格的北京新圖書館和
北京西客站，『人字巾』大屋頂和亭閣在高層建築上四處浮現，宛如國粹主義
的海市蜃樓。有些已在施工的重大建築還要奉旨『加冕』，以匯入這個熱烈的
美學潮流。」〔註55〕圍繞著天安門廣場展開的這些時代宏偉建築不僅在政治
年代形成強力的召喚結構，即使在 1980 年代這裡所特有的精神和政治文化象
徵性仍然揮之不去。對於余華這樣出生於 1960 年代的先鋒作家而言，天安門
廣場同樣具有不可替代的位置，「那時候我住在北京東邊十里堡的魯迅文學
院，我差不多每天中午騎著一輛各個部分都會發出響聲，可是車鈴不響的破
自行車到天安門廣場，在廣場待到深夜或者凌晨才騎車回到學校」〔註56〕。
而對天安門廣場這種既愛又恨、既疏離又迷戀、既嚮往又排斥的心理正是五
六十年出生的這一代人的集體無意識。這與他們的精神成長有著重要關聯
——「那時候，毛澤東像太陽一樣金光閃閃的頭像總是在天安門城樓之上，
而且毛澤東頭像的尺寸明顯大於天安門城樓。我幾乎天天要看到這樣威風凜
凜的頭像，在我們的小鎮的牆上隨處可見，我們幾乎天天唱著這樣的歌：『我
愛北京天安門，天安門上太陽升，偉大領袖毛主席，指引我們向前進。』我
曾經有過一張照片，照片中的我大約十五歲左右，站在廣場中央，背景就是
天安門城樓，而且毛澤東的巨幅畫像也在照片裏隱約可見。這張照片並不是
攝於北京的天安門廣場，而是攝於千里之外的我們小鎮的照相館裏，當時我
站著的地方不過十五平方米，天安門廣場其實是畫在牆上的布景。可是從照
片上看，我像是眞的站在天安門廣場上，唯一的破綻就是我身後的廣場上空
無一人」〔註57〕。在我上「育紅班」和小學過程中，始終陪伴我的就是那個
鐵皮文具盒。文具盒上正中位置畫的是天安門城樓，四周被黃燦燦的向日葵

〔註54〕卡斯騰‧哈里斯：《建築的倫理功能》，申嘉、陳朝暉譯，華夏出版社，2001
　　　　年版，第 328 頁。
〔註55〕朱大可：《流氓的盛宴：當代中國的流氓敘事》，新星出版社，2006 年版，第
　　　　316 頁。
〔註56〕余華：《十個詞彙裏的中國》，臺北：麥田出版社，2010 年版，第 24～25 頁。
〔註57〕余華：《十個詞彙裏的中國》，臺北：麥田出版社，2010 年版，第 47～48 頁。

圍繞。每當早晨我從綠色挎包（上面有媽媽用紅線繡的一顆五角星）裏掏出這個文具盒我都要對天安門遐想一番。而在那個飢餓的鄉村年代我每次看到文具盒上的向日葵時我想到的卻是那一顆顆黑色的瓜子被炒熟時的迷人香氣。當 2003 年秋天我第一次踏上北京時我的第一站就是騎著自行車去天安門廣場。

廣場無疑是一個城市的中心和最具象徵意義的公共空間。在革命和運動年代裏廣場上聚集的是鮮紅的旗幟和面目愛憎分明的群眾，「碧坤和同來的同校女生米莎來到解放廣場。米莎圓滾滾的臉上布滿斑，一幅忠厚相。碧坤看著來來往往的維吾爾族人，欣賞著他們色彩鮮豔的服裝，忽然後面傳出『唔裏哇啦』的吵架聲，回頭一看，只見兩個穿袍子的漢子扛著一個彪形大漢，大漢仰面朝天，大吵大鬧，後面擁著一幫人。『搞武鬥的，搞武鬥的。』圍觀群眾有人小聲唧咕。米莎害怕的說：『咱們回去吧。』」〔註58〕而在漸漸開放的年代這裡又成為市民和「外省人民」樂此不疲的參觀和遊覽之地。天安門廣場上居於正中的毛澤東的巨大偉人畫像與東側高大的中國歷史博物館、中國革命博物館和西側的人民大會堂以及人民英雄紀念碑和毛主席紀念堂之間形成了政治文化意義上的結構性呼應。而巨蛋型一樣的國家大劇院則作為另一個時代的象徵同樣吸引著民眾。而在 1980 年代的文化熱潮和文學熱流中天安門廣場則成為知識青年溫習功課的地方。曾經看過一張照片，背景是夜晚的天安門廣場。在華燈的照耀下，一些青年人在廣場鋪上一張報紙坐下來旁若無人地專心讀書。1980 年代初開始廣場上曾經步調一致的步伐開始變得有些不規則甚至雜亂，但這正是一個正常化時代的開始──「中央碎石廣場已有不規則的早行人的足音」（蘇歷銘：《月光》，1986）。

明清時期的北京城分為外城、內城、皇城和宮城（紫禁城）。天安門是皇城的正門，形狀是一條狹長的「T」型宮廷廣場。辛亥革命後國民政府打通東西長安街。為了迎接開國大典，1949 年 8 月底北平市人民政府、都委會等單位討論決定修理天安門前一帶至東西三座門之間的地段。工程於 9 月 1 日動工，僅僅一個月的時間軍人、工人以及被動員的群眾就迅速建成了可以容納 16 萬人的廣場。1955 年又拆除了天安門廣場中部的東西紅牆，廣場面積達到 12 公頃。建國 10 週年之際又繼續擴充廣場，擴充後的天安門廣場東自中國革命博物館和中國歷史博物館，西到人民大會堂，北從天安門紅牆南

〔註58〕陶洛誦：《留在世界的盡頭》，電子版。

到前門樓，總面積已達 44 公頃。至此全世界最大的可容納百萬人的廣場建成。而除了北京，其他地方也在興建廣場。在政治年代裏公共建築物的倫理功能必然更爲鮮明地體現爲意識形態性，這就給公眾提供了「一個或多個中心，每個人通過他們的住處與那個中心相聯繫，獲得他們在歷史中及社會中的位置感」〔註59〕。始建於明永樂十五年（1417 年）的天安門，其「外安內和，長治久安」的政治寓意顯然在共和國的年代裏在集體性的憧憬中獲得了延續。而由天安門所不斷衍生出來的共和國的特色建築則與這些古老的建築一起成爲一個國家不可替代又不容置疑的獨一無二的公共空間。公共性的廣場在知識分子這裡具有了強烈的歷史和政治的寓言色彩。近現代以來一代代的知識分子通過語言和想像命名和「再造」了廣場，「當知識分子在本世紀初被拋出了傳統仕途以後，知識分子一直在尋找著這一個可以取代廟堂的場所，現在他們與其說是找到了，毋寧說是自己營造了一個符合他們理想的廣場。」〔註60〕

　　天安門廣場不僅是北京的象徵，更是中國的象徵。在那些重大的歷史年代和時間節點上我們都能夠在這個空間裏感受到巨大的時代波瀾與政治動蕩。而這個巨大的廣場曾一度是政治的廣場，其上的詩歌運動也不能不沾染上強烈的政治色彩。我們可以想像 1976 年中國歷史轉折點上的天安門廣場。清明時節紛紛的雨幕中，艾青偷偷站在遠處看著被人群和公安人員占滿的廣場。有青年站在高臺甚至垃圾箱上朗誦和演講，有人咬破手指用鮮血書寫詩歌，有人用自製的半導體喇叭宣傳自己的政見，而人群則如波浪一樣一圈一圈地沖湧和激蕩著。當警察開始清理廣場上紀念總理的花圈、輓聯和詩歌的時候，廣場開始失控。有人焚燒詩稿和花圈，甚至有激進的青年推倒並點燃了汽車。有的地方發生撕扯和毆打，外國的記者用相機對準了這個空前紛亂和喧囂的共和國的廣場，「終於。黑暗來了，數萬名軍隊和警察包圍了廣場，剛剛還冒著自由氣息的地方，馬上傳來槍聲和慘叫聲，直到天亮。這夜，究竟打死了多少無辜的人，沒有人知道，但警察和軍人在暗中誤傷的就有幾千名，死了幾十名。恐怖再次來臨，可是人民的國家一旦用武力鎮壓人民，這個國家就快到絕路了」〔註61〕。到了 1990 年代，商業和都市的廣場取代了政

〔註59〕卡斯騰‧哈里斯：《建築的倫理功能》，申嘉、陳朝暉譯，華夏出版社，2001
　　　　年版，第 279 頁。
〔註60〕陳思和：《陳思和自選集》，廣西師範大學出版社，1997 年版，第 231 頁。
〔註61〕彭剛：《第一九七六年》，《沉淪的聖殿：中國 20 世紀 70 年代地下詩歌遺照》，

治廣場。一塊塊五彩斑斕的工業瓷磚代替了曾經的墓地、紀念碑和英雄的故居。麥當勞的快餐文化已經取代十字架和鮮血。這成為後社會主義時代新一輪的廣場詩學。

史景遷曾這樣描述天安門在近代中國歷史上的變遷和功能,「天安門守衛著故宮的南通道。1912 年中國最後一個王朝垮臺以前,皇帝的神聖權威一向是通過這道大門播揚的。深居皇宮的帝王朝南端坐,威儀越過重重庭院和護殿小河,再穿過天安門而頒行四海,達於萬民。可是,在隨後的一二十年裏,天安門的防衛功能和象徵功能都不復存在。它靜靜地矗立在那裡,成為矛盾重重的近代中國的見證人。它的後面,是退位皇帝的腐敗朝廷,高牆環繞,晨昏不辨,紙醉金迷,在強橫的軍閥統治下苟延殘喘;它的後面,成了政治活動家、學生和工人們集會遊行的場所,他們抗議徒有其名的共和政府在外國帝國主義者的侵略面前軟弱無能,卻每每被棍棒和槍炮所驅散」〔註62〕。而新中國成立後,修葺一新的古老建築群以及城門上方的偉人畫像還有新建成的社會主義特色的公共建築群一起以無上的榮光和權力成為新時代的最為重要的公共空間。政治運動和文學運動都曾在天安門廣場這一特殊的空間裏推動或阻礙著正常的詩歌發展道路。

從天安門向南延伸的 44 萬平方米的廣場以及具有社會主義特色的建築群顯然體現了新時代的建築倫理。這些具有強烈的政治文化寓意和象徵國家形象的建築群以及所構成的公共空間在當代文化和文學史上的意義是不可替代的。這也是在極權年代裏人們尤其是「外省人」極其看重這個公共空間的原因。正如當年的一位貴州詩人不無誇張地說到「在天安門撒泡尿其影響都不亞於瀑布。」而人民英雄紀念碑和毛主席紀念堂正好形成了微妙的呼應——一個是紀念「人民」的英雄,一個是紀念「人民」的領袖。而毛主席紀念堂裏毛澤東的遺體與天安門城樓上巨大的畫像之間又形成了另一種呼應。人民英雄紀念碑是廣場新時代建築群的最高點(37.94 米,南側的正陽門高 42 米),毛主席紀念堂則位於中軸線中心位置的最南端。而位於中心東西兩側的人民大會堂和中國革命博物館與中國歷史博物館就只能是作為一種陪襯了。而正如哈里斯所說的人們之所以為死者在那些最為重要的空間裏留下位置是為了證明這些死難英雄作為「不可見的事實」的重要性並為當下的人們提供認同

新疆青少年出版社,1999 年版,第 312 頁。

〔註62〕 史景遷:《天安門——知識分子與中國革命》(英文版前言),尹慶軍等譯,中央編譯出版社,1998 年版,第 3 頁。

感〔註63〕。而在建國後歷次的政治運動中，尤其是在天安門詩歌運動以及外省詩人來張貼詩歌大字報的時候，是否還有人記得紀念碑的須彌座的設計者同樣來自於一位重要的詩人——林徽因？

　　在朱大可看來作爲「地理學父權體系」的北京「坐落在家族空間道德秩序之上，它一方面由中心向外擴張，一方面卻高度內斂和自我投射，維繫著水泥意識形態的強大引力，也標定了貴賤、尊卑、遠近和親疏的人際關係。按照舊帝國空間邏輯，它只能擁有一個不朽中心，聚集著行政管理的最高威權；它既是城市生長的起點，也是其功能指向的終點。這與布爾喬亞夢想不謀而合，卻與晚期資本主義的信念相悖。但北京的同心圓環線是難以無限增長的。它的牛頓引力體系已經瀕臨破裂邊緣。地理擴張將加大離心力，並分裂出四五個新的功能中心。它們將沿著各條環線分佈，以購物、商務、體育和文化的名義組合，有效地分解建築的中央集權，並最終實現梁思成所指望的新空間革命」〔註64〕。作爲一個具有特殊政治和文化意味的天安門廣場見證了半個多世紀命運多舛的新中國的社會巨變，「第二次世界大戰結束和1949年全國解放後，紫禁城被辟爲博物院，天安門前擁擠的小胡同被夷平了，建起一個巨大而壯觀的廣場。在廣場的正中央，聳立著高聳入雲的革命烈士紀念碑。兩旁是新成立的共和國的公共建築，肅穆而莊嚴，沒有任何修飾。1966年『文化大革命』期間，天安門成爲一個檢閱臺，成百萬計的紅衛兵雲集於此。門樓上迄今懸掛著那一代精神領袖的巨大彩色畫像」〔註65〕。而一般意義上的廣場其設置和規模是按照城市功能要求而定的，「城市廣場通常是城市居民社會生活的中心，廣場上可以進行集會、交通集散、居民遊覽休憩、商業服務及文化宣傳等。廣場旁一般都布置著城市中的重要建築物，廣場上布置設施和綠地，能集中地表現城市空間環境面貌」〔註66〕。而以往的廣場所具有的娛樂性、商業性、宗教性等功能在建國後基本上被唯一的政治功能所取代。而毛澤東時代，新中國成立後歷次對天安門廣場及周邊建築的改造則呈現了這一公共空間最爲明顯的政治象徵性以及相應的政治功能，「和天安門廣場的這些富有歷史意義，政治意義的內容相適應，人們衷心地希望有一個

〔註63〕卡斯騰・哈里斯：《建築的倫理功能》，申嘉、陳朝暉譯，華夏出版社，2001年版，第289頁。
〔註64〕朱大可：《北京的地理隱喻和空間邏輯》，《東方早報》，2005年2月14日。
〔註65〕史景遷：《天安門：知識分子與中國革命》，尹慶軍等譯，中央編譯出版社，1998年版，第3頁。
〔註66〕李德華：《城市規劃原理》，中國建築工業出版社，2001年版，第512頁。

更為雄偉、壯麗、開闊，可親的天安門廣場出現。它要有足夠大的空間，能通過規模宏大的遊行檢閱，能容納廣大群眾的集會狂歡；能反映中國人民英勇不屈的革命鬥爭精神；能顯示出祖國建設戰線上的輝煌成就和社會主義無限廣闊的前途；使通過在天安門廣場上的人們能夠感受到深刻的社會主義教育，能更加鼓舞起建設社會主義祖國的勇往直前的鬥志」〔註67〕。這一時期全國各地城市廣場的建設顯然是按照唯一的社會主義的政治標準來建造的。每逢「五一」、「十一」等重大節日以及國內外的重大活動，天安門廣場這一特殊的公共空間就具有著不可替代的國家寓意和政治情勢風向標的作用（尤其是文革時期毛澤東在天安門數次接見紅衛兵〔註68〕）。而當時的場景我們可以在1950年國慶節遊行來體味一下：「走在行列最前面的是少年兒童隊。……接著是大工廠的產業職工六萬人，近郊農民四萬人，回民三千人，機關職工六萬人，中等以上學校的學生七萬五千人，有組織的工人、店員和其它市民十餘萬人。……示威隊伍的殿軍是由各種文藝工作者組成的六千人的藝術隊伍。……遊行的隊伍擡著孫中山、毛澤東、劉少奇、周恩來、朱德、斯大林、金日成、胡志明、貝魯特、哥特瓦爾德、皮克、德治、拉科西、契爾文科夫、霍查、喬巴山、德田球一、多列士、托里亞蒂、福斯特、波立特、伊巴露麗等人的巨幅像片。遊行隊伍行進了三小時又二十五分鐘之久才全部從檢閱臺前通過」〔註69〕。而隨著新時代的到來天安門城樓上毛澤東的巨大畫像取代了原來的蔣介石畫像。這不僅在各個公共空間（廣場、建築、會場、工廠、部隊、學校、車站）裏成為最重要的「具體存在物」，而且「主席像」還進入到中國人民的私人空間裏。家宅、臥室、生活用品無處不見毛澤東畫像、瓷像的身影。毛澤東崇拜已經成為一種日常性生活和宗教。毛澤東畫像已經成為國家和黨的象徵，「我們不但要把毛主席的像永遠掛在天安門前，作為我們國家的象徵，要把毛主席作為我們黨和國家的締造者來紀念，而且還要堅持毛澤東思想。」〔註70〕文革開始後來北京串聯的女紅衛兵張新蠶在日記裏這

〔註67〕趙冬日：《天安門廣場》，《建築學報──慶祝建國十週年》，1959年第9、10期。
〔註68〕相關情況可參見張輝燦口述、慕安整理的文章《天安門內外兩重天：毛澤東八次接見紅衛兵》，《炎黃春秋》，2006年第4期。
〔註69〕《紀念中華人民共和國第一屆國慶節北京四十萬人舉行慶祝大會進行各兵種部隊大檢閱和各階層人民大示威群眾隊伍行經檢閱臺下時熱烈向毛主席歡呼》，《人民日報》，1950年10月02日。
〔註70〕鄧小平：《答意大利記者奧琳埃娜‧法拉奇問》，《鄧小平文選》（一九七五──一九八二年），人民出版社，1983年版，第306頁。

樣寫道：「當我們坐上飛快的汽車，經過天安門，我看到了毛主席像，我似乎
覺得毛主席正在天安門城樓望著我們，那喜悅的心情就甭提了」（1966 年 11
月 1 日），「當我們經過天安門的時候，已經是下午 3 點 45 分了。我踮著腳尖，
仰著脖子，懷著無比激動的心情，瞪著濕潤的眼睛，張望天安門。我緊張地
盼望能看清毛主席，我只覺得毛主席走向西側後又走了回來，只見他擺著手
向我們召喚，幸福的時刻終於來到了！」（1966 年 11 月 4 日）〔註71〕值得注
意的是 1950 年初董希文在接受任務創作油畫《開國大典》的時候爲了突出領
袖（比如毛澤東的中心位置以及突出高大形象時採用的仰視視角）、遊行的群
眾以及視野的開闊性，在視點、人物的位置以及建築等空間上都進行了處理
和改造。這非常具有說服力地呈現了天安門城樓以及廣場作爲公共空間在這
一時期所具有的特殊政治意義和文化象徵性。此後大量的繪畫以及攝影作品
尤其是宣傳畫都在天安門廣場這一公共空間爲宣傳政治文化以及塑造偉人的
權威地位起到了重要作用，而頻繁運動中畫面的修改、塗抹成爲重要的文化
現象。而隨著文化的轉向，在岳敏君 1997 年創作的油畫《開國大典》中，其
場景基本與董希文的《開國大典》一致，但是畫面上所有的領袖人物以及參
與大典的群眾都被刪除。城樓上下成了一片空白。

　　而除了天安門廣場，建國後很多城市都開始建設各種廣場。其功能完全
一致，即承擔了國家和黨的重要群眾性活動的功能。據《人民日報》的統計，
1946 年到 1980 年間的重大群眾性活動和運動都是在包括天安門廣場在內的各
種廣場的公共空間展開的。這一時期重大的活動主要有閱兵式、慶祝新中國
成立、中共成立以及國慶等重大節日、宗教活動、愛國示威大遊行、歡迎世
界上的元首和各種組織、革委會成立。其中活動最頻繁的廣場有天安門廣場、
太和殿廣場（北京）、水窖口廣場（北京）、布達拉宮前廣場（拉薩）、札什倫
布寺廣場（日喀則）、新街口廣場（南京）、解放碑廣場（重慶）、斯大林廣場
（大連、後更名爲人民廣場）、五一廣場（太原）、海河廣場（天津）、體育廣
場（邯鄲）、南關廣場（延安）、民園廣場（天津）、中山廣場（瀋陽）、中山
公園廣場（武漢）、自治政府門前廣場（烏蘭浩特）、新華廣場（呼和浩特）、
跑馬廳廣場（上海）、人民廣場（上海，原逸園廣場）、人民廣場（青島）、二
七廣場（鄭州）、八一廣場（南昌）、革命公園廣場（西安）、烈士塔廣場（哈

〔註71〕張新蠶：《家國十年 1966～1976 一個紅色少女的日記》，作家出版社，2011
　　　　年版，第 107 頁。

爾濱）、東風廣場（長沙）、東方紅廣場（無錫）、東方紅廣場（蘭州）。從這些廣場的命名也能夠鮮明地體現其政治性和革命性特徵。

聞一多曾經在 1920 年代寫過一首詩《天安門》。聞一多借車夫天安門遇「鬼」的情形表達對那個年代中國現狀的不滿與諷喻，「怨不得小禿子嚇掉了魂，／勸人黑夜裏別走天安門。／得！就算咱拉車的活倒霉，／趕明日北京滿城都是鬼！」林庚在 1948 年寫有《廣場》一詩，「陰天都是雲看不見太陽／今天的日子跟每天一樣／我們要說話要走出大門／這世界今天是一個廣場／／我說這世界時一個廣場／這正是人們聚集的地方／我們把今天寫在牆壁上／我們的話是公開的思想／／一切明白的用不著多講／我們原來是跟每天一樣／陰天都是雲看不見太陽／這世界今天是一個廣場」。建國後很多詩人都寫過關於天安門的詩歌，比如郭沫若、胡風、艾青、田間、馮至、臧克家、何其芳、牛漢、綠原、卞之琳、蕭三、阮章競、鄭振鐸等等。胡風的長詩《時間開始了》、卞之琳的《天安門四重奏》、田間的《天安門》、綠原的《沿著中南海的紅牆走》、郭小川的《望星空》等最具代表性。中華人民共和國成立當天黃炎培就無比激動地寫下了《天安門歌》，「聖旗夜燈一色，天安門外『紅場』；『紅場』三十萬眾，赤旗象徵赤心，赤心保衛祖國，赤心愛護人民。」〔註72〕詩人饒孟侃的缺乏個性、深度、反思的頌歌《天安門》（1955 年）代表了一個時代詩人的普遍文化心態──「我見過鮮花：／千樹萬樹在含苞、怒放；／不像天安門／萬紫千紅開在人手上，──／扭轉了造化」，「該到天安門／來聽一聽雷動的歡呼：『毛主席萬歲！』／／誰真的妄想／觸犯人類和平的旗幟，／該問問天安門／這些旗手，他們的意志／是鐵還是鋼」，「紅旗飄揚歌聲嘹亮，人山人海慶解放。人民大眾作主人，古宮變成了新紅場。」甚至在那樣一個文化高壓的年代，卞之琳的詩歌《天安門四重奏》〔註73〕還被視為具有種種嚴重的藝術問題和不良思想傾向而遭到了大規模的批判〔註74〕。實際上卞之琳的這首關於天安門和新中國的詩歌不僅藝術上直白粗糙，而且抒發的情感基調也是不折不扣的頌歌，「『萬里長征走完了第一步』，／天安門匯合了幾萬萬條路，／四萬萬七千萬顆心集中，／五千年歷史一氣都打通。五月四日在這裡發芽，／十月一日在這裡開成花。／彎

〔註72〕黃炎培：《天安門歌》，《人民日報》，1949 年 10 月 3 日第 2 版。

〔註73〕《新觀察》，1951 年第 2 卷第 1 期。

〔註74〕比如 1951 年《文藝報》第 3 卷第 8 期、第 9 期、第 12 期展開的相關批判活動。

腰折背就爲了站起來，／排山倒海中笑逐顏開。／本來是人民築成的封建頂，／人民拿回來標上紅星，／華表升起來向飛機招手，／石拱橋起來看汽車像流水；／昨天在背後都爲了今天，／今天開出了明天的起點。／天安門開啓了東方的光芒，／天安門大開，全世界輝煌！」建國 10 週年之際郭小川三易其稿寫成了 230 餘行的抒情長詩《望星空》。這是一個充滿矛盾和困惑的文本，體現了一個詩人的主體精神和知識分子話語在歷史面前的衝突與困惑。詩人獨自一人走在燈火輝煌的長安街，不遠處的人民大會堂正在火熱的建設當中。在不經意的仰望浩瀚的星空中面對永恒而浩瀚的宇宙詩人由衷對其進行了讚美，同時詩人也感到了生命個體的短暫和渺小，流露出惆悵、迷惘和傷感的內心世界和無奈的喟歎，「但星空是壯麗的，／雄厚而明朗。／穹隆呵，深又廣。／在那神秘的世界裏，／好像豎立著層層神秘的殿堂。／大氣呵，濃又香。／在那奇妙的海洋中，／彷彿流蕩著奇妙的酒漿。／星星呀，亮又亮。／在浩大無比的太空裏，／點起萬古不滅的盞盞燈光。銀河呀，長又長，／在沒有涯際的宇宙中，／架起沒有盡頭的橋梁。／／呵，星空，／只有你，／稱得起萬壽無疆！／你看過多少次：／冰河解凍，／火山噴漿！／你賞過多少回：／白楊吐綠，／柳絮飛霜！在那遙遠的高處，／在那不可思議的地方，／你觀盡人間美景，／飽看世界滄桑。／時間對於你，跟空間一樣——／無窮無盡，／浩浩蕩蕩。」儘管在長詩的後半部分詩人把視角轉入當下，熱情和由衷地讚頌正在建設中的偉大的北京，給詩留下了光明的尾巴，「在長安街上，／掛起了長串的星光；／就在那燈光之下，／在北京的中心，／架起了一座銀河般的橋梁。」這首政治抒情詩體現了詩人的個人話語和國家歷史話語之間的複雜關係，詩人感到了個我的渺小與軟弱並最終融入到了時代的歌唱的巨流當中去，但是這種融入和和解對於詩人來講是充滿矛盾、痛苦與無奈的。《望星空》受到批判的原因是這首長詩爲我們提供了一個複雜的、分裂的文本。這個充滿矛盾和困惑的文本體現了一個詩人的主體精神和知識分子話語在歷史面前的衝突與猶豫。正是這種矛盾和一定程度的個人話語的出現使《望星空》在當時遭到了「極端荒謬的詩句，這是政治性的錯誤，是令人不能容忍的」、「小資產階級的虛無主義」之類的大批判。張光年則認爲《望星空》對「紅色首都的沸騰的生活，歡樂的人群，還有那燈火輝煌紅光燦爛的夜景，都不曾收入他的眼底。他看到的是：宇宙

無窮廣大，人間十分渺小。他帶著無限惆悵，寫出了這樣的詩句」〔註 75〕。
而值得注意是當年的毛澤東在讀到郭小川的《望星空》之後並沒有像當時的
評論家蕭三、張光年等人那樣大加鞭伐。他讀完郭小川的詩之後說「這些詩
並不能打動我，但能打動青年」。

　　同是「今天」詩人，北島和江河對於以廣場為象徵的年代卻有著不盡相
同的態度。江河在 1977 年完成了他的代表作《紀念碑》。而這首詩歌今天看
來儘管詩人也表達了一代人的苦難意識以及對文革的「清算」立場，但是其
精神趨向仍然是對紀念碑和廣場等宏大事物的認同甚至讚頌，「我常常想 ／生
活應該有一個支點 ／這支點 ／是一座紀念碑 ／／天安門廣場 ／在用混凝土築成
的堅固底座上 ／建築起中華民族的尊嚴 ／紀念碑 ／歷史博物館和人民大會堂
／像一臺巨大的天平 ／一邊 ／是歷史，是昨天的教訓 ／另一邊 ／是今天，是
魄力和未來」。正是由於這種特殊的精神姿態，江河在另外一首詩歌《噴泉》
中除了表達個人情感訴求之外還將關於廣場的抒寫上昇為讚美詩的高度，「她
在盛夏她在廣場中心 ／她笑得清爽 ／赤裸得不露痕迹 ／搖著搖著她不只一個
／她吹散了心中 ／一張又一張臉 ／漫步的人群 ／有的挨得很近 ／有的離得很
遠 ／她把那些臉頰亮得細微 ／亮得動心亮得 ／曬黑的一天很自然地融進夜裏
／／夜好涼爽呵」（《噴泉》）。而照之江河，北島作為「今天」詩群的主將其強
烈的對決意識和精英立場、啓蒙姿態使得他不斷扔下決戰的白手套。他不斷
地在黑暗的現實和想像性的視閾中清洗和擦拭著時代。當周恩來總理逝世後
北島幾乎每天下班後都要坐地鐵到天安門廣場來觀望群眾活動。儘管混迹於
人群中北島顯得興奮而又緊張，但是「穿行在茫茫人海中，不知何故，渾身
直起雞皮疙瘩。看到那些張貼的詩詞，我一度產生衝動，想把自己的詩也貼
出來，卻感到格格不入」〔註 76〕。北島已經預感到另一個詩歌時代即將登場。
北島詩歌中的廣場成為那一代人在紅色年代裏狂亂而荒謬的精神「履歷」和
時代寓言——「我曾正步走過廣場 ／剃光腦袋 ／為了更好地尋找太陽 ／卻在
瘋狂的季節 ／轉了向，隔著柵欄 ／會見那些表情冷漠的山羊」（《履歷》）。北
島在關於一代人的精神「履歷」中表達了荒誕和沉痛的體驗，而且決絕地對
極權和偶像崇拜宣戰——「我不得不和歷史作戰 ／並用刀子與偶像們 ／結成
親眷」。在北島這裡廣場曾代表了一個巨大的消磁器，任何個體的聲音都必須

〔註 75〕 華夫（張光年）：《評郭小川的〈望星空〉》，《文藝報》，1959 年第 23 期。
〔註 76〕 北島：《斷章》，《七十年代》，北島、李陀主編，香港牛津大學出版社，2008
　　　　年版，第 30 頁。

被屏蔽，「欲望的廣場鋪開了　/無字的歷史　/一個盲人摸索著走來　/我的手在白紙上　/移動，沒留下什麼　/我在移動　/我是那盲人」（《期待》）。廣場作爲極權年代的表徵和見證充滿了遮蔽和禁錮個體精神的黑暗。詩人要做到的就是穿透這黑夜裏的迷霧！在對城市有著深切觀察和反思的北島這裡他還對城市空間進行了追問與質詢，「紀念碑　/在一座城市的廣場　/黑雨　/街道空蕩蕩　/下水道通向另一座　/城市　//我們圍坐在　/熄滅的火爐旁　/不知道上面是什麼」（《空間》）。儘管北島關於廣場的詩歌充滿了黑夜般濃重的批判意識與對決精神，但是他也希望廣場能夠成爲一個祛除了政治和極權從而還原爲日常的甚至詩意的景象以及個人自由的空間，「海豚躍過了星群　/又落下，白色沙灘　/消失在溶溶的月光中　/海水漫過石堤　/漫過空蕩蕩的廣場　/水母擱淺在每根燈柱上　/海水爬上石階　/砰然湧進了門窗　/追逐著夢見海的人」（《誘惑》），「我需要廣場　/一片空曠的廣場　/放置一個碗，一把小匙　/一隻風箏孤單的影子　//佔據廣場的人說　/這不可能」（《白日夢》）。顯而易見，北島在這裡所指涉的廣場就是最具象徵意義的天安門廣場。對於文革中成長起來的北島一代人而言廣場無疑是極權年代一個偶像般「父親」形象的象徵——「卡夫卡的童年穿過廣場　/夢在逃學，夢　/是坐在雲端的嚴屬的父親」。天安門曾經是（現在仍是）億萬未曾目睹其眞容的外省「人民」一生的夢想，是一代又一代人的朝聖地。「廣場」一詞在中國新詩史上早已經成爲一個內涵豐富的政治寄寓甚至是理想寄託。而歐陽江河的《傍晚穿過廣場》則成爲「90年代」詩歌和社會轉型的時代證詞。英雄主義和理想主義在這一慘淡的空間裏宣告結束。這正如黃昏下的廣場，昏暗、曖昧、模糊。曾經的鮮血和犧牲已被商業時代的清水沖刷乾淨。曾經站立或倒下的廣場上的人群成了時代最好的見證。一個曾經的理想主義時代已經結束了，強硬的政治鐵板也已經粉碎，「我沒有想到這麼多的人會在一個明媚的早晨　/穿過廣場，避開孤獨和永生。　/他們是幽閉時代的幸存者。　/我沒想到他們會在傍晚離去或倒下。　//一個無人倒下的地方不是廣場。　/一個無人站立的地方也不是。　/我曾經是站著的嗎？還要站立多久？　/畢竟我和那些倒下去的人一樣，　/從來不是一個永生者」。正如「傍晚」來臨的時候一種漸漸陰暗的黑色基調籠罩了這首關於歷史、時代、現實和精神的反諷與自審之作。這是一個時代的結束，也是另一個時代的開始。然而，儘管歐陽江河在《傍晚穿過廣場》這首詩中同樣設置了城市的意象，但是我們仍可以清晰地看到北島和歐陽江河他們更多的是強調了內心對宏大的政治歷史場景的質問。而在1960年代出生的車前子這裡，城市、

廣場和雕像已經不再只代表宏大的歷史和偶像。詩人所要爭取的是常人的權力和「自我」，詩人只為自己塑造雕像——「一個城市／有一個城市的回憶／鑄成它特有的銅像／矗立在廣場中央／／一個城市／有一個城市的願望／雕成它特有的石像／矗立在十字街頭／／你／我／中午／在哪座雕塑下／都是在這個城中長大／卻沒有銅像的回憶／和／石像的願望／中午太陽捐給雕塑許多金幣／無論銅像／還是石像／都接受了它饋贈／在廣場中央／在十字街頭／在自己的城市裏／我們也用它的捐款／鑄自己回憶的銅像／雕自己願望的石像」（《城市雕塑》）。自 1990 年代以來廣場的商業性、娛樂性功能開始形成。天河城（TEEMALL）坐落於廣州城市新中軸線上，位於天河商圈的中心位置，毗鄰廣州 CBD 中央商務區、天河體育中心和廣州火車東站，鄰近五山眾多大學校區。這裡是廣州地鐵 3 號線兩條支線的交接點，廣州機場快線的轉接站上 60 多條公交線路在此設站。據相關數據顯示，從 1996 年開業以來至 2004 年 5 月 6 日止天河城客流量突破 8 億人次，相當於全廣東 7733 萬人每人到天河城來 10 次以上。既然是廣場和商業圈，重大節日的時候這裡的客流量更高。以前的五一、十一是政治廣場上的狂歡節，今天則成了消費的節日。2004 年 5 月 1 日這天，天河城的日客流量達到 81 萬人次，突破歷史高位 67 萬人次的紀錄。2004 年 10 月 1 日天河城再創日客流量 83 萬人次新高。1998 年 11 月 26 日楊克在廣州寫下《天河城廣場》，「在我的記憶裏，『廣場』／從來是政治集會的地方／露天的開闊地，萬眾狂歡／臃腫的集體，滿眼標語和旗幟，口號著火／上演喜劇或悲劇，有時變成鬧劇／夾在其中的一個人，是盲目的／就像一片葉子，在大風裏／跟著整座森林喧嘩，激動乃至顫抖／／而溽熱多雨的廣州，經濟植被瘋長／這個曾經貌似莊嚴的詞／所命名的只不過是一間挺大的商廈／多層建築。九點六萬平米／／進入廣場的都是些慵散平和的人／沒大出息的人，像我一樣／生活愜意或者囊中羞澀／他（她）的到來不是被動的／渴望與欲念朝著具體的指向／他們眼睛盯著的全是實在的東西／那怕挑選一枚髮夾，也注意細節……在二樓的天貿南方商場／一位女友送過我一件有金屬扣子的青年裝／毛料。挺括。比西裝更高貴／假若脖子再加上一條圍巾／就成了五四時候的革命青年／這是今天的廣場／與過去和遙遠北方的惟一聯繫」。廣場的宏大性特徵、儀式感在任何時代都是存在的，儘管這種存在在特殊的時代會附加額外的政治、歷史、文化甚至娛樂的因素。但是即使在戰爭和運動遠去的時代，單就視覺和物理學的意義而言廣場的宏大特徵仍然是顯豁的。甚至一定程度上這種宏

大的廣場以其不可辯白的力量給個體形成了影響的焦慮感。遠人在長詩《失眠的筆記・廣場》中對廣場的描述和界定基本可以看作後起的「70後」一代人具有代表性的認識：「它的建立使城市與鄉村得以嚴格的區分。一個廣場的位置，與它同義的往往是物質的中心和建構在烏托邦性質上的高點。儘管它提供的不過是十字路口中央的一處花壇、一個噴泉，或者一尊塑像，——就彷彿是城市在它結構裏努力出生的幻境，朝著某個夢想的、同時又是壟斷的方向延伸。非常容易看出，在廣場上茫然回頭的人不會來自城市。廣場的巨大平面似乎始終都在排斥一種另外的命運。可以說，它通過象徵所維持的，是不帶激情與妄想的世界，這正如隨同它的複製而被刪除掉的詩篇，在形成之前，就已達到了妥協和某種不明確的授意。因為在我每每穿過這城市的廣場之時，我感到的眩暈不是來自日光的照耀，而是在我和城市貧血的關係中，廣場所賦予的那種強烈、巨大、以及無言的壓迫。」

第二章　北京和北方詩歌的空間主導性

　　說到文學的地方性知識和空間形態我不禁想到了法國的「左岸」（Rive gauche）。

　　左岸，即巴黎塞納河的左岸。塞納河從東南朝西北方向流入巴黎城。塞納河的左岸也就是巴黎的南部，相對的右岸就是巴黎的東北部、北部和西北部。而左岸顯然已經不再是一般的地理圖景，而是帶有了明顯的人文性圖景和區域性精神。尤其是在上個世紀初到 40 年代，左岸的巴黎成為世界文化的中心。聚集在左岸的圖書館、出版社、雜誌社、廣場、咖啡館、酒吧和客廳（著名的如哈列維沙龍）成為知識分子和社會精英的文化活動空間，而右岸顯然成了中產或高層聚集的消閒娛樂之地。愛倫堡、馬爾羅、紀德、布勒東、薩特、波伏娃、梅洛～龐蒂、法爾格等都經常出入於這裡的咖啡館和酒吧，甚至在波伏娃那裡咖啡館已經取代了臥室和辦公室。而咖啡館成為重要的公共空間還與法國人的生活習慣有關，他們都是在自己客廳之外和朋友見面。甚至來自於其他國家的自由知識分子和藝術家以及「流亡者」也在左岸尋求慰藉和庇護，如畢加索。蒙帕納斯、雙叟咖啡館、圓頂咖啡館、花神咖啡館、丁香園咖啡館（以聚集了不同時期的大量知名詩人而為人稱道）等成了一個個最具象徵性的文化地理坐標。顯然這些咖啡館和酒吧的形成以及影響不能不得力於巴黎左岸的拉丁區的大學傳統。實際上早在 19 世紀左岸因為拉丁區的大學傳統和特有的人文魅力而形成了咖啡館和酒吧的繁榮景象〔註1〕。這甚

〔註1〕　如著名的普洛柯普咖啡館、伏爾泰咖啡館，前者聚集了盧梭、狄德羅、伏爾泰、丹東、馬拉、左拉、巴爾扎克、喬治·桑、莫泊桑、繆塞等著名思想家和作家以及社會精英。

至形成了一個傳統。海明威曾在小說《太陽照常升起》中借傑克・巴恩斯之口說出左岸對「迷惘的一代」的重要性,「不管你讓出租車司機從右岸帶你去蒙帕納斯的哪家咖啡館,他們都會把你拉到羅桐多去。十年後也許會是圓頂」〔註2〕。咖啡館作爲重要的公共空間確實對於文學和藝術甚至革命都起到了很重要的作用,連上海時期的魯迅也經常出入位於四川北路1919號坐西向東的三層磚木結構的公咖啡館(1995年公咖啡館因四川北路擴建而拆除,現址在虹口區多倫路88號)。該咖啡館由日本人設立,一層賣糖果、點心,二樓專喝咖啡。1930年2月16日「左聯」籌備會(又稱上海新文學運動討論會)在公啡咖啡館二樓召開。魯迅在1930年2月26日的日記中記到:「午後同柔石、雪峰出街飲加菲」〔註3〕。1934年蕭紅和蕭軍剛到上海時魯迅就帶著他們一起到公咖啡館聊天、談論文學。而對於當年太陽社和創造社成員魯迅則不無揶揄到「洋樓高聳,前臨闊街,門口是晶光閃灼的玻璃招牌,樓上是『我們今日文藝界上的名人』,或則高談,或則沉思,面前是一大杯熱氣騰騰的無產階級咖啡,遠處是許許多多『齷齪的工農兵大眾』,他們喝著,想著,談著,指導著,獲得著,那是,倒也實在是『理想的樂園』」〔註4〕。

　　隨著時代以及公共空間的變化我們看看90年代初在時代的轉折點上兩個四川詩人筆下的咖啡館。

　　歐陽江河在長詩《咖啡館》(1991年)中完成的是一代人(「他屬於沒有童年／一開始就老去的一代」)的精神自傳以及對時代、政治和集體命運的追挽。儘管這首長詩中不斷出現一個女性和異國的形象,但這仍然是一首名副其實的輓歌。這也是一代人的自畫像,「他們視咖啡館爲一個時代的良心。／國家與私生活之間一杯飄忽不定的咖啡／有時會從臉上浮現出來,但立即隱入／詞語的覆蓋。他們是在咖啡館裏寫作／成長的一代人,名詞在透過信仰之前／轉移到動詞,一切在動搖和變化,／沒有什麼事物是固定不變的。」在歐陽江河這裡既體現了寫作與國家之間的緊張關係,又不能不呈現尷尬和分裂性的私人生活與精神狀態。值得注意的是歐陽江河在這首長詩的廣場和

〔註2〕　赫伯特・洛特曼:《左岸:從人民陣線到冷戰期間的作家、藝術家和政治》,薛巍譯,新星出版社,2008年版,第6頁。

〔註3〕　魯迅:《日記十九》,《魯迅全集》(第14卷),人民文學出版社,1981年版,第810頁。

〔註4〕　魯迅:《革命咖啡店》,《魯迅全集》(第4卷),人民文學出版社,1981年版,第116頁。

咖啡館交錯的空間場景中不斷出現和疊加冬天的寒冷景象和精神氛圍。而
「1825 年」、「1989 年」這樣具有歷史重要性的時間提示，十二月黨人、日瓦
戈醫生、犧牲者等這樣極具象徵性的形象以及「流亡」、「流放」、「靈魂」、「俄
羅斯」、「國家」、「烏托邦」等精神性的詞彙都使得這首詩歌具有濃重的歷史
感和擔當精神。而僅僅一年之後，翟永明在 1992 年完成的長詩《咖啡館之歌》
卻呈現的是女性個體的物質生活和情感境遇。這與北島、歐陽江河的一定程
度上的精神烏托邦和理想主義困窘的話語方式迥異。詩人截取了下午、晚上
和凌晨三個具有特殊性和差別性的時間場景。翟永明在文本中設置了大量的
毫無詩意的瑣屑、平淡的對話。換言之，這已經不是一個談論詩歌和真理的
時代。在咖啡館裏分貝最高的是談論社區、生活、異鄉、性欲還有乏味愛情
的聲音，「上哪兒找 ／ 一張固定的床？」這是否成為咖啡館這樣的公共空間裏
最具私人性和身體性的追問？而公共空間沾染上的濃烈的情欲和身體味道幾
乎成了當下時代的寓言——我在追憶 ／ 西北偏北的一個破舊的國家 ∥ 雨在
下，你私下對我說 ／ 『去我家 ／ 還是回你家？』」而到了 1990 年代後期詩人
們更為頻繁地出入於咖啡館、酒吧甚至星級或者洲際大酒店。尤其是在這一
時期的女性寫作那裡，咖啡館和酒吧更多的成為帶有情欲和愛情憧憬的日常
空間，「酒吧是一種建築結構，是一座放滿音廂、窗格、花朵、美酒的居室。
直到如今，它的幽靜而富麗的幻想吸引著愛情，博愛和思念的人們。春天，
等到又一個春天到來的時候，那座酒吧等待著我們，就像世界敞開的居室」（海
男：《酒吧》）。詩人也仍然在看似認真地討論詩歌的歷史和未來，但是詩人已
經顯得心不在焉或者力不從心！因為時代和生活的重心已經發生傾斜。儘管
在那些五六十年代出生的詩人那裡仍然會慣性地在這些公共空間裏尋找精神
和詩歌的意義，但是對於那些更為年輕的詩人而言咖啡館也許與詩歌有關，
但是更與越來越沒有意義和喪失了精神性訴求的日常生活有關。正如姜濤所
說「在海淀與農展館之間，在北大的博雅塔與北師大的鐵獅子墳之間，在上
苑的小樹林與摩登的酒吧之間，在一場接一場的酒局和長談之間，並沒有一
種完整、統一的詩歌氣質被發展出來」〔註5〕。甚至在沈浩波這樣 2000 年左
右高舉「下半身」大旗的詩人那裡咖啡館也不能不帶有青春期力比多和身體

〔註5〕 姜濤：《沒有共識，又何需爭辯》，《巴枯寧的手》，北京大學出版社，2010 年
　　　版，第 82～83 頁。

欲望的味道。新街口外北大街甲八號的福萊軒咖啡坊成爲八九十年代北師大校園詩人伊沙、侯馬、桑克、徐江、沈浩波等光顧、聚會的場所。1999 年 3月 12 日春天，沈浩波在大學畢業前夕寫下《福萊軒咖啡館‧點燃火焰的姑娘》。當咖啡館是和姑娘（「小姐」）置放在一起，我們可以約略知道這首發生於咖啡館場所裏詩人的精神指向，「從今年開始我才剛剛是個男人 // 要不然就換杯咖啡吧 / 乳白色的羊毛衫落滿燈光的印痕 / 愛笑的小姐繡口含春 / 帶火焰的咖啡最適合夜間細品 / 它來自愛爾蘭遙遠的小城。// 你眼看著姑娘春蔥似的指尖 / 你說小姐咖啡眞淺 / 你眼看著晶瑩的冰塊落入湯勺 / 你眼看著姑娘將它溫柔地點著 // 你說你眞該把燈滅了 / 看看這溫暖的咖啡館墮入黑暗的世道 / 看看這跳躍著的微藍的火苗 / 在姑娘柔軟的體內輕輕燃燒」。一年之後的夏天，還是同一間咖啡館。沈浩波在與于堅、伊沙、侯馬、黎明鵬相聚談詩。不久之後沈浩波寫下《從咖啡館二樓往下看》。在二樓居高臨下的視點裏他不是在審察時代和人群，而是緊盯在那些穿著暴露的異性身上，「我一邊聽著 / 一邊透過玻璃窗往下看 / 姑娘們正從對面的商場走出來 / 她們穿得很少 / 我看著她們 / 我晃動著大腿」。

第一節　胡同與大院裏的「地下」沙龍

> 「伴隨著人們的地下活動，將會出現新的歷史舞臺。」
>
> ──趙京興

　　著名歷史學家雷海宗曾經在《中國文化與中國的兵》中將淝水之戰看作是南方文化主導中國的開始。

　　確實在此後漫長的歷史時期內南方文化一直在主導性的位置上俯瞰北方。而在二十世紀中國詩歌地理版圖上的北方詩歌似乎一度被江浙一帶的南方詩人們覆蓋，也似乎只有在新中國成立後北方詩歌才顯現出了它的中心位置──「作爲想像的『中心』，北京代表了某種東西，需要『外省』去陪襯，或者需要去顛覆，一種整體性的『北京詩歌』，照理說也應當是存在的。」〔註6〕

　　北京是全國的文化和政治中心，而由於與政治氣候和文化空氣的天然接

〔註6〕 姜濤：《沒有共識，又何需爭辯──北京詩歌印象》，《巴枯寧的手》，北京大學出版社，2010 年版，第 81 頁。

近狀態，北京也在極權年代裏最早形成了「地下」性質的詩歌沙龍和讀書小組。這在 1990 年代中期以來的文學史研究中成爲津津樂道的話題。而以北京爲中心的北方詩歌在空間形態上的特徵不僅影響到了新時期之後的先鋒詩歌的格局，而且對這一時期的外省詩人尤其是「南方」詩人產生了巨大的焦慮感。而這種焦慮感的結果就是使得「北方」和「南方」的詩歌處於文化權力的博弈與膠著之中。

在胡同和大院裏產生的「地下」沙龍和讀書圈子以特殊的方式成爲那一文化高壓年代的絕好見證。而值得注意的是這些青年人的家庭背景大多爲高乾和高知，而不是一般意義上的普通家庭。早在 1960 年代初北京即已出現了「地下」性質的詩歌圈子和文藝沙龍，以至後來張郎郎和郭世英成了被廣爲傳頌的詩歌「英雄」和最早的思想「啓蒙者」。相比照而言，南方類似的詩歌組織和圈子的影響就處於程度不同的忽略之中。實際上在 1960 年代初上海的陳建華和錢玉林、朱育琳、王定國和汪聖寶等人就已經形成了讀書會。文革時期這一讀書會被定性爲「反革命小組」，朱育琳甚至被紅衛兵拷打致死〔註7〕。

周作人在 1923 年 3 月的《地方與文藝》中就注意到風土與住民之間的密切關係。中國南方的城鎮與北方顯然有著不小的差別，尤其是北方的四合院、民居與南方園林和精緻的建築之間。北方的城鎮民居（尤其是鄉村）多爲一覽無遺的瓦房或平房的建築方式，透過院子正門和矮矮的圍牆就能夠清晰看到院子裏所有的建築和物什。而南方民居的封閉空間以及迂迴的街巷增添了曖昧、私密和溫婉的特徵。正如列維・斯特勞斯所說的就像每一種不同的花在特別的季節裏開放一樣，一個城鎮都帶有其成長的歷史痕跡和屬地性格，「我們在比較地理上與歷史上相差甚遠的城鎮時，這些年代循環方面的相異，還要加上變遷速率的差異，使情況更爲複雜」，「熱帶地方的城鎮，與其說是深具異國風味，不如說是過時的風景。這些城鎮的植物固然在一定程度上顯示它們的風貌，但是某些建築上的細節與生活的方式，使人得到一種印象，覺得並不是走了遙遠的一段路，而是在時間上不知不覺地往後倒退」〔註8〕。在此我們可以指認連包括民居在內的建築都體現了地緣倫理。儘管北京和成都的市區都是以市民爲主體，更大程度上是市井的日常生活和經濟

〔註7〕　陳建華：《天鵝，在一條永恒的溪旁》，《今天》，1993 年第 3 期。

〔註8〕　克洛德・列維－斯特勞斯：《憂鬱的熱帶》，王志明譯，生活・讀書・新知三聯書店，2005 年版，第 97〜98 頁。

發展的體現，但二者還是有一定的差異。而我對這兩地城市的一些地名非常感興趣，因爲街道的命名帶有地方性知識和歷史沿革的雙重意味。儘管北京的胡同和成都的街道名稱都有著明顯的世俗化和實用性的特徵，但相比照而言北京的胡同更具有文化性、歷史性和政治性，因而也就更具有地域性。元人熊夢祥在《析津志》一書中寫到元大都有三百八十四火巷，二十九衖衕。按照當時的城市建制和規劃，二十四步寬爲大街，十二步寬爲小街，六步寬爲胡同。胡同有很多種解釋，比如水井、浩特、胡人大同說等，顯然我們更多是在街道的層面在談論胡同。而胡同對於文學和作家而言其意義是特殊的，比如北京的磚塔胡同與魯迅和張恨水的文學創作，小羊圈胡同 8 號與老舍的《四世同堂》和《正紅旗下》，乃至後來的三不老胡同與北島，大雅寶胡同與張郎郎。儘管魯迅早在 1925 年就曾經揶揄過北京的胡同，「在北京常看見各樣好地名：辟才胡同，乃茲府，丞相胡同，協資廟，高義伯胡同，貴人關。但探起底細來，據說原是劈柴胡同，奶子府，繩匠胡同，蠍子廟，狗尾巴胡同，鬼門關。字面雖然改了，涵義還依舊。這很使我失望」〔註9〕。確實北京的一些胡同和街道的命名帶有很強的世俗性和生活化特徵。北京的很多街道都是以明清時期的集市類別命名的，比如騾馬市、米市大街、缸瓦市、蒜市口、欄杆市、花市、豬市大街、菜市口、珠市口（有研究者認爲此處的「珠」實際上應該「豬」）等等。除了魯迅所失望的那些胡同名字之外，北京的很多胡同還是非常富有「北京特色」的。這些各式名稱的胡同全方位體現了政治、地理區域（有時候代表了出生和地位）、家族、文化、經濟、文學、生活的方方面面，比如鼓樓大街、長安街、景山後街、王府井大街、煙袋斜街等等。甚至有些街道和胡同的命名非常富有詩意和文化，比如棠棣胡同、成賢街。而成都的街道名稱則從很大程度上體現了紛擾的市民生活百態和市場化的經濟圖景，如草市街、羊市街、米市壩街、肥豬市街、馬鎮街、牛市口、鹽市口、壇罐窯街、油簍街、漿洗街、染坊街等等。這與北京的街道命名很爲相近，但不同的是北京曾經和成都一樣充滿了煙火和世俗味的街道後來都漸漸演化成了具有文化層次的另外一種說法了。爲了避「俗」趨「雅」，北京的很多胡同和地名多以諧音的方式發生了變化，比如爛漫胡同實爲爛面胡同、奮章大院實爲糞場大院、大革巷實爲打狗巷、分司廳則爲粉絲亭、高梁（史高梁）胡同則爲屎殼郎胡同。北京人好面子的習性以及特有的「都城

〔註9〕 魯迅：《咬文嚼字》，《華蓋集》，人民文學出版社，1995 年版，第 2 頁。

性格」使得後來這些胡同都被改頭換面成帶有文化、詩意的別稱了。汪曾祺對胡同文化的認識就很具有代表性，「胡同的取名，有各種來源。有的是計數的，如東單三條、東四十條。有的原是皇家儲存對象的地方，如皮庫胡同、惜薪司胡同（存放柴炭的地方），有的是這條胡同裏曾住過一個有名的人物，如無量大人胡同、石老娘胡同（老娘是接生婆）。大雅寶胡同原名叫大啞巴胡同，大概胡同裏曾住過一個啞巴。王皮胡同是因爲有一個姓王的皮匠。王廣福胡同原名王寡婦胡同。有的是某種行業集中的地方。手帕胡同大概是賣手帕的。羊肉胡同當初想必是賣羊肉的，有的胡同是像其形狀的，高義伯胡同原名狗尾巴胡同。小羊宜賓胡同原名羊尾巴胡同。大概是因爲這兩條胡同的樣子有點像羊尾巴、狗尾巴。有些胡同則不知道何所取義，如大綠紗帽胡同。」〔註 10〕在汪曾祺看來胡同文化是典型的封閉文化。而正是這種封閉性的胡同文化和特殊的空間爲文革時期的「地下」沙龍和先鋒詩歌的產生提供了保障和條件。對於生長在胡同裏的作家而言，胡同已經作爲一種地緣倫理與他們的生活和文學密切聯繫。老舍在《四世同堂》一開篇就提到了胡同，「說不定，這個地方在當初或者真是個羊圈，因爲它不像一般的北平胡同那樣直直的，或略微有一兩個彎兒，而是像個葫蘆。通到西大街去的是葫蘆嘴和脖子，很細很長，而且很髒。葫蘆的嘴是那麼窄小，人們若不留心細找，或向郵差打聽，便很容易忽略過去。進了葫蘆脖子，看見了牆根堆著的垃圾，你才敢放膽往裏面走，像哥倫布看到海上漂浮著的東西才敢向前進那樣子。走了幾十步，忽然眼一明，你看見了葫蘆的胸：一個東有四十步、南北有三十步的圓圈，中間有兩棵大槐樹，四周有六七家人家。再往前走，又是一個小巷——葫蘆的腰。穿過『腰』又是一塊空地，比『胸』大著兩倍，這便是葫蘆的『肚』了。『胸』和『肚』大概就是羊圈吧！」〔註 11〕

　　面對北京城人們最先想到的除了故宮、天安門、中南海，就要屬散佈在二環內的胡同了。而說到北京的胡同我們自然會想到那些散佈各處的名人故居，它們成爲了歷史和文化的見證。這些故居主要集中於東城區和西城區（包括原來的宣武區）。除了那些曾經顯赫的王爺府、貝勒府和公主府以及各省會館〔註 12〕，就文化界而言其中比較著名的有顧炎武故居（廣安門內大街報

〔註 10〕 汪曾祺：《胡同文化》，《草花集》，成都出版社，1993 年版，第 87 頁。
〔註 11〕 老舍：《四世同堂》，人民文學出版社，2000 年版，第 9 頁。
〔註 12〕 其中著名的就有恭王府、桂公府、肅王府、睿親王老府、雍親王府、英親王府、淳親王府、怡親王老府、寧郡王府、和敬公主府、壽恩公主府、循郡王

國寺 1 號）、孔尚任故居（海柏胡同）、朱彞尊故居（海柏胡同 16 號）、李漁故居（韓家胡同 14 號）、王士禎故居（東琉璃廠西太平巷 5 號）、紀曉嵐故居（珠市口西大街 241 號）、林則徐故居（賈家胡同 31 號，即莆陽會館）、康有爲故居（廣安門內大街報國寺 1 號）、譚嗣同故居（北半截胡同 41 號）、梁啓超故居（北溝沿 23 號）、龔自珍故居（手帕胡同 21 號、上斜街 50 號）、章太炎故居（錢糧胡同）、陳獨秀舊居（箭杆胡同 20 號）、章士釗故居（史家胡同 51 號）、蔡元培故居（東堂子胡同 75 號，後來著名詩人沈從文居住在東堂子胡同 51 號，蔡其矯也曾居住在東堂子）、魯迅故居（阜成門內宮門口二條 19 號）、李大釗故居（佟麟閣路文華胡同 24 號）、胡適故居（緞庫胡同 8 號、鐘鼓寺胡同 14 號、陟山門胡同 6 號、米糧庫胡同 4 號、東廠胡同 1 號，而當時短短的米糧庫胡同就雲集了胡適、傅斯年、陳垣、梁思成、林徽音等）、齊白石故居（南鑼鼓巷雨兒胡同 13 號院、辟才胡同內的跨車胡同 13 號院）、楊昌濟故居（舊鼓樓大街豆腐池胡同 15 號）、茅盾故居（交道口後圓恩寺胡同 13 號）、梁實秋故居（內務部街 20 號）、田漢故居（白米倉胡同）、老舍故居（燈市口西街豐富胡同 19 號）、郭沫若故居（前海西街 18 號）、梁思成、林徽因和金岳霖故居（東城區北總布胡同 3 號）、宋慶齡故居（後海北沿 46 號）、梅蘭芳故居（護國寺街 9 號）、徐悲鴻故居（新街口北大街 53 號）、張伯駒故居（後海南沿 26 號）、蕭軍故居（鴉兒胡同 6 號院）、田間故居（後海北沿 38 號）、邵飄萍故居（騾馬市大街魏染胡同 30 號、32 號，《京報》館舊址）、沙千里故居（東四六條 55 號）、艾青故居（東四十三條 97 號）、冰心故居（中剪子巷 33 號）、葉聖陶故居（東四八條 71 號）、歐陽予倩故居（張自忠路 5 號）等等。

　　這一個個空間和場所已經形成了不言自明的文化和文學的坐標和象徵。而這對於那些「外省」的作家而言這些故居和胡同所形成的召喚結構以及影響是可以想見的。北京西單牌樓石虎胡同七號是北京松坡圖書館，蹇先艾和徐志摩曾於此工作過一段時間。石虎胡同（現名爲小石虎胡同）是西單北大街路東的一條短胡同，但清代卻有大學士馬齊、裘日修、吳應熊、綿德（乾隆皇帝長孫）等在此居住。曹雪芹也曾在這裡教書。民國初期教育總長湯化龍曾居石虎胡同，後改爲松坡圖書館。1920 年梁啓超從歐洲回國並於 1923 年

府、和碩和嘉公主府、僧忠親王府、崇禎田貴妃宅、孚王府、那王府、禮親王府、克勤郡王府、鄭王府、兆惠府、綿德府、慶王府、醇親王老府、醇親王新府、順承郡王府、濤貝勒府等。

在石虎胡同建立圖書俱樂部〔註 13〕。北方的冬天對於徐志摩這位生活在江南煙雨中的南方人〔註 14〕來說是一番陌生而別樣的感受。他在 1923 年 1 月 22 日寫到:「北方的冬天是冬天, ／滿眼黃沙漠漠的地與天: ／赤膊的樹枝,硬攪著北風先—— ／一隊隊敢死的健兒,傲立在戰陣前! ／不留半片殘青,沒有一絲黏戀, ／只拼著精光的筋骨; ／斂著生命的精液, ／耐,耐三多的霜鞭與雪拳與風劍, ／直耐到春陽征服了消殺與枯寂與凶慘, ／直耐到春陽打開了生命的牢監,放出一瓣的樹頭鮮! ／直耐到忍耐的奮鬥功效見,健兒克敵回家醺笑顏! ／北方的冬天是冬天! ／滿眼黃沙茫茫的地與天; ／田裏一隻困頓的黃牛, ／西天邊畫出幾線的悲鳴雁」〔註 15〕。對於徐志摩而言,1923 年春天開始短暫居住和工作過的石虎胡同不僅是個人經歷的居所,而且已經成為民國時代北平以及一代文人心境的象徵。甚至連小小庭院裏的北方植物和動物在詩人眼裏都具有了「北國」別樣的景致和精神氛圍,「我們的小園庭,有時蕩漾著無限溫柔: ／善笑的藤娘,祖酥懷任團團的柿掌綢繆, ／百尺的槐翁,在微風中俯身將棠姑抱摟, ／黃狗在籬邊,守候睡熟的珀兒,它的小友 ／小雀兒新制求婚的豔曲,在媚唱無休—— ／我們的小園庭,有時蕩漾著無限溫柔。 ／／我們的小園庭,有時淡描著依稀的夢景; ／雨過的蒼茫與滿庭蔭綠,織成無聲幽冥, ／小蛙獨坐在殘蘭的胸前,聽隔院蚓鳴, ／一片化不盡的雨雲,倦展在老槐樹頂, ／掠簷前作圓形的舞旋,是蝙蝠,還是蜻蜓? ／——我們的小園亭,有時淡描著依稀的夢景」(《石虎胡同七號》)。1924 年春,徐志摩在石虎胡同好春軒住處的牆上掛了個手書的木牌,自此「新月社」宣告成立。連徐志摩都不會想到在半個世紀之後北京石虎胡同七號會成為以他為代表的一個詩歌流派的歷史見證。而在京派文學的發生與發展過程中沙龍顯然起到了重要作用。其中以北總布胡同 3 號林徽因的「太太的客廳」,朱光潛慈慧殿三號居所的「讀詩會」和沈從文的達子營 28 號以《大公報》的「文藝副刊」為中心的沙龍最具代表性。

北京的胡同、大院作為特殊的空間為文革時期「地下」沙龍的產生提供了重要條件。1967 年夏天,文革的階級鬥爭越來越荒誕、越來越殘酷。隨著

〔註13〕　後成為松坡圖書館的第二館,第一館在快雪堂。松坡圖書館 1929 年併入國立北平圖書館。

〔註14〕　徐志摩早年讀中學時的日記中出現最多的場景就是南方的冷雨和陰鬱的天氣。

〔註15〕　徐志摩:《北方的冬天是冬天》,《努力周報》,1923 年 1 月 28 日第 39 期。

上山下鄉運動的開始，一些知青在知青點開始進行圈子性質的讀書活動和文藝交流。正如巴赫金的狂歡化理論一樣來自城市的青年不自覺地強化了官方和體制話語空間之外的第二空間和第二種生活。而這種民間化和大眾化的話語方式顯然在極權年代具有著不可替代的重要性。尤其是到了文革的中後期一些返城知青和留守在城市的無業青年開始秘密組織讀書小組和文藝沙龍。這成了他們排遣青春期孤獨的最好方式。需要注意的是聚會時的跳舞、聽音樂、聊天、吃飯、喝酒和遊玩還成為這些青年男女們交朋友甚至談戀愛的絕好平臺。這些所謂的沙龍已經在進入文學史之後獲得了空前的歷史意義和社會學及美學價值，但一些相關的當事人、回憶者和研究們一定程度上過於美化和昇華了這些圈子和沙龍。儘管「當年隨意的聚會，夾雜著平庸的齟齬與瑣碎，如今已經成為一本正經的歷史」〔註16〕這樣的說法有些過激，但我想這也道出了個中原委和它自然、原生、粗糙和並不完全「美妙」的一面。然而在當時全國各地都有類似的文學圈子和藝術沙龍的時代，為什麼偏偏是北京的沙龍獨領風騷並成為文學史津津樂道的話題？而其他省份的沙龍則只是成為以北京為中心的歷史敘事的陪襯、點綴和修飾？換言之為什麼是北京和北方的詩歌沙龍佔據了主導性的位置？

　　這些一起在小範圍內聚餐、交遊、朗誦、讀書的青年當時被稱為「逍遙派」和「頹廢派」。實際上早在 1961 年到 1963 年間，北京、上海、成都、貴陽、福建、西昌等地就出現了沙龍。而進入 1970 年代，隨著人們對政治風暴的進一步厭倦，思考者由原來的個體開始更多地轉向了群落。從紅衛兵運動狂潮中跌落下來的年輕人紛紛尋求別樣的生存方式。一部分人繼續沉落下去，而另一部分人則在精神上開始尋找啟蒙的聖火。正是由於這些讀書小組和詩歌沙龍的存在，一些青年才有可能最大限度地獲取各種非公開出版發行在當時具有「非法」性質的讀物。他們在「沙龍」朗誦自己的作品，不僅可以得到反饋而且使這些「地下作品」得以存活、流傳（手抄本的方式）下來。由於這些沙龍大都出現在「文革」最混亂時期，它們的存在是自發的。其成員多是一些讀書較多、善於獨立思考也富有才情的青年。由於相互交流的機會增多和影響面的不斷擴大，1970 年代初「地下」文學傳播的速度也在逐漸加快。「地下」沙龍或思想群落的出現使一部分青年人的精神活動有了適宜的「小環境」，所以獨立思考和寫作的人也開始多了起來。在部分知青中由於他

〔註16〕潘婧：《抒情年代》，作家出版社，2005 年版，第 26 頁。

們地處偏僻、久居鄉村，生活群體相對穩定，離政治風雲的漩渦較遠，所以讀書寫作的環境也就更安全些。讀書、交流、寫作成為一代青年在那個時代唯一的快樂。

　　楊健在《墓地與搖籃——文化大革命中的地下文學》〔註 17〕中提到了幾個「地下」文藝沙龍、小組和詩歌群落，如黎利（1967～1970）沙龍、趙一凡（1970～1973）沙龍、徐浩淵（1972～1974）沙龍、第二軍醫大學文學沙龍、太陽縱隊、「X」小組和「白洋淀白洋淀詩派」等。而此後的新詩史在敘述這一時期的「地下」沙龍和詩歌時也基本上是大同小異地重複著楊健的敘述。而實際上《墓地與搖籃——文化大革命中的地下文學》所涉及的沙龍尤其是文革時期的詩群還不是很全面。有必要對這些即使在當下的新詩史中仍被忽略的詩群和沙龍進行強調，以便引起今後的新詩史寫作和研究的注意。

　　據目前的資料來看當時比較重要的詩歌沙龍和同仁性的交流圈子主要集中在北京。主要有 1960 年代初期張郎郎的「太陽縱隊」，郭世英、張鶴慈等的「X 小組」，牟敦白文藝沙龍（1965～1966），黎利、夏仲沙龍（1967～1970），李堅持沙龍（1967～1975），趙一凡沙龍（1970～1973），鐵道部宿舍的魯燕生、魯雙芹沙龍，國務院宿舍的徐浩淵沙龍（1972～1974），學部宿舍（現社會科學院宿舍）的黃元沙龍，第二軍醫大學文學沙龍（1970～1974），何京劼沙龍等。此外在河北、四川、貴州、福建、上海、黑龍江、山西、內蒙等地都有數量不等的文藝沙龍存在〔註 18〕。宇文所安把作為家宅的私人空間看做是自我封閉又不受公共世界干擾的「私人天地（private sphere）」，「所謂的『私人天地』，是指一系列物、經驗以及活動，它們屬於一個獨立於社會天地的主體，無論那個社會天地是國家還是家庭。」〔註 19〕而巴什拉更是強調沒有家宅人就成了流離失所的存在，「家宅在自然的風暴和人生的風暴中保衛著人。它既是身體又是靈魂。……在我們夢想中，家宅總是一個巨大的搖籃。一個研究具體事物的形而上學家不會對這個事實置之不理，這是個簡單的事實，更重要的是，這個事實有一種價值，一種重大的價值，我們在夢想中重新面

〔註 17〕楊健：《文化大革命中的地下文學》，朝華出版社，1993 年版。

〔註 18〕如西昌的周倫祐、周倫佐沙龍（1969～1976），貴陽黃翔、啞默的野鴨塘沙龍，舒婷的六角房沙龍（1972～1976），西安的葛岩、龍海東的讀書活動以及蘆葦等「西安老戶」的沙龍。

〔註 19〕宇文所安：《機智與私人生活》，陳引馳、陳磊譯，《中國「中世紀「的終結》，生活・讀書・新知三聯書店，2006 年版，第 70 頁。

對它。存在立刻就成為一種價值。生活便開始，在封閉中、受保護中開始，在家宅的溫暖懷抱中開始。」〔註 20〕在巴什拉看來家宅裏的櫃子及其隔層、書桌及其抽屜，箱子及其雙層底板都是隱秘的心理生命的真正器官和內心空間。而在政治的極權年代，沙龍顯然只能在一個個私密的個人空間裏進行，即使是這些私人空間也時時要遭受到抄家和突擊檢查的危險。

文革時期的文藝沙龍在 1972 年形成高潮。不同的沙龍之間互相影響，有的詩人甚至同時參加了不同的沙龍。這些讀書小組和文藝沙龍對後來的「今天」詩人和「朦朧詩」起到了相當重要的作用。在讀物資源極端匱乏的情況下他們的閱讀駁雜而不成系統。他們的閱讀範圍除了一些經典讀物——如當時的所謂三本「必讀書」——普希金的《葉甫蓋尼·奧涅金》、萊蒙托夫的《當代英雄》以及曹雪芹的《紅樓夢》，更能激起他們「吃禁果」般閱讀興趣的卻是一些「文革」前出版的「供批判用」的「內部讀物」（所謂的「黃皮書」、「灰皮書」），「1970 年初冬是北京青年精神上的一個早春。兩本最時髦的書《麥田裏的守望者》、《帶星星的火車票》向北京青年吹來一股新風。隨即，一批黃皮書傳遍北京」〔註21〕。政治學方面有托洛茨基的《被背叛了的革命》、德熱拉斯的《新階級》、斯特朗的《斯大林主義》、《斯大林秘史》、《從列寧到赫魯曉夫——共產主義運動史》、《赫魯曉夫主義》等，哲學及文藝理論方面主要有加羅蒂的《人的遠景》、薩特的《辯證理性批判》、科學院文學所編的《現代美英資產階級文藝理論文選》（內附袁可嘉後記長文）等，文學方面小說有加繆的《局外人》、薩特的《厭惡及其他》、凱魯亞克的《在路上》、塞林格《麥田裏的守望者》、阿克肖諾夫《帶星星的火車票》、沙米亞金《多雪的冬天》、艾特瑪托夫的《白輪船》等，回憶錄有愛倫堡的《人·歲月·生活》，詩歌作品則更多。影響較大的有泰戈爾、普希金、波德萊爾、聶魯達、葉甫圖申科、梅熱拉伊梯斯、萊蒙托夫、茨維塔耶娃、阿赫瑪托娃、特瓦爾朵夫斯基（長詩《焦爾金遊地府》）、普希金、葉賽寧、勃洛克、古米廖夫、馬雅可夫斯基、海涅、惠特曼、洛爾迦等等。這些「黃皮書」和「灰皮書」不僅影響甚至改變了文革一代人的精神和生命軌跡，而且這些帶有「地下」性質的秘密閱讀

〔註20〕 加斯東·巴什拉：《空間的詩學》，張逸婧譯，上海譯文出版社，2009 年版，第 5 頁。

〔註21〕 多多：《被埋葬的中國詩人（1972～1978）》，《開拓》，1988 年第 3 期。值得注意的是多多的這篇對後「地下」文學研究產生重大影響的文章卻遭到了一些當事人的質疑，認為此文很多說法與事實不符，如徐浩淵。

活動還給那時的青年男女之間的情感生活帶來了特殊的浪漫和神秘色彩,「那一天他的頗有見地的談吐使我記住了他的名字。在四合院的古舊幽暗的客廳裏,他似乎在對我說他喜愛惠特曼,讚歎《草葉集》的磅礡大氣。藤蘿的枯枝投影在深褐色的木格窗上,遮蔽了下午的陽光。我的心情黯淡。我們在空中樓閣裏走來走去,無家可歸。N 侃侃而談。我望著他,聽不見他的聲音。我在想,他是誰,他過著一種什麼樣的生活。他瘦弱,蒼白」〔註22〕。

張郎郎(1943～)後來所居住的大雅寶胡同在文化界尤其是繪畫界有著極其重要的地位。張郎郎曾經提供過 1950 年初在大雅寶胡同院子裏所拍攝的一張合影。合影上的很多人都是大師級的人物,其中有齊白石、李苦禪、徐悲鴻、李可染、葉淺予。

1963 年 20 歲的張郎郎組織了「太陽縱隊」。其成員主要有郭路生(食指)、張久興(後在軍隊服役時自殺)、張新華、甘露林(在軍隊服役時自殺)、牟敦白、董沙貝、甘恢理、於植信、王東白、巫鴻、吳爾鹿、楊艾其、陳乃雲、劉菊芬、蔣定粵、孫智信、張潤峰、楊孝敏、張振洲等。而早在讀中學期間張郎郎就在與郭世英、張久興和甘露林的交往中成立了詩歌沙龍。張郎郎的母親陳布文曾經當過周恩來總理的秘書。張郎郎由於受「精神上的導師」母親的影響而閱讀了大量的中外書籍,如《洛爾迦詩選》、全套的《小說月報》、《帶星星的火車票》、《麥田守望者》、《在路上》、《向上爬》等等。廣泛的閱讀尤其是《美國現代詩選》對張郎郎的文學寫作產生了重要影響。張郎郎與張寥寥、蔣定粵等當時辦有不定期的手抄雜誌《自由》、《格瓦拉》、《曼佗羅》等。在 1962 年到 1963 年間張郎郎寫下《鴿子——和尼古拉‧紀廉的「小鴿子錯了」》、《理想》、《早晨》、《恍惚》、《風景》等詩。在《理想》這首詩中清新、浪漫、自由而帶有明顯的小資情調的「童話」風格能夠看出洛爾迦謠曲的影子,但更多還是詩人的獨特想像,「我想在地毯似的青草地上, /蓋一座白房子, /草地上必須有黃色的蒲公英, /還有酒窩那麼大的小銀蝴蝶。 /屋子,有窗子,挺亮, /還有煙筒,每天都會冒出一朵朵黑雲彩, /門一定要厚,是乾淨的木頭做的。 /桌上老有一杯濃甜的咖啡, /還有好看的毛線團」(《理想》)。而張郎郎的詩歌更多的是具有時代寓言的性質,在一個個意象上投射出那個黑暗時代濃重的陰影和窒息的氛圍以及詩人內心對理想和人性痛苦的憧憬和迷茫中的堅執與探詢,「它沉靜的酣睡著, /像是窗外的白雪

〔註22〕潘婧:《抒情年代》,作家出版社,2005 年版,第 57 頁。

／可這是團溫暖的雪……／我對它說過，／是的，是在那火爐旁的冬日，／那漫長與安靜的冬日。／我說過，這不是你的家／在瑰麗的陽光下，／在濃綠的草地上，／空氣是透明的，／像酒一樣濃鬱的花香，／是一縷有顏色的芬芳的液體，／在空氣中浸潤著、漫延著。／於是，它蘇醒了，／站在我伸向未來的手心，／站在燦爛的自然的光芒中。／扇動了一下翅膀，／開始了飛翔」(《鴿子》)。1968 到 1977 年張郎郎因現行反革命罪入獄，關押期間寫有長詩《燃燒的心》、《進軍號角》以及《七月流火》、《狼皮褥子》等幾十首短詩。

1963 年初郭世英（1941～1968）在北京 101 中學讀書期間與同學張鶴慈、孫經武開始進行哲學和文學上的交往。尤其是郭世英在北京大學哲學系讀書期間與張鶴慈、孫經武、葉蓉青等人組成了富有探索精神的「X 小組」並創辦《X》民刊。此間郭世英閱讀了大量的哲學著作以及「黃皮書」和「灰皮書」，開始詩歌寫作並深入研究哲學。1963 年 5 月郭世英因為「X 小組」受審查，後下放到河南西華農場監督勞動。文革中郭世英被揪鬥並被非法關押，由高空墜落身亡。由於受到尼采、弗洛伊德以及薩特等西方哲學的影響尤其是現代人本主義立場和個體主體性的堅持，郭世英的詩歌在當時具有明顯的先鋒性和「反叛」性。郭世英的詩作由於留下來的很少，所以新詩史很少談論他的詩歌，只是約略地談到與他有關的「X 小組」。楊健在《墓地與搖籃──文化大革命中的地下文學》提到了郭世英的詩《小糞筐》〔註 23〕。而楊健「才華橫溢的郭世英僅僅給我們留下這麼一首歌頌糞筐的兒歌，這本身就是一個悲劇」這種說法顯然並不確切。但是此後很多新詩史研究者卻受此影響，認為郭世英只有這一首《小糞筐》傳世。鐘鳴在其《旁觀者》中就認為郭世英是 1968 年被人從樓上推下死於非命〔註 24〕，「只有《小糞筐》一首，因萬伯翔〔註 25〕（萬里之子）的抄錄而得以幸存。多多《1970～1978，北京地下詩

〔註 23〕郭世英也善長寫詩，但極少傳世。萬伯翱保存了他當年在西華農場黑板報上寫的一首兒歌《小糞筐》：「小糞筐，／小糞筐／糞是孩兒你是娘。／迷人的糞合成了堆，／散發五月麥花香。／小糞筐，／小糞筐，／清晨喚我來起身，／傍晚一起回床旁。／小糞筐，／小糞筐，／你給了我思想，／你給了我方向，／你我永遠在齊唱。」

〔註 24〕關於郭世英的死有很多說法，由於沒有見證人只能是一個謎，他殺只是其中一個說法，萬伯翱則認為是自殺，是對文革黑暗現實的「血的抗議」。

〔註 25〕此處有誤，應為萬伯翱。

歌》，蓧白《X 社與郭世英之死》，貝嶺〔註 26〕《文化大革命中的地下文學》均有描述」〔註 27〕。實際上郭世英遺留下來的詩確實很少，但不是一首。郭世英的詩作主要有《小糞筐》、《我是一塊石頭》、《金杯》、《浮影》、《伴侶》、《望著他》、《我在歡笑中》、《一星期三天一天，兩天，三天》、《送給香山之行》、《我要海》等。北京師範學院出版社 1986 年出版的《非正常死亡——十年浩劫中的受難者》披露了郭世英的幾首詩。周國平在《我的心靈自傳——歲月與性情》〔註 28〕中提到郭世英並提供了郭世英給周國平的一首詩的手稿。該詩寫於 1963 年 2 月 6 日，全詩具有強烈的反抗性和質疑精神。

> 我是一塊石頭，／還是一個惡魔／剛剛吸乾了自己的血漿／卻又把毒刺／伸向那顆幼弱的心窩／那清幽的痛苦／忘了嗎？／那含淚的眼睛／忘了嗎？／忘了！忘了！／我不安的神經質地狂叫／卻不知，一陣痛心的苦水／擁出心中／我是什麼？／是石頭？／還是惡魔？／我恢復了一刻的青春／用別人的心痛。

此外郭世英的「浮影 幻象／夢一樣 清新 混沌／夢一樣／來了 來了／它靠近了我／張大眼睛／——朦朧的霧氣」（《浮影》）以及「我在歡笑中／狂舞／我在悲切中／慢步／卻不知／我腳下的路／是一顆顆蠕動的心／一片片鮮紅的土」（《我在歡笑中》）等詩歌都能夠呈現出這個「異質」青年的獨特思考和批判意識。另外值得提及的是瀟瀟從 2006 年《詩歌月刊》（下半月刊，現已停刊）第 1 期開始推出專欄《一個時代的雙重見證》。該欄目旨在對文革或更早時期開始詩歌寫作而長期被埋沒的詩人進行重新挖掘與整理，目前已經推出了郭世英、食指、依群、張郎郎、張寥寥、張新華、魯雙芹、牟敦白、王東白等。實際上瀟瀟早在 1993 年就開始了這項有意義的工作並準備結集爲《前朦朧詩全集》，但由於種種原因至今仍未能出版。瀟瀟根據郭世英家人保存的 1963 年 3 月到 4 月的日記整理出 13 首詩作〔註 29〕，這對「地下」詩歌是很有意義的。

張鶴慈（1943～）曾在清華附中、101 中學、北京師院讀書，因「X」小

〔註 26〕應爲楊健。

〔註 27〕鐘鳴：《旁觀者》（第 2 卷），海南出版社，1998 年版，第 629 頁。

〔註 28〕周國平：《我的心靈自傳——歲月與性情》，長江文藝出版社，2004 年版，第 85 頁。

〔註 29〕這些詩主要有《金杯》、《民英》、《浮影》、《幹了的眼睛》、《一星期三天一天，兩天，三天》、《給我那朵花》、《我要海》、《送給香山之行》、《望著他》等。

組而被關押 15 年，現定居默爾本。張鶴慈在農場勞動改造時寫有《我在慢慢地成長》（1965）、《鏡中的我》、《生日》（1965）、《夜的素描》、《無題》和《十字路頭》等詩。這些詩作在類於蒙太奇的細節和場景的快速轉換和意象疊加中傳達了詩人青春期的不安、迷惘與懷疑。而目前研究者對這些詩作還缺少必要的關注和確認。張鶴慈抒寫了那個時代青年人痛苦的精神成長史，「坐標上的紙宇宙／條條線線和……／我／凸多邊形的玻璃殘片／滴淚的浮雕／影的遺忘／霜和鋁屑的鏡的屍體／珠水的鑲嵌／影的送葬／／不要，那笑的迷惘／不要，那小的蕭冷／不要，那永遠望著我的眼睛／瘋狂旋轉的地球儀／凝凍的星空／冰月／／搖籃外的一隻小手／向媽媽要著花的顏色／玫瑰的血，枝的刺／／散亂的紙牌和／照片的碎片在／路上堆積／／不知邊際的路／腳印／踏過紙的閣樓、城堡、墳墓／／掙斷了蛛網般的血管／從我的心裏／我！站了起來／／宇宙／伸展著的視線的／點的凝聚／／無盡的無盡，點點上／鏡中的我？／我」（《我在慢慢地成長》）。

　　徐浩淵（1949～）沙龍的成員主要有依群、多多、根子、王好立、譚小春、彭剛、魯燕生、魯雙芹等。當時的很多沙龍的成員都是交叉的，這裡除了有文藝上共同愛好興趣之外，也有男女私人情感交往的因素。1962 到 1965年徐浩淵就讀北京女三中，1966 年就讀於人民大學附屬中學，1968 年赴河南輝縣插隊。徐浩淵曾在 1968 年和 1976 年兩次入獄。文革期間徐浩淵寫下《海岸‧貝殼‧少年》、《給自己》、《如果我能夠》、《給依群》、《給我的好立》、《一顆星星在升起》等詩。依群寫有《你好，哀愁》、《無題》、《長安街》等詩，其中寫於 1971 年的《紀念巴黎公社》在當時影響很大〔註30〕。

　　此外北京還有葉三午組織的沙龍，聚集了趙一凡、趙振開（北島）、鍾阿城等人。葉三午寫於 1960 年冬天的《無題》很容易讓人想到後來的芒克、多多在白洋淀寫下的那些詩歌——「我的青春你還要睡多久呢？／太陽照耀大地輝煌／不能觸著你的臉嗎？／那火熱的光芒！／我的青春你還要睡多久呢？／閃著寒光的黑鴉／撲落在你身上貪婪地／吻著你金黃的幼芽」。

　　魯燕生的沙龍則不僅是美術沙龍而且是詩歌沙龍，主要成員有馬嘉、魯雙芹、李之林、彭剛、楊樺等。這些成員在 1972 到 1973 年間寫了為數不少

〔註30〕「奴隸的槍聲嵌進仇恨的子彈／一個世紀落在棺蓋上／像紛紛落下的泥土／巴黎，我的聖巴黎／你像血滴，像花瓣／貼在地球藍色的額頭／黎明死了／在血泊中留下早霞／你不是為了明天的麵包／而是為了常青的無花果樹／為了永存的愛情／向戴金冠的騎士／舉起孤獨的劍」。

的詩作。

第二節　北京之外的沙龍空間

　　有意味的是當這些「地下」寫作由以往的文學史敘述被忽略到今天的詩歌史敘述必然強調的重要現象，這顯示了歷史在敘述中怎樣的調整和變動？而在北京的詩歌沙龍被強化甚至經典化的過程中遙遠的貴陽、上海、成都、西昌、福建和內蒙、雲南、新疆等地的沙龍則由於種種原因而處於不同程度的忽略之中。

　　1966 年初到 1968 年夏，上海存在著一個沙龍性質的文學青年圈子。涉及的詩人主要有錢玉林、朱育琳、陳建華、王定國、王漢梁、汪聖寶、丁證霖、郭建勇、張念承、劉明祥、林列揚、董希夷等。從那時起這些詩人開始了不同於文革主流詩歌的寫作，如陳建華的《空虛》（1966）、《湖》（1966）等 30餘首詩作〔註31〕以及錢玉林的《淡淡的綠衣》（1966）、《在昔日的普希金像前》（1967）等〔註32〕。

　　此外上海還有一個「小東樓」沙龍，成員主要有孫恒志、楊東平、孫小蘭、沈秋飛、沈小文、高建國、屠新樂等。

　　位於四川西南部的西昌有以周倫祐、周倫佐兄弟為主的沙龍，主要成員有王世剛（藍馬）、歐陽黎海、劉建森、陳守容、王寧、黃果天、林渝生、胥興和、白康寧、田晉川、段國慎、黃天華、周亞琴、馮月如、毛彪等。其中周倫佐偏向於哲學並曾因此入獄，而周倫祐則從 1960 年代後期就開始了詩歌寫作。文革時期周倫祐完成長詩《刺刀與玫瑰》、《燃燒的荊棘》以及手抄詩集《青春的旋律》（後改名為《抑鬱的抒情》）、《青春的輓歌》。周倫祐等人曾試圖創辦刊物《鐘聲》但最後因為政治形勢而被迫放棄。周倫祐的詩除了一部分表達了對青春和生命的思考之外，一部分詩歌則對文革進行了尖銳質疑，「只是寒冷，還不可怕 / 因為眼前是亮堂的 / 只是黑暗，也不可怕 / 因為身上是暖和的 / 寒冷和黑夜勾結起來 / 卻足以扼殺一切生機 / 窒息一切希望…… / 而此時，我只能 / 把自己想像成一堆篝火：/ ——對於寒冷，我是熱 / ——對於黑暗，我是光」（《冬夜隨想》，1972 年 11 月 27 日於西昌玉碧巷小樓）。

〔註31〕陳建華：《紅墳草》，打印詩集。
〔註32〕錢玉林：《記憶之樹：1966～1976 年抒情詩選》，上海遠東出版社，1998 年版。

　　成都有鄧墾和陳自強（陳墨）的「野草」詩歌沙龍，成員主要有徐坯、白水、杜九森（九九）、蔡楚、吳鴻、野鳴、吳阿寧、苟樂嘉等。這些詩人的作品在 1971 年由野鳴編輯成《空山詩選》，收入 14 個詩人詩作 150 首。在 1976 年周總理逝世時二次編輯《空山詩選》，收入 9 個詩人詩作 204 首。如鄧墾 6000 餘行的敘事長詩《春波夢》曾在四川、雲南和湖南等地知青中廣泛流傳。陳自強於 1960 年代初期開始寫下大量詩作，如詩集《燈花集》（1963～1964，40 首）、《殘螢集》（1963～1969，200 首）、《硯冰集》（1963～1969，詩詞 500 首）、《烏夜啼》（1968，50 首）、《孤星集》（1969 年，48 首）等，總計 800 多首。

　　文革期間閩北的一些青年也組成了一個詩歌圈子並辦有油印刊物《耕耘》。舒婷在此時開始詩歌寫作，前輩詩人蔡其矯和黃碧沛在其中起到了不小的作用。蔡其矯不僅在給舒婷的信中介紹了大量的國外詩作並且還將北京的北島等詩人介紹給她認識〔註 33〕。

　　從 1963 年開始，黃翔、啞默等人組織了野鴨塘沙龍，主要活動地點是貴陽的黔靈湖公園以及和平路的北天主教堂。成員主要有李家華（路茫）、張凱、張玲（秋瀟雨蘭）、莫建剛、張嘉諺、慕德新、梁福慶、費席貞、孫惟井、蕭承涇、李光濤、周渝生、郭庭基、白自成、江長庚、陳德泉、曹柳生、張偉林、黃德寧、黃傑、曹秀清（南川林山）、鄭思亮、瞿於虎、歐陽赤、黃繼文、王清林、劉大民、侯潤寶、金戈、瞿小松、馬一平、陳衍寧、彭公標、鄧揚生、楊吉生、孫中華、劉應連、王鼎偉、孫冀初、費席珍、盛恩、王良範、胡漢育、譚滌非、劉邦一、劉定一、龔家瑧、龍景芳、高精靈、王天祿、王六一、王六二、曾珠、曾科、曾理等。

　　儘管他們的閱讀、寫作、傳抄和朗誦都是在秘密中進行，但是這個沙龍在當時有著較為廣泛的影響。當時的野鴨沙龍與孫唯井的「芭蕉沙龍」（繪畫）、周渝生的音樂沙龍是互相參與的。「野鴨沙龍」最具代表性地呈現了酷烈的文革時代的生存環境的文藝環境，也同樣更具代表性地呈現出重壓下的

〔註 33〕舒婷寫於文革時期的詩歌主要有《致大海》（1973 年 2 月）、《珠貝──大海的眼淚》（1975 年 1 月 10 日）、《船》（1975 年 6 月）、《呵，母親》（1975 年 8 月）、《贈》（1975 年 11 月）、《「我愛你」》（1976）、《人心的法則》（1976 年 1 月 13 日）、《當你從我的窗下走過》（1976 年 4 月）、《中秋夜》（1976 年 9 月）、《悼──紀念一位被迫害致死的老詩人》（1976）等。據《舒婷文集・1 卷・最後的輓歌》，江蘇文藝出版社，1997 年版。

一代精神斷奶的青年人對知識和自由的渴求。這是一群茫茫暗夜中義無反顧的精神盜火者，「『野鴨沙龍』裏有一張黑色的中長木沙發，那是我的永久的『地盤』。多少年來，我常常坐或躺在那兒到深夜。我在那兒與啞默和其他的朋友談詩、談繪畫、談哲學和時事，或者聽音樂。……人性的音樂和當時為我們所偷閱的歐美文學和哲學等世界名著一樣，只為我們所獨有。這是些大膽的『竊賊』的財富。多麼令人膽顫心驚……我們是我們所處的時空中的游離者，漂泊者、叛逆者」〔註34〕。

　　啞默（1942～），原名伍立憲，貴州普定縣人，曾用過筆名春寒、矛戈、惠爾。1978年12月開始使用筆名「啞默」。啞默1964年在貴陽市郊野鴨塘農村學校任教。文革期間開始閱讀摘抄內部資料並堅持詩歌寫作。1979年在北京西單民主牆發佈《啞默詩選》。著有《啞默：世紀的守靈人》、《鄉野的禮物》、《牆裏化石》、《見證》、《暗夜的舉火者》等詩文集，被視為「前朦朧詩」的代表人物之一。啞默的讀書、寫作和對時代的態度一定程度上也與其哥哥伍汶憲有關。伍汶憲曾在1950年代就組織過文藝沙龍並寫出為數不少的詩作〔註35〕，後被捕入獄。啞默1960初期開始詩歌寫作並自印民刊，主要有詩作《海鷗》、《鴿子》、《晨雞》、《荒野的婚禮》、《是誰把春天喚醒》、《想起了一件事》、《夜路》、《秋日的風》、《海》、《如果我是……》、《春天、愛情和生命》、《我在橋旁等你……》、《月亮》、《秋天》、《在茫茫的黑夜》、《黎明的晨光啊，你何時到來？》、《山城行》、《浸潤》等。啞默的詩歌儘管不像黃翔排山倒海和火山噴發式的激烈，但是在內斂、理性和平靜、孤獨中仍然掩埋中同樣等待爆發的火山岩漿。只是在啞默這裡呈現的更多的是黑暗年代裏一個無比壓抑、孤獨、痛苦和分裂的靈魂對人性的默默追索，「以最後的詩章獻於你的像前／永示著悼別的哀念／／我將在茫茫人世徘徊／懷著浩劫後的苦悲／天空中消逝的日暉／我殷切等待的光明／你步履悾傯／帶走希望的點點餘溫／／寂寞冰冷／撕裂著心靈／苦尋著已被茫然的人性／四周卻垂著迷津／／你點燃我生命的篝火／使它閃閃生輝／是對你的記憶／使我在黎明前一次次被催醒」（《哀離》，1973）。

〔註34〕黃翔：《總是寂寞》，臺北：桂冠圖書有限公司，2002年版，第23～24頁。
〔註35〕「我是一隻小小青蛙哇哇亂叫，／你是一癩頭禿鷹死老鼠也要硬叼。／我是黑暗裏的真實，／你是明亮中的狂暴。／我是一隻不會飛的小鳥，／無意中去擁抱善良的大炮；／我是一隻不會飛的小鳥，／無知中去親吻鋼鐵刺刀」。引自啞默：《文脈潛行──尋找湮滅者的足迹》，打印稿。

　　黃翔（1941～），生於湖南武岡。他在 1958 年即已開始發表詩歌〔註 36〕併入選全國詩選。從 1959 年開始黃翔的作品由於種種原因被禁止發表。在文革期間寫下了《野獸》（1968）、《預言》（1966）、《白骨》、《留在星球上的札記》（1968～1969）、《我看見一場戰爭》（1969）、《火炬之歌》（1969 年 8 月 15 日）、《長城的自白》（1972 年 9 月 24 日）、《世界在大風大雨中出浴》（1973～1974）、《火神》（1976 年初）、《不　你沒有死去——獻給英雄的一九七六年四月五日》（1976 年 4 月 8 日）等詩。黃翔主要有詩文集《狂飲不醉的獸形》（1986）、《黃翔——狂飲不醉的獸形》（1998）、《黃翔禁燬詩選》（1999）、《狂飲不醉的獸形・受禁詩歌系列》（2002～2003）等。

　　黃翔從 1960 年代初期的詩歌寫作開始一直就秉持著強烈的個人化的反省、對抗和質疑的色彩，一直在高亢的紅色合唱時代堅持「獨唱」。這種強烈的個人精神和對抗姿態在《獨唱》、《長城》等詩中都有鮮明地表現，如「我是誰 / 我是瀑布的孤魂 / 一首永久離群索居的 / 詩 / 我的漂泊的歌聲是夢的 / 遊蹤 / 我的唯一的聽眾 / 是沉寂」（《獨唱》，1962）。黃翔即使是面對文革意識形態的嚴厲監控仍一直堅持寫作，而在政治運動中為了躲避劫難又不得不想方設法來保存自己的詩作。這些詩作只能在當時的「野鴨」沙龍中被秘密傳抄和朗誦。黃翔回憶當初自己保存手稿的情況，「原稿先後收藏在蠟燭、竹筒、膠靴、米桶缸和故鄉牛棚歷年經雨水淋壞的茅屋頂上，後取出時已水漬斑斑，瀕於腐爛」〔註 37〕。黃翔寫作《火炬之歌》的情景相當真切地反映出當時的社會氛圍和詩人特殊的心態，「我的房間裏有個窗戶靠著屋頂，我常常獨自坐在屋頂上眺望遠空和街道。燥熱的晴空一碧如洗，往往引起我的青春心靈的騷動和遐想。樓下街道上不時出現頭戴藤帽和肩扛梭鏢的遊行隊伍，他們一邊朝前走一邊高呼口號：『革命無罪，造反有理！』『文攻武衛，針鋒相對！』一看到這情景就使我產生莫名的窒息和憎惡！……我忍不住在心裏大喊大叫，而內心暴烈的呼喊化為狂飆，呼之欲出，它終於從我的口腔裏蹦出來了，使我大吃一驚！屋子裏一片寂靜，只有我一個人。我從窗臺上跳了下來，又跳了上去，一會又從窗臺上跳下往床上一倒。掏出一枝煙，狠狠地吸了幾口。煙頭上掛著長長的煙蒂，快掉下來了，我用中指把它狠狠一

〔註 36〕洪子誠、程光煒編選的《朦朧詩新編》（長江文藝出版社，2004 年）認為黃翔是在 1965 年開始發表詩歌顯然並不準確。而《在黎明的銅鏡》中認為黃翔是在五十年代末期開始發表詩歌作品顯然更為確切一些。

〔註 37〕黃翔：《狂飲不醉的獸形》，天下華人出版社，1998 年版，第 637 頁。

彈，突然一顆火星一閃，我的腦子裏刷地一亮，渾身像著了火似的猛地燃燒
起來。這股火來勢兇猛，越燒越大，燒得我在屋子裏像頭困獸似的團團直轉，
此時的時間是 1969 年 8 月 13 日上午 10 時。窒息中產生詩的靈感。第三天，
一種鮮明的詩的形象出現了，清晰了，成熟了。我在白天打開燈，然後用黑
布把燈蒙上，讓一圈燈光透射到桌子上。我鋪開了紙，抓起了筆，熱淚縱橫
中一口氣寫出了我的《火炬之歌》，時間是 1969 年 8 月 15 日」〔註38〕。

> 在遠遠的天邊移動
> 在暗藍的天幕上搖晃
>
> 是一支發光的隊伍
> 是靜靜流動的火河
>
> 照亮了那些永遠低垂的窗簾
> 流進了那些彼此隔離的門扉
>
> 彙集在每一條街巷　路口
> 斟滿了夜的穹廬
>
> 跳竄在每一雙灼熱的瞳孔裏
> 燃燒著焦渴的生命
>
> 啊火炬，你伸出了一千隻發光的手
> 張大了一萬條發光的喉嚨
>
> 喊醒大路　喊醒廣場
> 喊醒——世代所有的人們——

——《火炬之歌》

　　黃翔的《火炬之歌》成為一個黑暗時代點亮人性燈盞的啓蒙之光。而他
的《野獸》、《白骨》、《我看見一場戰爭》、《長城的自白》等詩則更為有力也
更為決絕地呈現了文革這樣一個人妖顛倒、人性淪落的「人吃人」時代的本

〔註38〕黃翔：《喧囂與寂寞》，柯捷出版社，2003 年版，第 100 頁。

質,「我是一隻被追捕的野獸 / 我是一隻剛捕獲的野獸 / 我是被野獸踐踏的野獸 / 我是踐踏野獸的野獸 // 一個時代撲到我 / 斜乜著眼睛 / 把踐踏在我的鼻梁架上 / 撕著 / 咬著 / 啃著 / 直肯到僅僅剩下我的骨頭 // 即使我只僅僅剩下一根骨頭 / 我也要哽住一個可憎時代的喉嚨」(《野獸》)。黃翔的詩歌最大限度地呈現了個體的真實感受。這個「自我」是燃燒的、爆裂的、憤怒的、狂暴的、痙攣的、神經質的,「沒有『我』的詩是虛假的,偽善的;每一首詩中都有『我』獨立其中」〔註39〕。確然黃翔的詩是就是劇烈燃燒的火團,作為主體的詩人在其中噴薄燃燒。在非人和非詩的時代他以高亢和撕裂的音調喊出了驚世駭俗的最具震撼力的人性聲音,「提到黃翔,我想到的是一部詩的野史,其實,也是一部本真的詩史,一塊『活著的墓碑』,一個終生背負詩的十字架的殉『詩』者」〔註40〕。

　　一定程度上貴州高原詩人群的代表詩人黃翔在新詩史中所受重視程度不足與其詩歌被挖掘程度、貴陽的偏遠位置、詩歌傳播範圍和主流文化的認可有關,也與其詩歌寫作過於強烈的政治性和意識形態色彩有關。當然也與食指、白洋淀詩群與後來的《今天》和「朦朧詩」的血緣關係更為親近有關。在「今天」詩人越來越成為新詩史的正統的今天,與之關係緊密具有傳承關係的詩人、詩群肯定會得到重視。儘管一些新詩史在敘述文化大革命時期的「地下」詩歌時會禮貌性地談到黃翔和貴州詩人的簡略情況,但至今黃翔只有少數詩作被批評界有限度的提及和認可。少數的新詩選本將黃翔歸入「朦朧詩人」的行列〔註41〕,而弔詭的是黃翔幾乎一生都在批評北島等「朦朧詩人」。

第三節　從北京延伸的北方空間:「杏花村」

　　我一直不能忘記的是多年前一個插隊白洋淀的北京女知青的一段話:

　　　　塵封的記憶就是從這裡開始。從這片凝固的湖水開始。顏料的

〔註39〕黃翔:《留在星球上的札記》(1968～1969年詩論),《黃翔作品集》(打印稿),第491頁。

〔註40〕黃翔:《荊棘桂冠──詩人黃翔及其作品》,《黃翔禁煅詩選》,明鏡出版社,1999年版,第6頁。

〔註41〕如洪子誠、程光煒編選的《朦朧詩新編》(長江文藝出版社,2004年)、謝冕、唐曉渡編選的《在黎明的銅鏡中・朦朧詩卷》(北京師範大學出版社,1993年版)。

色澤已被流逝的時光作舊：在黑藍色的天空與黑藍色的湖水之間，

月光劃開一條小路，把記憶引向幽暗的深淵。這是關於我們自己的，

關於個人的記憶。〔註42〕

　　文革之中產生的白洋淀詩群獨領風騷並成為北方詩歌精神的絕好象徵。在眾多具有群落性質的詩歌寫作中，為什麼是單單是白洋淀詩群成為了當今新詩史敘述中一個饒不過去的「經典」？我們不能不注意到這樣一個事實，文革時期的「地下」詩歌寫作群體（如貴州詩人群、上海詩人群、福建詩歌人、內蒙詩人群等）之所以沒有像白洋淀詩群這樣受到文學史的青睞不僅與這些詩群被挖掘和闡釋的程度有關，而且也不能不與「北京」和「今天詩人」關係的親疏遠近有關。

　　1968 年底，在毛澤東「接受貧下中農再教育很有必要」的最高指示下大規模的轟轟烈烈的上山下鄉運動開始。1700 萬青年離開城市來到邊疆和僻遠的鄉村，以一顆顆需要不斷「鍛造」和「清洗」的紅心接受貧下中農再教育。這些知青在「流放」歲月中產生了一個個思想群落和文學群落，而目前留給我們更多的是文學群落的歷史印記。在當時如此眾多的知青點中只有杏花村和白洋淀獨領風騷，儘管當時插隊白洋淀的多多、芒克等人也沒有預料到白洋淀竟然會成為先鋒詩歌的一個「搖籃」〔註43〕。

　　照之其他「地方」白洋淀和杏花村顯然具有一種不無強大的文學和文化的召喚結構。這使得那些流浪和流放的青年人在這裡暫時找到了精神的安慰和詩歌的棲居之地，而其他的地方則一定程度上不具有這種結構。正如一些研究者所指出的「進入鄉村世界的知識青年，並未被土地的魅力所征服。一方面是難以忍受的貧苦生活，一方面是單調乏味的農業場景，這兩者都驅趕著知青，令他們繼續處在劇烈的地域流走和心靈動蕩之中」〔註44〕。在特殊的時代背景下是杏花村和白洋淀這樣的地理和文化空間誕生了文革一代人的詩歌寫作和精神成長。這讓我想到了十九世紀中葉以後不斷呼喊著「到歐洲去」的俄國青年人。1867 年在迷茫的風雪之路上陀思妥耶夫斯基和他第二任妻子安娜·格里戈里奔赴歐洲的身影彷彿就在眼前。而文革中知青一代人的異地「流放」更讓我聯想到的則是上個世紀二十年代美國「迷惘的一代」。在

〔註42〕潘婧：《抒情年代》，作家出版社，2005 年版，第 3 頁。

〔註43〕多多：《1970～1978 北京的地下詩壇》，《今天》，1991 年第 1 期。

〔註44〕朱大可：《流氓的盛宴──當代中國的流氓敘事》，新星出版社，2006 年版，第 162 頁。

當時經濟大蕭條的背景下,海明威、馬爾科姆‧考利、克萊恩、菲茨傑拉德、懷爾德、帕所斯和他們同時代的作家一起「流落」甚至「逃亡」到歐洲。其中一部分人在三十年代返回美國成爲短暫的流放者,而有的則留在了歐洲成爲永遠的流放者。這種異域的流放顯然並非來自於單純的經濟原因,而是有著「迷惘的一代」在精神、政治、文學和生存上的多重複雜想像和精神衝動。「歐洲」則成了這種想像的代名詞和詩意性空間。我想「歐洲」和「杏花村」、「白洋淀」一樣成爲一代人拓展文學與生活、想像和現實邊界的空間,從而生動地展現了社會動蕩和文學精神軌迹。海明威、馬爾科姆‧考利、克萊恩、菲茨傑拉德、懷爾德、帕所斯、哈米特、肯明斯、布羅姆菲爾德都曾在「迷惘」和「出走」的路上成爲了卡車司機和戰地救護車司機。他們和汽車的身影一起奔跑在大地、山地和叢林之中。而食指、多多、芒克、北島等人則乘坐著火車、汽車、牛車、馬車在政治年代的鄉村和城市中「流放」,甚至以船代步在縱橫交錯的水道和蘆葦蕩中穿行、交遊和繼續流浪。正如「迷惘的一代」戰後暫時寄居在紐約市的格林威治村和郊區偏僻的蒙帕那斯一樣,白洋淀、杏花村成爲一代城市青年流放生活的時代縮影。白洋淀和杏花村已經不再是一個單純的物理空間,而是成爲一種精神性的空間,成爲精神成長的方式和文學理想滋生的產床。

北方的一個又一個寒冷的多天成爲那個政治寒冬時代最爲形象的晴雨錶,而郭路生(北京五十六中高中生)也在北方的多天裏面對著冰封的河面寫下了《魚群三部曲》等詩篇。1968 年多天,20 歲的郭路生(即後來名滿天下的詩人食指)赴山西汾陽杏花村插隊。

臨行前,北京火車站。郭路生的朋友高小剛、張小紅等和他一起照了合影。照片上的人們都穿著厚厚的棉衣,有人光著頭,更多的則戴著棉帽,也有的還戴著夾帽。在這些表情僵硬的一群年青人當中只有高大的郭路生面帶微笑。此時還沒有登上火車感受撕心裂肺的送別場面的郭路生還不可能預料到此次晉中之行的艱辛與痛苦。當然他也沒有料到他即將寫於 1968 年 12 月 20 日開往山西的火車上的《這是四點零八分的北京》。這首詩歌以及之前寫成的《相信未來》在此後的一個個寒夜裏給一代人所帶來的是不可想像的震撼與共鳴。

當上山下鄉運動被宣傳和塑造成爲偉大的理想主義的社會主義青年行動時,食指卻以力透紙背的詩行呈現出了欺和瞞背後的事實眞相和一代人疼痛的面影、撕裂的內心以及被遺棄的漂泊狀態和無家可歸感。1968 年 12 月 20

日，下午四點零八分。北京車站。在時代的綠色列車上，食指以當時主流詩壇罕見的敏銳、真誠和良知發現了現實的殘酷和悲涼：「這是四點零八分的北京 / 一片手的海浪翻動 / 這是四點零八分的北京 / 一聲尖厲的汽笛長鳴 / 北京車站高大的建築 / 突然一陣劇烈地抖動 / 我吃驚地望著窗外 / 不知發生了什麼事情」（《這是四點零八分的北京》）。迷茫、困惑在食指這裡第一次得以真實和個性的呈現，而且呈現得如此殘酷。而這種真實卻是以一代人的青春和生命為代價的。食指以良知的帶血的針線穿透了時代的虛假面紗，「我的心驟然一陣疼痛，一定是 / 媽媽綴扣子的針線穿透了心胸 / 這時，我的心變成了一隻風箏 / 風箏的線繩就在媽媽的手中」。

　　值得注意的是食指《這是四點零八分的北京》這首歌中的「北京」形象。

　　曾有研究者認為這首詩歌「完全扭轉了五十年代以來所形成的對於『北京』這個詞語的象徵傾向的運用，把『北京』這一『超級事實』，下降為一種現場真實，把『北京』作為國家和革命話語的象徵性存在，轉變為一個人生活中最普通的存在」〔註45〕。但我認為這種說法過於擡高了食指詩歌的「超時代」意義。儘管食指的這首詩歌是在個體和一代人的生存現場中所抒寫的際遇與內心的掙扎，但是「北京」這個國家和文化的高大形象的象徵並沒有被消解。反倒是在上山下鄉運動中對於食指這些帶著戶口離開城市的大批知青而言「北京」無論是作為出生地的故鄉還是作為精神故鄉甚至是國家的象徵都獲得了更為重要的意義。正因如此，他們才在離開北京的時候帶有難以言說的痛苦、分裂和漂泊感。所以我們才會看到眾多的知青詩歌中大量的對「北京」的回憶、留戀和希望「返回」的衝動。「北京」成為那代人的情結和陣痛。實際上食指這裡的「北京」和十七年以及文革主流詩歌中的「北京」文學形象並沒有本質上的區別，只是食指在詩歌中加入了個體的真實感受，而「北京」所象徵的國家和文化寓意是沒有太大差別的。

　　1968 年 12 月 20 日傍晚。

　　到達山西省汾陽縣杏花村的北京知青們（大多來自人大附中、北京女一中、101 中學）是帶著離鄉的孤獨和失落來插隊的，但是這些「北京人」、「大學生」卻受到了公社和村里社員群眾的熱烈歡迎。當時的食指戴著灰呢子老頭帽、身穿棉大衣，左手提著行李和生活必需品，右手提著一盆花——仙人

〔註45〕 朱周斌：《個體在人世間的意義——作為朦朧詩與當代漢語現代詩原型之一的食指》，《詩林》，2010 年第 4 期。

掌。仙人掌的執著、堅強是否呈現了食指作為詩人性格的一個側面？而其他的知青有的帶來了書籍，有的甚至還帶了唱片、電唱機和手搖留聲機。杏花村這個在中國詩歌史上承擔了如此詩意的地方重新在文革這樣非詩意的年代煥發出新異的芬芳。正如春暖花開的季節這裡四處盛開的杏花和桃花。一群知青背井離鄉來到這裡接受改造和再教育，而寫詩、朗誦和交遊卻成為他們最熱衷的工作。尤其是其代表詩人食指作為文革「地下詩歌寫作第一人」、啟蒙人物和「朦朧詩的一個小小的傳統」更是讓杏花村成為中國先鋒詩歌的一個「根據地」。不久，食指開始在杏花村這座晉中大地的村莊寫詩。他寫滿詩歌的筆記本被知青傳抄，傳播範圍越來越廣泛。按照食指同時代的詩人和插隊知青的說法當時在北京、河北、山西、陝西、內蒙和黑龍江以及雲南等地都有人傳抄他的詩歌，甚至按照一同插隊的戈小麗的說法杏花村一時成了詩聖朝拜地。顯然食指詩歌的真實體驗和沉痛而堅強的命運感以及他朗誦時的抑揚頓挫的音樂性和特殊的感染力不僅使那些在杏花村親自聽過食指朗誦的知青們印象深刻，而且在其他外地的知青和工人們第一次在手抄本上讀到食指的詩歌時的那種激動、感動和震撼是難以用語言來表述的。手抄本就是這樣以完全不同於鉛印出版物的親近、陌生、新奇吸引著眾多文學青年和普通讀者，「一九七三年，我從朋友手中得到一本詩集，如果是一本鉛印的書，可能不會引起我的興趣，作家、詩人在我的心目中神聖得高不可攀，會因為離我太遙遠反而被忽略。但那恰恰是一個手抄本，用的是當年文具店裡僅有的那種六角錢一本的硬面橫格本，字跡清秀，乾淨得沒有一處塗改的痕迹。僅猜測那筆迹是出自男性還是女性之手，就足以使我好奇得一口氣把它看完」〔註46〕。手抄本詩歌之所以能夠受到如此追捧也在於當時這些新奇的帶有現代色彩的詩歌打開或更新了受賀敬之等政治抒情詩影響的閱讀空前貧乏一代青年的視野。這種手抄本詩歌的親切感更容易撥開這些青年的內心，「最讓我好奇的是手抄本小說和詩，在一凡那裡，這些全被翻拍成照片，像撲克牌一樣裝在盒子裏。……我把《相信未來》抄在筆記本上背誦：當蜘蛛網無情地查封了我的爐臺，當灰燼的餘煙歎息著貧困的悲哀，我依然固執地鋪平失望的灰燼，用美麗的雪花寫下：相信未來」〔註47〕。當插隊內蒙後

〔註46〕徐曉：《半生為人》，同心出版社，2005 年版，第 136 頁。
〔註47〕廖亦武主編：《沉淪的聖殿──中國 20 世紀 70 年代地下詩歌遺照》，新疆青少年出版社，1999 年版，第 66 頁。

因病回京的史保嘉在一個夜晚第一次讀到食指的詩歌時顯然不啻於一次心靈的地震。從這裡能夠看到在一個手抄本時代食指詩歌的傳播範圍和他不可替代的重要影響，「記得那晚停電，屋裏又沒有蠟燭，情急中把煤油燈的罩子取下來，點著油撚權當火把。第二天天亮一照鏡子，滿臉的油煙和淚痕」，「郭路生的詩在更大範圍的知青中不脛而走，用不同字體不同紙張被傳抄著。世界上不會有第二個詩人數不清自己詩集的版本，郭路生獨領這一風騷」〔註48〕。

　　當時食指他們這些知青臨時住在杏花村的一個小山坡的兩排青磚農房裏。這裡成了知青勞動之餘的談論文學、朗誦詩歌和文藝交流的據點。

　　是食指的詩歌使得這些遠離家鄉的迷茫、低落的知青們得以找到精神上的安慰。杏花村特有的地理環境也使得這些遠離城市的青年體驗到鄉土中國自然偉大的一面，「杏花村的春天美極了，粉紅色的桃花和白色的杏花開得絢爛一片，點綴了那古老的青磚瓦房。背景再襯上那青青的紫華山和山頂繚繞的白雲，天然一幅古香古色的農家美景。這或許就是引發杜牧寫出『借問酒家何處有，牧童遙指杏花村』這樣佳句的原因吧」〔註49〕。食指的《新情歌對唱》、《窗花》等民歌風的詩作顯然來自於晉中農村民歌對他詩情的激發，而村中漂亮的姑娘金蓮也打開了這個城市青年的心扉。當春天各地的知青紛紛慕名來拜見食指的時候，四周盛開的杏花和食指的詩歌一起成為那個時代的文學傳奇，也成為後來文學史所津津樂道的「故事」。尤其是後來食指的遭際和個人的悲劇性命運也在很大程度上增加了故事的傳奇性和詩歌的歷史感。然而這兩排農舍實際上是無比普通甚至是非常簡陋、寒酸的，但是就是這些簡陋的農捨卻在一個非正常時代孕育出了中國先鋒詩歌的前驅性人物。兩排房舍其中的一間是知青們自己做飯的廚房，廚房就是用破舊的磚搭成的。廚房的左邊是一個大竈以及用木架支起的長條木製案板，竈的上方是沒有窗紙的窗戶。大竈的右側是水缸、扁擔、水桶和一些農具。而就是這個簡單而寒酸的廚房，夜幕降臨的時候這裡卻開始活躍起來。有人跳舞、唱歌，有人看書、交談。而更為知青津津樂道的盛事則是由郭路生朗誦他的詩歌。《相信未來》和《這時四點零八分的北京》每次都成了保留節目，而

〔註48〕史保嘉：《詩的往事》，《持燈的使者》，廣西師範大學出版社，2009年版，第8頁。

〔註49〕戈小麗：《郭路生在杏花村》，《持燈的使者》，廣西師範大學出版社，2009年版，第152頁。

女知青每次都會在朗誦中淚流滿面。我們可以看到「聽眾」以竈臺爲中心圍坐在扁擔、木凳、水桶甚至南瓜堆和紅薯堆上，竈臺上煤油燈和蠟燭搖曳著微光。郭路上背對黑夜、面對如豆的燈火，其高大的身影投在窗櫺上，「郭路生的嗓子略帶沙啞，朗誦時聲調抑揚頓挫，念到輕時輕得像是把詞語用一絲微風送到你耳邊，有時還會停頓片刻讓詩句的餘味繼續蔓延，真達到了『此時無聲勝有聲』的效果；念到激昂處，他的嗓音放大而不失含蓄，洋溢著熱情和急切。念到靠近結尾的排比句時，他那急切的聲音像熾熱的火球不斷地滾動上去，把聽眾的情緒完全調動起來」〔註50〕。而食指朗誦詩歌時投入的表情更是給那些知青以最直接的感染，「念到低沉處，他半閉眼睛，眼神幽沈而迷茫；念到抒情處，眼睛裏充滿快樂和跳躍的波光；念到激昂處，他執著地看著前方，眼裏充滿熱情」〔註51〕。很多次，都有知青尤其是女知青還沒聽完食指的朗誦就跑出廚房在黑夜中放聲大哭。

現在眾多研究者在看待文革「地下」詩歌、白洋淀詩群以及「朦朧詩」時都是將食指作爲一個前驅者的角色。確實食指對當時的青年人和知青的影響是很大的，但是也不能過於誇大了食指。正如芒克所說儘管在1967年左右就知道了食指這個人，但是自己讀到食指的詩已經到了1973年。那時的芒克寫詩已經有了兩年多時間，所以「根本不是有些人所說的那麼回事，我們這些人最初開始寫詩都是因爲了他的影響」〔註52〕。

當今的新詩史敘述和新詩研究在談論「地下」詩歌和「今天」詩歌時都要強調當時這些詩人的「非法」性閱讀對寫作的影響，甚至會直接拿一些現代主義的外國詩人套在某某詩人身上。我想強調的是當年的「地下」詩歌中只有少數一部分詩人的文學和哲學閱讀因爲先天的身份（比如高乾和高知子女）而帶有時代的優勢，而另一部分詩人其閱讀除了一部分來自於有效的交換之外則更多所接受和濡染的當時主流文學的影響。甚至今天看來很多「地下」詩人的寫作在語言層面都留有時代主流語言機制的慣性影響。說到「地下」詩歌寫作一定要注意到相關詩人的多層次性——既有歷史的慣性遺留又有反思和時代發現。梁小斌後來就認爲自己在文革時期寫的詩作是「獻媚式」

〔註50〕戈小麗：《郭路生在杏花村》，《持燈的使者》，廣西師範大學出版社，2009年版，第150、151頁。
〔註51〕戈小麗：《郭路生在杏花村》，《持燈的使者》，廣西師範大學出版社，2009年版，第155頁。
〔註52〕芒克：《食指》，《瞧！這些人》，時代文藝出版社，2003年版，第34頁。

寫作，如他當年下鄉時曾寫作一首名為《第一次進村》的詩：「公社開完歡迎會，／一顆心飛到生產隊。／明天一早就下地，／一定開好第一犁。／想著想著入夢鄉，／手兒放在心窩上。」即使是被認為是「朦朧詩」的代表性詩作《雪白的牆》和《中國，我的鑰匙丟了》梁小斌本人也認為這是時代局限性的體現。按照梁小斌自己的說法他當時把浪漫主義「奉若神明」並把詩人優雅和純潔的品格作為目標。換言之，作為同時代的或稍晚一些經歷過文革的詩人其寫作和詩歌語言都不能不具有雙重性格。最具代表性的當算是被視為「地下」詩歌和「今天」詩歌啓蒙者的詩人食指。而新詩史和相關研究在論及食指時基本上是談詩他那些與當時的主流詩歌有差異的「經典」文本，如《相信未來》、《這是四點零八分的北京》、《憤怒》、《酒》、《還是乾脆忘掉她吧》、《煙》、《瘋狗》等。而對於食指那些與當時的主流詩歌差異不大的詩作如《送北大荒戰友》（1968）、《楊家川──寫給為建設大寨縣貢獻力量的女青年》（1969）、《南京長江大橋──寫給工人階級》（1970）、《我們這一代》（1970）、《架線兵之歌》（1971）、《紅旗渠組歌》（1973～1975）等卻很少關注（還是有意地不去關注？）。這些詩句無論是在語言上還是在情感基調上與當時主流的詩歌寫作甚至十七年詩歌並沒有什麼區別，甚至帶有紅衛兵詩歌寫作模式的「慣性」遺留。很難想像在文革中成長的年青人不受到文革政治文化教育的強大影響，那麼寫出主流的「媚俗性」的民歌化、革命化的詩作就不足為奇了。關鍵是很多詩人、當事人都沒有呈現出一代人的另一個真實的側面。這麼多年的新詩史寫作和相關研究在新的時代語境之下將「地下」和「今天」詩人塑造成先鋒的、現代主義的、啓蒙的、反思的、控訴的文學形象。「地下」文學與主流文學之間的關係，寫作者與時代之間複雜而矛盾的心態（疏離和認同）的關注卻大體成了空白。

而當詩歌的理想主義年代早已經過去，當食指在北京嘈亂的酒吧裏朗誦詩歌的時候，這些聽眾是否真的在傾聽詩歌？是否還有觀眾透過食指高大的身影和微笑以及低沉的嗓音來回溯杏花村時代的詩歌傳奇與沉痛舊夢？是否還有人來懷念暴風雪中四點零八分的北京火車站？

第四節 傳奇的詩歌「江湖」：白洋淀

儘管杏花村的自然風光以及當地的姑娘金蓮和純樸的村民們給了食指美

好的記憶，他的詩歌也開始在杏花村、山西以及全國各地產生影響，但是插隊杏花村的第二年也就是 1969 年食指卻離開杏花村來到河北白洋淀實地「考察」。食指此行也是爲了看望好友何京劼（何其芳之女）。在白洋淀食指結識了當地著名的農民詩人李永鴻。此次白洋淀之行給食指留下了深刻的印象，甚至爲此食指還企圖從杏花村轉到白洋淀插隊，儘管以失敗告終。換言之，在當時還有比杏花村更吸引知青的地方。這就是——白洋淀。

當人們不斷談論芒克、多多、根子、林莽等人的時候，白洋淀已經成爲中國漢語詩壇的「聖地」之一，儘管今天這裡作爲旅遊地已經被商業文明薰染得有些面目全非。可能人們不會想到白洋淀竟會因爲北京來的一些知青詩人而成爲精神和詩歌的聖地，儘管時光和歷史留給我們更多的是煙霧迷津中模糊的碎片，「在秋風寒瑟的湖面上，飄過雲團一般的霧氣；我們的船與他們的船交錯而過，倏忽之間，令人心悸的驚險，划船的男孩高高的個子，輪廓分明的漂亮的臉，新鮮刺人的笑容，這或許就是我記憶中的芒克」，「他們的船迅速地隱入濃霧之中，若隱若現，正如記憶的虛無縹緲」〔註 53〕。白洋淀因爲一個曾經隱秘的「地下」詩歌群落的存在而聲名遠揚。它也由此成爲新詩歌史上的一個經典化的地標，「我第一次寫出稍微像樣的詩，是在 70 年代初偏遠的吉林。當時 23 歲的我無法知道，在幾千公里外遙遠的河北白洋淀，一群和我同年齡的青年人也在聚集寫詩。在這些來自京城的天之驕子中，一股新奇的詩風正在旋轉、嘯叫、聚集。若干年後，它們神奇地向我吹來，並注定影響整個中國。」〔註 54〕

白洋淀古稱「祖澤」，位於河北省中部，保定正東八十里左右的安新縣境內。白洋淀距離北京僅 300 華里，這種地理上的接近正是北京知青選擇來這裡的重要原因。白洋淀是海河平原上最大的湖泊，現在屬於北方濕地自然保護區。

文革時期的安新縣城是一個名副其實的荒涼小城。整個小城裏只有一條街道，街道兩旁是低矮的民居。小城唯一的副食品商店食品稀少，門前網可羅雀。散落在 336 平方公里白洋淀上的是 143 個淀泊。這裡是名副其實豐饒的魚米之鄉。白洋淀，南北最長處約五十里，東西四十里。其上游有唐河、豬瀧河、漕河、瀑河、清河、滹沱河、子牙河等九條河流，號稱「九河下稍

〔註 53〕潘婧：《抒情年代》，作家出版社，2005 年版，第 14 頁。
〔註 54〕徐敬亞：《燃燒的中國詩歌版圖》，《天南》，第 3 期（2011 年 8 月）。

白洋淀」。其下游與白溝河匯合，改稱大清河，在河北獨流併入子牙河。當雨
季上漲可向西漫延二十多里，舊縣城安州則處於一片煙波浩淼的濛濛之中。
如果說京、津、保（定）這一三角區域是孫犁等「荷花淀派」成長的土壤，
那麼作爲華北明珠的安新境內的白洋淀水鄉則孕育和滋養了具有叛逆色彩和
現代主義特徵的先鋒詩歌群落——白洋淀詩群。作爲距離北京最近的水鄉，
白洋淀的濕地文化、京畿文化和鄉野江湖風貌在一定程度上緩解了知青們的
時代壓抑和個人苦悶。汪洋水鄉的特殊風貌激發了這些青年人對精神的追求
和思想的探索。而相對邊緣、封閉的地理空間又在一定程度上培養了這些青
年人追求自由心性以及反撥主流意識形態文化的獨立精神。位於冀中平原、
地處京、津、保三角地帶的白洋淀已經成爲詩人心目中滋養詩歌的最好地理
板塊。這裡的湖泊、蘆葦、荷花、水禽、魚蝦都與詩歌水乳交融在一起，而
這裡特有的大擡杆〔註55〕、「小牛蹄」〔註56〕、透溜灣、青果〔註57〕以及冰船
曾讓來自北京的知青們大開眼界。而白洋淀作爲北方少見的水鄉，以其「燕
南趙北」、「塞北江南」和「華北明珠」所特有的水鄉和濕地環境給在政治年
代來到這裡的一代青年提供了不可替代地理資源和人文精神。而大清河南岸
與北岸趙北口之間長達兩華里的大石橋——十二座聯橋更是成爲一個時代詩
歌精神的象徵。十二座聯橋的歷史滄桑和燕趙文化仍然閃現著古老的光芒。
十二座聯橋是戰國時期燕國和趙國的分界線，橋的兩側各豎石碑一塊，上刻
「燕南」、「趙北」。橋北可以通往北京和天津，橋南則可以順千里堤到達任丘、
河間。走水路，這裡上經白洋淀走府河可到保定，下順大清河到天津。而白
洋淀的水則通過這十二座聯橋東流入海。

　　在很長時期內白洋淀作爲冀中大地上抗日和革命鬥爭的堡壘在當代戰爭
文學如《白洋淀紀事》、《小兵張嘎》、《雁翎隊》中得到不斷的強調。而白洋
淀特殊的地理環境在戰爭年代的文學上只不過是強化了這裡交通在戰時的重
要性，「這是間坐北朝南的破『河神廟』，木刻的『河神』早被游擊組搬去，
留下個三面牆的廟筒，成了行人避寒的地方。廟的左側，是通津莊大街南口。
從街口往南走幾步，有個陡坡，坡下有個土臺，臺上有塊刻有『一葉通津』

〔註55〕白洋淀地區特有的打大雁、野鴨用的三寸多粗一丈來長的獵槍。
〔註56〕「小牛蹄」也稱牛皮鄉，是白洋淀漁民在冬天穿的一種短筒牛皮靴，製作粗
　　　　糙，形制肥大，裏面裝有麥稭，可以隔濕禦寒。
〔註57〕白洋淀地區成鴨蛋爲青果。

四個篆字的古碑,那就是有名的『通津碼頭』了。這兒的河道有三奇:一是寬得出奇,白洋淀葦塘連綿不斷,唯獨這一溜葦子少,河道足有十來丈寬;二是深的出奇,就是天旱的淀泊乾枯,滿載的對槽大船在這裡也探不到底;三是直的出奇,東西十幾里,就像拉著墨線裁過一樣。所以,白洋淀的魚、米、蝦、蟹、葦、席,天津的日用百貨,多從這裡集散」〔註58〕。而在其他燕趙作家尤其是保定地區作家的革命小說中白洋淀只是在地理和交通上的重要性得到強調,只在很小的程度上呈現了這一水鄉的特點和地緣文化上的特殊性。白洋淀縱橫交錯的大大小小的湖泊流傳的更多是雁翎隊抗日寇、除惡霸、端炮樓、奪軍火、打火輪的故事。這些湖泊也成為了革命的據點,「動員了全國的老百姓,就造成了陷敵於滅頂之災的汪洋大海,造成了彌補武器等等缺陷的補救條件,造成了客服一切戰爭困難的前提」,「依據河湖港汊發展游擊戰爭,⋯⋯並在河湖港汊之中及其近旁建立起持久的根據地,作為發展全國游擊戰爭的一個方面」(毛澤東語錄)。白洋淀特殊的地理環境形成的風物、習俗以及漫延百里的水鄉特有的自然氣候和精神氣候則長時間被作家們所忽視。這一時期的白洋淀詩歌也是典型的口號詩,「百里淀泊駛戰船, / 萬頃蘆蕩擺戰場; / 攩杆獵槍威力大, / 百發百中打豺狼」。也只有到了孫犁那裡,尤其是到了文革時期的芒克、多多、根子等白洋淀詩人那裡,白洋淀才從真正意義上獨立和凸顯出其特有的燕趙文化的「慷慨悲歌」的魅力,「古秋風臺之北 / 祖澤中 那個小小的村落 / 一股陰氣籠罩著 / 那是源於兩千年的寒風 / 高漸離的築聲驟起 我隨之悲歌 / 我將怨恨埋於心中 / 我將匕首裹入詩行 / 它們激越的悲鳴 / 穿越燕南趙北的祖澤 / 易城以南的祖澤 / 渾然一片白茫茫的水泊」〔註59〕。

包括芒克這代人,他們關於白洋淀首先想到的就是孫犁所營設的「荷花淀」,「要問白洋淀有多少葦地?不知道。每年出多少葦子?不知道。只曉得,每年蘆花飄飛葦葉黃的時候,全淀的蘆葦收割,垛起垛來,在白洋淀周圍的廣場上,就成了一條葦子的長城。女人們,在場裏院裏編著席。編成了多少席?六月裏,澱水漲滿,有無數的船隻,運輸銀白雪亮的席子出口,不久,各地的城市村莊,就全有了花紋又密,又精緻的席子用了」〔註60〕。六七十

〔註58〕 雲起:《智鋤偽隊長》,》《雁翎隊的故事》,保定地區革命文員會文化局創作組編,河北人民出版社,1974年版,第38頁。

〔註59〕 林莽:《林莽詩選》,時代文藝出版社,2005年版,第203頁。

〔註60〕 孫犁:《荷花澱》,《解放日報》,1945年5月15日第4版。

年代的白洋淀與先鋒詩歌結下了不解之緣，而最初吸引北京的知青來白洋淀的正是此前他們對孫犁小說和散文的美好印象，「最初，是孫犁的散文使我們想到這片被稱爲『華北明珠』的地方」〔註61〕。關於白洋淀，孫犁留給我們的是水鄉漂亮、能幹、淳樸、勇敢、溫柔識大體的北方女性。她們在朦朧月光下編席子，岸邊的荷葉荷花的香氣以及小船上的私房說笑都讓我們對這一水鄉有著美好的記憶，「月亮升起來，院子裏涼爽得很，乾淨得很，白天破好的葦眉子潮潤潤的，正好編席。女人坐在小院當中，手指上纏絞著柔滑修長的葦眉子。葦眉子又薄又細，在她懷裏跳躍著」，「女人編著席。不久在她的身子下面，就編成了一大片。她像坐在一片潔白的雪地上，也像坐在一片潔白的雲彩上」〔註62〕。非常有意思的是後來重要的朦朧詩人江河（於友澤）在白洋淀交遊時期曾給當時的女友潘青萍（潘婧）拍過一張照片：少女時代的潘青萍正在織葦席，她半蹲半跪，低著頭，面帶微笑。詩意迷人的水鄉風光以及這些溫柔、賢惠、大方、漂亮能幹的燕趙水鄉女子在孫犁小說中出現的時候確實在一定程度上吸引了芒克等這些來自北京的年青人。這也是爲什麼芒克、多多、根子等人到白洋淀後和這裡的姑娘談戀愛的重要原因。甚至芒克和一個姑娘都到了談婚論嫁的程度，「大多數人都經歷了戀愛，因爲無事可做；大多數的愛情都順理成章地以失敗告終」〔註63〕。

這裡交錯縱橫的水路更像是迷宮，「在大淀裏，很容易迷路。我尤其辨不出東西南北。我看淀裏的景致總是大同小異；小路的兩側是方陣一樣的蘆葦蕩，鴨子在那裡遊來遊去。靠蘆葦的地方總能看見鴨子下的蛋」〔註64〕。遮天蔽日的蘆葦蕩顯然成了一種最好的屏障並與北京等地的政治運動疏離開來。這些從城市裏分離、從父輩的受難和個人的痛苦中來到這個北方水鄉知青們最初是痛苦的，「那時我們還都年輕，那年我們只有離家遠行。那是一個多雪的冬天，那年的寒冷讓我們從肌膚到內心都已凍透」，「在白洋淀，在華北的水鄉，我的內心也聽到了冰層凍裂的轟鳴」〔註65〕。而當冬日被春天消融，迷茫的水面、水鳥的鳴叫、時而閃現的波光粼粼之上的漁船以及夏天裏的荷花、菱角、跳出水面的魚兒卻在此後的日子使得這些來自北京的城市青

〔註61〕潘婧：《心路歷程——「文革」中的四封信》，《中國作家》，1994 年第 6 期。
〔註62〕孫犁：《荷花淀》，《解放日報》，1945 年 5 月 15 日第 4 版。
〔註63〕潘婧：《抒情年代》，作家出版社，2005 年版，第 133 頁。
〔註64〕甘鐵生：《春季白洋淀》，《沉淪的聖殿：中國 20 世紀 70 年代地下詩歌遺照》，新疆青少年出版社，1999 年版，第 273 頁。
〔註65〕林莽：《林莽詩選》，時代文藝出版社，2005 年版，第 200 頁。

年感受到前所未有的舒暢和「雲夢澤國」般的鄉野氣息和詩意氛圍。芒克等人面對水鄉白洋淀更容易聯想到的是范仲淹在《岳陽樓記》中所描繪的景象：「至若春和景明，波瀾不驚；上下天光，一碧萬頃；沙鷗翔集，錦鱗游泳；岸芷汀蘭，郁郁青青；而或長煙一空，皓月千里；浮光躍金，靜影沈璧；漁歌互答，此樂何極！」精神的饑渴、內心的迷茫、青春的激情和身體的躁動都在這一片水鄉中找到了釋放的空間，「那些浩淼的湖水，是怎樣撫平了我心頭的創傷，蘆葦的倒影中有鳥兒幻覺的翅膀。那源自心靈的嚮往不只是寄託，而是真摯的禱告。無法抑制的激情，在夏季暴漲的澱水中呼嘯」〔註 66〕。插隊白洋淀的白青（潘青萍）所說的「媽媽孕育了我，白洋淀孕育了一代詩人」是準確的。白洋淀靠近北京具有天然的地理上的優勢，而白洋淀又確實有著她自身的特殊性，甚至帶有那個極端年代少有的北方偏遠水鄉所帶來的「異域」特徵。插隊白洋淀的宋海泉就曾發現白洋淀的漁民的眼睛是藍色或者綠色的並懷疑他們是西域色目人的後裔〔註 67〕。在當時剛剛辦理完插隊手續的楊樺眼裏冬天的白洋淀也帶有明顯不同於北京之處，「我急於想看看白洋淀什麼樣。我跑到碼頭向前望去，只見白茫茫一片。冰還沒有化，茫茫冰原上蓋了層白雪。但我依舊感覺氣勢磅礴。因為自小在北京長大，從來沒見過這麼大的冰雪平原。雖然沒有見到白洋淀，但此一行收穫重大。」〔註 68〕當時很多北京知青都是通過朋友的介紹插隊白洋淀的，比如何京劼、尚維虹、尚金華等近二十人都通過楊樺來白洋淀的。當時甚至還有像周舵這樣帶著妹妹周陲和年僅八歲的弟弟周琪來白洋淀舉家插隊的奇特情形。

當 18 歲的潘青萍和戎雪蘭在背著行李第一次站在白洋淀大堤上的時候，展現在她們這些北京知青、城市人面前的景色是那樣讓她們驚訝不已、興奮莫名，「遠望一片冰原，穿著一身黑棉衣的農民劃起雪橇，迅忽如弦上的箭，直射向地平線上的桔紅色的落日；我們沿著柳堤一直走向湖心的村莊，冰面升騰的霧氣凝結在柳樹上，形成罕有的霧淞現象：十里長堤如同雕琢著玉樹瓊花」〔註 69〕。而夏日的白洋淀同樣令燥熱鬱悶的人們心情涼爽、心曠神怡，「夏天的湖，濃翠欲滴。連綿的蘆葦蕩，以一抹抹濃重的墨綠分割了浩淼的

〔註 66〕 林莽：《林莽詩選》，時代文藝出版社，2005 年版，第 202 頁。
〔註 67〕 宋海泉：《白洋淀瑣憶》，《持燈的使者》，廣西師範大學出版社，2009 年版，第 109 頁。
〔註 68〕 楊樺：《我在白洋淀的知青生活（1969～1972）》，《天涯》，2009 年第 4 期。
〔註 69〕 潘婧：《心路歷程——「文革」中的四封信》，《中國作家》，1994 年第 6 期。

水面；蘆葦之間狹長的水道，木棹撥動青碧的水，在萬籟俱靜之中發出碎玉似的琅琅的聲音。綠柳環繞的水中村莊。正是蓮蓬收穫的季節，水邊的坡地上，丟棄著一叢叢的荷花，粉紫色的撕碎的花瓣，一抹華麗的色塊」〔註70〕。秋天的白洋淀是寧靜的、朦朧的、潮濕的，也更充滿了迷蒙的詩意美，「深秋。蘆葦轉呈鐵銹紅色，像厚重的油畫顏料，潑抹在湖水寒瑟的碧藍之間。秋天的湖畔，單純的，水火不容的色塊。秋天，湖被壯觀的霧海淹沒。船在翻滾的霧中摸索著緩緩遲行。村莊忽然地顯現，彷彿是聳立於雲層的縹緲的仙山；岸邊的蘆葦像模糊的叢林」〔註71〕。

　　儘管這些來自北京的年青人在這裡僅僅呆了幾年的時間，但就是這短短的時日卻成就了後來長久的文學史記憶甚至成就了傳奇性的詩歌故事和詩人英雄。白洋淀也成爲詩人英雄們賴以生存的詩歌江湖和民間詩歌的中心（起碼是北方的中心），「北京是中國政治、經濟、文化的中心，是歷朝歷代領風氣之先的地方，而在離北京不太遠的白洋淀，卻是一片煙波浩渺，宛如世外桃源的邊緣之地。從中心放逐到邊緣，然後又從邊緣回到中心，一個地下詩歌的江湖就這樣形成」〔註72〕。正如邁克·克朗所說對每個人而言他的出生地在最基本的意義上都是他的「父國」，「流放者可能會厭惡他的國家，但他不能忽略它」〔註73〕。而白洋淀之所以能夠吸引這些知青還在於他們非常清楚白洋淀只不過是他們暫時的居住地，他們都不會成爲這裡的「村民」而終將或早或晚地離開，「如果說，我熱愛這片湖，似乎不真實；我並沒有留在這裡，也從未想到要在這裡生活一輩子，像當時的許多激情的插隊的知青那樣。我是城市的孩子，這一點是不能改變的。在我走進村裏爲我們準備的房子，開始用柴鍋燒水的時候，我就明白，我們將離開這裡」〔註74〕。恰恰是這種短暫的「路過」和「流竄」狀態才讓他們不斷發現與北京和城市截然不同的白洋淀的魅力和特殊之處並在未來的回憶中不斷提煉其美好之處（比如田園詩、水鄉、風光、愛情、青春），而過濾掉了這裡偏遠、落後、貧窮、邊緣的

〔註70〕潘婧：《抒情年代》，作家出版社，2005 年版，第 28 頁。

〔註71〕潘婧：《抒情年代》，作家出版社，2005 年版，第 39 頁。

〔註72〕廖亦武主編：《沉淪的聖殿：中國 20 世紀 70 年代地下詩歌遺照》，新疆青少年出版社，1999 年版，第 179～180 頁。

〔註73〕邁克·克朗：《文化地理學》，楊淑華、宋惠敏譯，南京大學出版社，2005 年版，第 43 頁。

〔註74〕潘婧：《抒情年代》，作家出版社，2005 年版，第 11 頁。

一面。而反過來我們卻很少看到白洋淀當地與這些知青年齡相仿的青年人對白洋淀的歌唱和讚美，正所謂「熟悉之地無風景」。當時插隊在白洋淀的北京知青據說有五六百人之多，而這些知青中因爲圈子性和互相交往的緣故寫詩的人更不在少數。但是我們今天在文學史和各種相關文字中只看到了芒克、多多、根子、林莽等少數的幾個人，而當時在白洋淀寫詩的其他人尤其是女性則可能永遠被文學史敘事所忽略。實際上在 1968 和 1969 年左右來白洋淀插隊之前這些學生都是以各自的學校爲圈子組織了大小不等的詩歌交流的群體，比如北師大女附中的史保嘉、孔令姚、戎雪蘭、潘青萍（潘青萍和戎雪蘭是北師大女附中的同班同學）、陶洛誦、武嘉範、張雷，清華附中的宋海泉、甘鐵生、鄭義、劉滿強、車宏生，男四中的北島、史康成、曹一凡、趙京興等。後來這些群體中的很多成員都赴白洋淀插隊。而這些知青甚至包括多多、北島在內很多人都曾寫作舊體詩，這顯然帶有那個時代的特殊印記。這一代人的詩歌影響一定程度上還來自於毛澤東詩詞的影響。舊體詩詞的功能在這一代人身上，尤其是在文革的中後期才開始受到反思。也即舊體詩詞在朋友唱和和玩賞中是有作用的，但是眞正表達一代人複雜、痛苦的內心和波詭雲譎的政治年代時就有些失效了，「寫古體詩對我來說已經得心應手，可以不假思索，一揮而就。但翻檢幾年間的四十餘首作品，卻沒有什麼滿意之作，總覺得是隔靴搔癢，意猶未盡，寫不出內心深處眞正的感覺。這是一種形式與內容的矛盾：古人用他們的語言表達自己的情懷，其形式也經歷了從《詩經》到唐宋到明清到民國的發展變化，成爲精美絕倫的園藝盆景；我們可以將其用於玩賞，眞要用於意思表達，就難免有矯揉造作之嫌」〔註 75〕。這也是爲什麼曾經一度受到傳統詩詞影響的知青在插隊時第一次接觸到手抄本形式的現代詩歌時的震驚和陌生以及隨後產生喜愛的深層原因了。很多知青在接觸到現代詩之後紛紛停止古體詩詞的寫作，這種分行的現代詩歌更適合於表達一代人的內心體驗。值得注意的是爲什麼當時北京和天津有五六百知青到白洋淀這樣一個彈丸之地插隊？這除了白洋淀離北京和天津都非常近、交通方便以及白洋淀相對來說比較富足（按照芒克的一次回憶他說經常半夜的時候螃蟹會爬到房間裏）和自由的原因外，當時這些或者出身有問題或者有著其

〔註 75〕 史保嘉：《詩的往事》，《持燈的使者》，廣西師範大學出版社，2009 年版，第
　　　　 7 頁。

他問題的知青在去白洋淀插隊的時候可以自己帶著檔案。這樣檔案中有問題的部分就可以被抽掉。同時白洋淀特有的濕地文化也吸引著這些城裏和大院的青年人。插隊白洋淀的知青的出身也值得關注。當時這些知青多以落魄的幹部子弟和知識分子家庭出身爲主，而這種出身也決定了他們程度不同的懷疑和叛逆性。他們大多不肯接受硬性的指令和安排，而是試圖脫離原來的集體環境尋找相對自由的地方插隊。

1969 年 3 月深夜，宋海泉、劉滿強、崔健強、許建新一同乘火車趕赴白洋淀。同行的還有插隊到白洋淀另一個公社的師大女附中的戎雪蘭、潘青萍、孔令姚和夏柳燕等人。一行十幾人在凌晨時分到達河北徐水，之後換乘馬車前往七十里之外的安新縣城。之後，大澱頭村、趙莊子、李莊子、北河莊、邸莊、寨南、王家寨、關城、同口、大田莊、郭里口、端村以其相對寬鬆、自由的地理生態和既封閉（地理上）又開放（知青之間的交往）的環境成爲這些來自北京和天津等外地知青的臨時落腳點和詩歌生產的基地。

根子、多多和芒克是北京三中初一七班的同班同學，三人又一起去白洋淀插隊。這爲詩壇增加了那個時代的傳奇性，他們後來都成爲中國先鋒詩歌在文革時期的代表人物。一起插隊白洋淀的芒克、多多和根子就居住在公社爲他們搭建的位於土堤上的一排簡易平房裏。儘管插隊白洋淀的知青在此後或長或短的歲月裏感受到了這裡精神與物質、理想和現實之間難以避免的緊張和分裂狀態，但是白洋淀特殊的地理環境以及這種環境在特殊年代所營造的特殊氛圍還是深深影響著這些十幾歲的青年人。一年四季變化豐富的水鄉風光更是成爲他們永遠都抹不去的靈魂胎記。

根子（本名岳重）的家譜中記述他是岳飛的第三十三代傳人顯然更增添這位詩人的特殊性。根子在白洋淀僅 3 年，他天生的歌唱才華和類似於存在主義的精神在長詩《三月和末日》（1971）以及《白洋淀》等詩中得到全面展現。後來的新詩史研究將根子等人認定爲「地下」詩歌的代表人物，但實際上這些詩人都是多層面的，具有複雜性，比如根子早在中學時代就曾在蘇聯的刊物上發表作品。

這些詩人在白洋淀遊歷的日子不僅體現了特殊政治年代的先鋒詩歌的同樣特殊的生產方式、傳播渠道和交往方式，而且這種特殊性一直延續到「第三代」詩歌的生發史。無論是「第三代」詩人的自印詩刊、交往、談詩、遊歷和活動乃至運動都能夠在白洋淀詩群這裡找到某種源頭性的對應和反光。

實際上，因為白洋淀地區知青沒有集體戶，落戶的村子也沒有人專門管理這些知青，所以當時很多插隊白洋淀的北京知青如候鳥一樣在北京和白洋淀等地來回穿梭。往往在冬天他們離開白洋淀回到父母居住的城裏，春天的時候再回到白洋淀。而更為自由的芒克、多多和根子等在白洋淀的幾年更是時常去白洋淀之外的其他知青點去進行「串聯」。奔跑的火車、汽車和自行車上是這一代人忙碌而熱情的詩歌身影，這在 1980 年代先鋒詩歌中有著最後的延續。1980 年代的詩人們仍然會為了一首剛剛完成的詩作不惜連夜坐火車去另外一個城市和朋友、詩友們交換意見。茫茫夜色中背著詩歌手稿的詩人成為最後理想年代的注腳。當理想主義年代即將結束的時候，北島、多多、根子、顧城、江河、楊煉等等紛紛以一種更為極端的「交遊」出走國門的時候不知道這是不是一代人集體性的宿命？或者說詩歌的「交遊」和「流放」成為他們一生逃避不開的既定命運軌跡。

芒克於 1950 年 11 月 16 日生於瀋陽，6 年後隨父母遷往北京。也許是東北時期的生活增添了日後這位北方漢子的豪爽和直率的性格以及抵抗自然和「政治」寒冷的強健體魄。1968 年芒克在家無所事事，到處閒逛。按照芒克的說法當時赴白洋淀插隊是被多多強行拉去的。當時芒克正發著近 40 度的高燒，頂著紛飛的大雪一行九人先乘火車到保定，再改乘最原始的交通工具馬車走了百十里路到達安新縣城。之後疲憊不堪的一行人在黑夜中穿過結冰的河面到達大澱頭村。那時林莽和宋海泉、崔健強等人在白洋淀另一個漁村插隊。

大澱頭這個四面環水的漁村顯然天然獲得了一種水鄉特有的氣息。為水所環繞的這個小小村莊使得這些青年人在這裡暫時找到了青春避難地。實際上除了芒克在白洋淀停留的時間最長並與白洋淀結下了最深情誼之外其他詩人在白洋淀的時間都不長。比如多多，曾因到天津挖海河而不幸傳染了肝炎，此後便回北京修養，「他一去不返，在白洋淀就再也見不到他的影兒了」〔註76〕。而芒克這個偶然中被強行拉去白洋淀的人卻是所有知青詩人中在這裡生活時間最長的——7 年。據說還是芒克的母親託陶洛誦將芒克的戶口一起轉到了北京，芒克才極其不情願地離開白洋淀，而其他知青都是想盡辦法主動找關係離開這裡的。芒克、多多在當時的白洋淀和北京產生了不小的影響，這種影響後來經過一些當事人的口述和回憶更具有了一種傳奇性。芒克

〔註76〕芒克：《多多》，《瞧！這些人》，時代文藝出版社，2003 年版，第 13 頁。

在白洋淀時期並不是完全都呆在白洋淀，有些時候也去外地「流浪」。芒克就曾在 1970 年初隻身前往內蒙和山西等地流落數月並創作了一些早期的詩歌，年底開始在白洋淀正式寫作現代詩。

　　青春的激情和詩歌的理想就是通過出走和交遊實現的。這些詩人最早接觸的鄉下和外省成為最初點燃他們詩歌激情的空間。這些外省的地理也因此沾染上那個年代所特有的氣象。芒克早在 1967 年就與同學和朋友到廣州、上海、昆明和重慶等地串連。這些南方的省份和城市以及農村給芒克留下了深刻的記憶。1970 年代初儘管北京寒風肆虐，但是芒克和彭剛這兩位被青春和藝術點燃的青年人決定出走到全國各地宣傳「先鋒派」。他們翻越北京車站的護欄跳上了南下的火車。他們第一站到了武漢。這次出行的遭遇讓人啼笑皆非。兩個身無分文的人只能賣掉外套換口飯吃並最終被遣返北京。在一個偏遠的無名小站，兩個沒有車票的青年那種焦慮狀態極好地象徵了一代人的生活和精神境遇。

　　1972 年到 1973 年是芒克白洋淀時期詩歌創作的黃金時期，此後北島、嚴力、馬佳、江河等人不斷前往白洋淀以詩會友。到 1975 年的時候曾經喧鬧火熱的白洋淀冷清下來，知青已經所剩無幾。

　　1976 年 1 月芒克返回北京前一把大火燒掉了所有寫於白洋淀時期的詩歌。唐山大地震後芒克為自己搭建了一個類似於漁船形狀的地震棚，「芒克看來是有意搭建成漁船形的，對他來說，白洋淀依然是一個揮之不去的情結」〔註77〕。然而就是這樣一個「先鋒派」卻在一段時期的新詩史研究中被忽略。同是白洋淀詩群成員的林莽對芒克被新詩史寫作和詩壇所忽視原因的見證人式的說法具有一定的說服力，「1987 年的某一天，我到久未見面的芒克那兒小坐。那些年正值中國新潮詩歌如火如荼的翻湧之際，詩社林立，流派紛呈，似乎詩歌到底是什麼也早已被一片喧囂所淹沒了。此時芒克正關起門來撰寫他的長詩《沒有時間的時間》。一向爽朗、熱情的芒克沉靜地說：真想再回到白洋淀那些冷清而憂傷的日子裏去，真想一個人靜靜地坐一會。這真摯的生命的渴求使我眼中浸滿了淚水。芒克就是這樣一個人，他不被社會潮流所盅惑也不被偽劣藝術的塵埃所掩蓋，那些市俗的欲望與之無涉，他是以生命最直接的感知面對生活與詩歌的。我一直認為：他是中國的葉賽寧式的

〔註77〕嚴力：《我也與白洋淀沾點邊》，《沉淪的聖殿：中國 20 世紀 70 年代地下詩歌遺照》，新疆青少年出版社，1999 年版，第 279 頁。

詩人」﹝註78﹞。說到白洋淀詩群,說到芒克、多多和根子、林莽等這些詩人,時下的文學史研究已經給他們賦予了足夠多的「意義」和「價值」。當然,這具有歷史的合理性,但是一個必須予以強調的事實是其中很多人白洋淀時期的詩歌寫作與其特有的青春狀態尤其是愛情生活有著相當重要的關係。很大程度上這些青年詩人插隊農村時的愛情生活以及這種情感對詩歌寫作的影響和刺激作用是很明顯的。比如當時多多和根子就因爲農村的女友而發生衝突,芒克也愛上了村裏的一個姑娘。而陶洛誦和趙京興、北島和史保嘉、江河和潘清萍、戎雪蘭和她的男友在當時都是情侶關係。

白洋淀時期的多多留著背頭,經常穿一件白色上衣。而此時的芒克卻剃了光頭。

當芒克和根子在 1970 年代初已經在白洋淀水鄉開始詩歌寫作的時候,多多仍然對哲學和政治充滿熱情。突然在 1972 年,多多竟然發了瘋似的寫起詩來並且與芒克和根子在詩歌上「較勁」。多多和芒克進行「詩歌決鬥」其中一個原因就是多多以爲自己在白洋淀的女友雙子看上了根子(而按照根子的說法這是多多特有的性格導致的誤解)。這讓他十分惱火,甚至有了更爲極端的舉動剃了大光頭。儘管這可能是個愛情的誤會﹝註79﹞,但是這個誤會卻成就了一個詩歌傳奇。多多的個性和他對詩歌寫作的執拗和頑強的「決鬥」脾性讓他最終在詩歌的層面贏得了時代,「栗世徵生得脣紅齒白,眉目清秀如少女,詩卻寫得動蕩不羈。他的詩也最多,我見到時就已有兩大本,用的是當時文具店所能買到的最豪華的那種三塊五一本的厚厚的硬皮筆記本,其中一本的扉頁上題著俄國女詩人阿赫瑪杜林娜或是茨維塔耶娃的詩句」﹝註80﹞。

無論是緣於愛情、敵意、嫉妒,還是青春的偏執和熱情開始的詩歌寫作,白洋淀那連綿不斷的湖泊都作爲一個重要的生存場景和文化氛圍深深感染和激發著這些年青人,「深秋的湖水, /已深沉得碧澄。 /深秋裏的人, /何時穿透這冥思的夢境」(林莽:《深秋》)。當時這些詩歌中出現最多的意象就是白洋淀這一北方罕有的水鄉。以林莽爲例,他白洋淀時期的詩歌如《深秋》、

﹝註78﹞ 林莽:《芒克印象》,《中國詩選・春之風》,中國文聯出版社,2002 年版,142 頁。

﹝註79﹞ 據相關當事人回憶,多多和根子之間確實因女朋友而存在矛盾,甚至有當事人認爲不是一般的三角關係,而是多角關係。

﹝註80﹞ 史保嘉:《詩的往事》,《持燈的使者》,廣西師範大學出版社,2009 年,第 10 頁。那時的多多最喜歡的詩人之一就是茨維塔耶娃,而對阿赫瑪杜林娜所知甚少,所以多多詩歌本扉頁上所抄詩句應該是來自於茨維塔耶娃。

《暮秋時節》等反覆出現的核心意象顯然是白洋淀所特有的，比如湖水（溪水）、大雁、蘆葦（葦眉子）等。尤其對於出生於河北徐水的林莽而言，他對燕趙大地上這片汪洋水域的情感顯然比其他知青更爲複雜和特殊。白洋淀在這些詩人心目中的地位是可以想見的。

當這些詩人在 80 年代末期紛紛遠走異國，留給他們的詩歌記憶已經轉換爲異地的鄉愁和異國的落寞。

1989 年冬天，身處異國的多多寫下《阿姆斯特丹的河流》。北京被置換成荷蘭，北方漁村被置換爲異國城市，水鄉白洋淀被置換爲阿姆斯特丹黑夜裏的河流。此後漢語詩人曾長時間處於這種「異地」、「流落」、「鄉愁」和「落寞」的精神氛圍和時代語境之下。1980 年代的先鋒詩歌就在這樣不堪的場景中落幕了──「十一月入夜的城市 / 惟有阿姆斯特丹的河流 // 突然 / 我家樹上的橘子 / 在秋風中晃動 // 我關上窗戶，也沒有用 / 河流倒流，也沒有用 / 那鑲滿珍珠的太陽，升起來了 // 也沒有用 / 鴿群像鐵屑散落 / 沒有男孩子的街道突然顯得空闊 // 秋雨過後 / 那爬滿蝸牛的屋頂 / ──從我祖國 // 從阿姆斯特丹的河上，緩緩駛過⋯⋯」（多多：《阿姆斯特丹的河流》）。2006 年 6 月的北京用暴曬和煙塵以及巨大的噪音在時時鼓譟著這個酷熱難耐的夏天。當在安定門見到多多走過來時我幾乎是有些詫異，這和我在一年前見到的多多有著不小的差異。在那次和法國詩人的座談會上多多仍是那樣的高傲和雄辯以及深刻的幽默，這似乎印證了一些人的說法──比如孤傲、怪癖、難以接近云云。而此時的多多卻相當的謙遜、平和，灰色的衣服正好印證了北京的盛夏確實令人生厭。我們談論的話題仍不出白洋淀和詩歌。喧鬧灰黑的北京市區已經越來越遠了，京順路兩邊的樹木卻空前而少有的繁茂起來。遠處的田野和時而斜掠過枝頭的鳥雀已經顯現出這個時代少有的農耕氛圍。多多這個土生土長的北京人，卻在不斷地糾正自己對北京的印象。他已經對北京越來越複雜的路況有些無所適從了。而當某個景物突然喚醒他的的記憶時，我也感受到了他的無奈和短暫的沉默。他灰白色的頭髮已無可辯白地見證了任何人都不可避免的宿命──滄海桑田，人事變遷。這位在 1989 年去國，一去15 年（2004 年回國）的詩人多多眞正有幾個人瞭解他和他的詩歌呢？儘管有研究者熱衷於將談論多多的詩歌看作是一件時髦的事情。多多終於按捺不住煙癮來到窗外的小花園吸煙，那種閒靜和享受的姿態叫我這個不吸煙的人也有些蠢蠢欲動。多多在幾次閒談中都表現對一些詩人尤其是年輕詩人的不滿，多多說自己每寫一首詩都要改上七八十遍。可見多多的寫作也大抵屬於

苦吟派，儘管他的寫作才華和天賦極高。多多有些不想談論過去，尤其是白洋淀時期和「今天」時期的詩歌狀況。因爲在多多看來既然我作爲詩人已經寫出了自己的東西，那麼也就沒有必要夸夸其談談論自己的創作。不是有那麼多的文學史家和研究者嗎？這應該是批評家們的責任。多多談及自己在文革時期確實讀了很多書，包括啃讀《資本論》。多多自豪地說芒克和根子根本就讀不懂高深的《資本論》，而自己儘管也馬馬虎虎但比他們強多了。多多的孩子氣和幽默口吻眞讓人忍俊不禁！而多多無疑是一個相當眞誠的人。很多的當代文學史和研究者都往往認爲多多等人在白洋淀時期的寫作與西方的現代主義詩歌有著天然的聯繫，而多多則認爲這純粹是個誤解。多多說根子寫出震驚世人的長詩《三月與末日》與艾略特的《荒原》根本就是風馬牛不相及的事情，因爲根子從來都沒有讀過當時也不可能讀到艾略特的詩。值得注意的是多多談到自己在白洋淀時期幾乎沒有寫多少詩，只是在回到北京之後才寫出了一些被後來的研究者反覆提及的詩作。相反多多談及自己在白洋淀時曾寫了幾十首古體詩，而這更證實了他的坦誠。多多直言不諱地講「當時人們都在談論毛澤東的詩詞，全國人都在寫古體詩，那我也得寫啊！」相信多多的這些話對研究者會有相當的啓示，而不像一些詩人故意隱藏自己的詩歌習作階段，表白自己從一開始就寫現代主義的詩。夕陽的餘暉將郊外的田野鍍亮，村外的柴狗在閒散的逛來逛去，而農人仍在忙碌。他們成了這天地中最生動的風景。而遠處的夕陽即將消失在地平線上，吹來的風帶有溫馨的草葉和糞肥的氣息。多多使勁吸了幾口氣，沉靜的望著遠方，「這很像當年文革時期的景色啊！」也許人面對無情的時間，回憶是一種最好的自我療救的方式〔註81〕。

儘管文革結束之後芒克、林莽等人都不定期的重返白洋淀〔註82〕，但是白洋淀詩群之所以在1990年代以來能夠聲名遠播並成爲考察中國當代先鋒詩歌的必備「知識」，除了得力於這些詩人自身的成就以及暗合了重新敘述詩歌史的時代訴求之外，其中一個重要因素是《詩探索》在1994年所組織的重訪白洋淀的文學活動。儘管作爲當時唯一的詩歌理論刊物《詩探索》是著眼於全國的角度進行詩歌理論和批評的推介和研究工作，但是1994年關於重訪白

〔註81〕 可參加拙文：《多多之記憶或印象之一種》，《詩歌月刊》（下半月刊），2006年第7期。
〔註82〕 例如最近一次是2010年5月林莽、吳思敬、潘洗塵、李怡、子川等三十幾位全國各地的詩人重返白洋淀的「白洋淀之春·新世紀主題詩會」活動。

洋淀的活動一方面在於林莽等人的聯絡，另一方也體現出這一北京刊物對北京詩人的倚重——因爲白洋淀詩群的成員幾乎無一例外都是來自於北京。而當年的重訪白洋淀詩群的活動，參加者除了芒克、林莽等白洋淀詩群成員之外，參加的詩人和批評家也大體來自北京和華北地區，比如牛漢、食指、吳思敬、唐曉渡、陳超、西川等。

白洋淀顯然成了這一代人的詩歌之根、血脈之根。這片北方水鄉在極端的年代裏給一群來自城市的年青人以詩歌的啓蒙，儘管歲月流逝、時代更替，但是這片水鄉已然在中國先鋒詩歌地理版圖上獲得了紀念碑一樣的文化象徵意義。時至今日白洋淀已經成爲文學史敘事中的一個坐標，而這片水位不斷下降的冀中大地上的湖泊仍然引領著那些已經日漸蒼老的一代人的內心和靈魂，「對於記憶／你是一片光／風掀動葉子，薄翅一張一合／那聲音很遠／在白天有夢翔過水鄉的村落／白色和灰色的牆上／陽光明亮／／如果你還記得我／那些被收割的蘆葦在一片片倒下／淀子已進入了深秋後的開闊／腳下落葉很軟／隔岸，我聽到了你的呼喚……／對於記憶／這一切已經遠了／很快地你消失於操勞的生活中／／風吹動繫住纜的船舶／憂傷陣陣拍擊心靈／在那些悄然逝去的日子裏／我忘不掉／你湧動於心底的溫情／／這一切已經遠了／對於記憶／夢依舊翔過下午三點鐘的村落」（林莽：《水鄉紀事》）。

第五節 「周邊性」詩人與白洋淀

當北京的這些知青來到白洋淀生活、勞動、寫詩和交遊的時候，這一片水域就不再是一個封閉的環境，而是具有了開放性和交互性特徵。換言之，值得注意的除了當年插隊白洋淀的知青之外，圍繞在白洋淀的「周邊性」詩人（如北島、江河）和小說家、畫家等精英人物同樣值得關注。他們集體而富有個性地呈現了北方文學和藝術的整體時代景象，也成爲當時和後來的「外省」尤其是南方詩人羨慕、嫉妒甚至覬覦的對手和「假想敵」。「今天」的插圖作者、先鋒畫家、小說家阿城，後來著名的「第五代」導演陳凱歌、何平（其哥哥何伴伴在白洋淀插隊）、田壯壯都與白洋淀和「今天」有著密切交往。這些後來謀得大名的人物無疑爲白洋淀和北方詩歌添加了文化砝碼和精神重量。這些人曾不定期趕往白洋淀尋友和談詩，白洋淀成爲那個時代北京以及河北等地詩人心中的聖地。很多的北京知青、詩人以及外地各省的知青和作

家第一次走進白洋淀的時候都為水鄉迷人的景色所感染，為這裡聚集的大大小小的村莊裏的知青們特殊而熱烈的詩歌氛圍所撼動。這些來訪的詩人和青年無疑在一定程度上擴大了白洋淀和白洋淀詩群的傳播範圍，也無形中提高了這些青年詩人的知名度。

而從白洋淀縱橫交錯的水道繼續向北延伸是並不遙遠的北京城裏同樣縱橫交錯的胡同和街道。

從此，白洋淀以她特有的水鄉風貌以及遠離時代政治漩渦的更為契合那一代人的自由、輕鬆的精神氛圍影響了來這裡插隊、交遊、尋訪的青年人。當北島的弟弟趙振先在 1974 年春天踏上白洋淀的那一刻起，這裡的一切就讓他明白了為什麼這裡會產生了那麼多的精英，「那裡所具有的『世外桃源』景色與情調，那種青年學生浪迹天涯的氛圍，使我感到這裡才是我們這一代人要回歸的伊甸園」〔註83〕。

林莽畢業於北京四十一中，與江河是同學。江河（於友澤）曾數次到白洋淀與林莽以及自己的女友潘青萍（潘婧）相見並與其他插隊的知青開始詩歌交往。而最早來白洋淀拜訪的正是江河，時間大概在 1970 年初春。他在這裡寄居的時間也是最長的，當然這與其女友潘婧有著必然關係。當時江河往來於寨南和北河莊之間，他在寨南前後呆了足有多半年時間。1971 年江河在白洋淀北莊河開始寫詩……當時插隊在白洋淀邸莊的潘青萍儘管後來寫起了小說，但是白洋淀時期她是受到江河以及其他白洋淀詩人的影響開始寫詩的。她的詩《贈友》可以看作當時一代人的情感履歷，「我們並肩走過沼澤 ／ 沼澤被我們的足泥填平了 ／……鄉間日記，焚燒了 ／ 好像有一重古老的隱憂 ／ 葡萄架下，迎來一群群超逸的朋友 ／ 大家都像雲彩在那飄過 ／ 只有故事流傳著」。18 歲開始在白洋淀插隊的潘青萍以及來到這裡的江河都被華北平原上特殊的水鄉和漁村所感染。從此這裡成為他們的精神資源和愛情策源地，「那個被籠罩在綠樹中的村莊坐落在華北平原的美麗的湖泊中。我永遠記得那裡的清晨和黃昏，早晨和晚霞熱烈而寧靜，像燃燒的冰，把湖水染成點著碎金的景泰藍；有時陰天，黑雲沉重得快要落下來；大雨把整個世界融為遼闊的灰色，水，水，岸和遠處的蘆葦蕩被奪去了色彩」〔註84〕。當時潘青萍和戎

〔註83〕鄭先：《未完成的詩篇》，《持燈的使者》，廣西師範大學出版社，2009 年版，第 73 頁。

〔註84〕潘婧：《抒情年代》，作家出版社，2005 年版，第 7 頁。

雪蘭等知青所在的邸莊是在一個湖心島上。她們居住的是 1950 年代建造的村小學教室——只有一間屋子的教室。這間屋子沒有北方常見的土炕，而是知青們自己用木板搭建的床鋪。到了冬天，寒冷可想而知。儘管冬天的白洋淀異常寒冷，但是這些知青在巨大空曠的冰面上還是體驗到了特有的快樂——儘管這快樂可能是短暫的。她們穿著用輪胎皮子製成的靴子（裏面塞滿蘆葦葉）砸開冰面捕魚，巨大的冰塊做成冰車，上面拉著成垛的早已乾枯的蘆葦。江河離開白洋淀回到北京之後尤其是在「今天」熱潮中他的詩與白洋淀時期的憂鬱、純淨和浪漫簡直有了天壤之別。而從私人的角度，「我不喜歡他的詩，我無法容忍一個分裂的人格；在我們一起相處的那幾年，他的詩是纖弱的，有一種膚淺的浪漫，而後來，卻發展為上天入地，古往今來的壯闊；我知道這嬗變過程中的內在的隱秘」，「他已經為自己創造了一個神話，在世人面前扮演著著名詩人的角色。他需要抹去辛酸的成長的歷史」〔註 85〕。我們可以透過當事人的回憶和文字，透過歷史的雲煙重回白洋淀湖邊的那個簡陋的房舍，看看當時的江河的身影，「他坐在爐臺邊，用木棍撥弄著柴火，似乎有些拘謹，失卻了他在那些做作的客廳裏侃侃而談的風度。灰燼的紫紅的微光勾勒出他的臉的輪廓，濃密的黑髮下面是一個高高的，顯示出智慧的額頭，鏡片後面的眼睛是隱藏的，偶爾他摘下眼鏡的時候，他並不像一般的近視患者，眯起眼睛以調整焦距，而是如盲人那樣，茫然而淡漠地凝視著虛空，彷彿有意地不想看清楚什麼」〔註 86〕。而就是這個有時沉靜、憂鬱、有時又侃侃而談的江河在白洋淀除了寫有抒情的溫柔的愛情詩之外，也寫出了一些具有探索性的詩作。比如他寫於 1974 年的運用連環密集的不分行句式且不使用任何標點的實驗，「結實的痛苦失重的痛苦慢慢撕紗巾的痛苦無聲的痛苦橡膠味兒的痛苦鑽石戒指的刺眼的痛苦滾燙的痛苦超低溫的痛苦鞋後跟踏在柏油路上的響亮的痛苦變速的痛苦黑色的痛苦灰濛濛的痛苦沒有顏色的痛苦透明的痛苦」。白洋淀無論是對於江河這樣臨時借住和遊玩的青年，還是對於芒克、根子、潘青萍等這些插隊知青在當時都具有著不言自明的重要性。一年四季變換景色的白洋淀尤其是村子四周茫茫的水域帶給了這些青年時代人們落寞和孤獨中的幻想和激情。而夜晚的白洋淀，尤其是月光下的白洋淀更是給那些

〔註 85〕潘婧：《抒情年代》，作家出版社，2005 年版，第 8、78 頁。
〔註 86〕潘婧：《抒情年代》，作家出版社，2005 年版，第 78 頁。

外出訪友的青年人以少有的詩意和溫柔的情懷。甚至這在那個仍然風雨飄搖、動蕩激烈的紅色年代顯得有些不夠眞實，「夜晚，我們劃著船，穿過蘆葦叢中的狹長的水道，劃到大澱上。夜色掩蓋了塵世生活的細微末節，湖水與天空貼近，渾然一體，深淺濃淡的墨色中，月光傾瀉，彷彿是凝固的瀑布。小船順水飄蕩，島上的燈光漸漸地遠了，像伏在天邊的星星，閃爍在層層疊疊的蘆葦叢中。在黑暗中，我們找不到回家的路。從開闊的水面進入另一條蘆葦掩映的細長的水路，來到另一片鋪滿月光的湖域，彷彿可以這樣無窮無盡地走下去」〔註87〕……。

　　1972年潘青萍離開白洋淀到渤海邊荒涼的大港油田的採油站作了一名輪油工，而她的好友戎雪蘭仍留在白洋淀。

　　1973年春節過後沒多久，北島和其時的女友史保嘉隨當時在白洋淀插隊的宋海泉去拜訪陶洛誦。北島一行午夜時分從北京的永定門車站出發，緩慢的列車在清晨到達保定。三人在喧囂的車站旁的一個油膩膩、髒兮兮的小飯館吃完早餐。之後，三人從保定乘長途汽車到達安新縣城，再從縣城乘船走水路到陶洛誦插隊的邸莊。之後幾天，北島和史保嘉還到大淀頭村找芒克、多多等人，「澱頭是姜世偉、栗世徵和岳重落戶的地方，當時只有姜世偉一人在村子裏，他將我們送到端村。在那道長長的河堤上白茫茫的夜霧中，他活潑潑如頑童般的身影給我留下了深刻的印象」〔註88〕。

　　1974年夏天，北島等一行七人從北京再次出發搭乘火車前往保定。因爲沒有買票一行人出站時被管理人員發現並且被警察搜身。好不容易、費盡周折一行人才終於到達白洋淀。北島和芒克、彭剛等人划船、打魚、遊玩，晚上就著花生米、水蘿蔔、拌白菜心喝當地的最便宜的白薯酒（四毛錢一斤）。一群人於酒酣耳熱之際在蘆葦起伏的風中聽水鳥啁啾。因爲當時物質貧乏，無物充饑時北島和彭剛即划船登岸到鎮上趕集。彭剛一面和菜農小販們熱烈的交談一面順手將各種蔬菜一路塞進菜籃子，這讓對面的行人看得目瞪口呆。這正如北島在日記中所記述的「趕早集，彭剛竊得瓜菜一籃，做成豐盛晚餐」〔註89〕。

〔註87〕潘婧：《抒情年代》，作家出版社，2005年版，第136頁。

〔註88〕史保嘉：《詩的往事》，《持燈的使者》，廣西師範大學出版社，2009年版，第10頁。

〔註89〕北島：《彭剛》，《持燈的使者》，廣西師範大學出版社，2009年版，第98頁。

其時插隊在白洋淀的詩人們留下的照片不多，我們僅能夠看到 1974 年北島和彭剛等人到此遊歷的照片。照片上是彭剛的剪影，他站在船頭正在高歌，波光粼粼的湖面不遠處就是成片的蘆葦蕩。另一張照片是林莽在水中游泳，面帶微笑。而芒克更是以超拔出眾的個人魅力成爲白洋淀的明星人物，也反過來給這裡的自然環境染上了不無鮮明的詩歌的光芒和人性的膂力。

第六節　一位被「遺失」的白洋淀詩人

長期的主流話語對文人結社的禁忌而導致了群落和流派的缺失並使得詩歌生態惡性循環。尤其值得注意的是詩歌群落的出現遲至 1960 年代中期才作爲「地下」狀態出現。基於此，從詩歌群落視域考察當代先鋒詩歌徵候和文學場域的研究從 1990 年代中期逐漸浮出歷史地表並在此後的新詩史敘事和現代主義詩歌美學圭臬熱潮中成爲「顯學」和優勢性「知識」。在 1990 年代中期以來「地下」詩歌作爲「新時期」文學運動的肇始在新詩史敘事和相關研究之中已然成了被加速度推進的經典。而白洋淀詩群作爲「地下」詩歌的代表更是獲得了空前的文學史殊榮。而那些當年插隊到白洋淀的知青詩人都成爲新一輪的新詩史「造神」運動中名聲赫赫的一代精英。學界對「白洋淀詩群」的經典化敘事成爲當代詩歌的一個常識性指標和必備功課。據此，白洋淀也成爲最激動人心的詩歌聖地和製造詩人傳奇和英雄故事的居所。時至今日，白洋淀詩群已經像是一座巍巍高聳的紀念碑被當代詩人和研究者們所追仰。聚光燈一起投向了這些如今已不再年輕的詩人身上。但是詩歌光環之下不斷續寫和渲染的詩歌「傳奇」卻仍然繼續甚至加劇。這些當年歷史上的「失蹤者」終於在錯動的歷史變動中重新「現身」。如今的詩人、研究者和文學史家已經在眾多文章中反覆強調多多、芒克、根子、林莽、方含等白洋淀詩群的核心人物，而包括北島、江河、陳凱歌等在內的所謂的外圍的白洋淀詩群的成員也在文學史、文化史和社會史中成爲中國文學的傳奇性人物。這似乎無可厚非，一個時代有一個時代的詩歌史。尤其是在歷史語境的轉捩點上文學史的敘事必然會是在「加法」和「減法」規則的博弈中進行符合時代主流情勢的「過濾」、「篩選」、「縫合」和「修築」。然而實際情況卻是看似已經成爲文學史定論甚至已然成爲一門專業知識的白洋淀詩群仍然有相當多的問題未能得以解決，比如史料問題，成員的認定，詩歌的繫年與甄別等等。然而

更爲值得注意的是目前關於文革時期的「地下」詩人和群落的研究呈現爲毫無創見的復述窘境。白洋淀詩群所經歷的由掩埋到挖掘的過程是具有相當的文化意義的，但是我們多年來似乎已經忽略了一個重要而顯豁的事實。這就是在一些爲我們所熟知的一些白洋淀詩群的成員被挖掘出來並進入文學史冊的時候，另外的一些插隊白洋淀並且寫詩的其他知青詩人則仍然處於繼續被掩埋的命運。「失蹤者」成了他們難以擺脫的時代悖論和尷尬寓言。由於史料的缺失、寫作情況的差異以及其他更爲複雜的原因致使很多當年插隊白洋淀的詩人被歷史無情地深埋。甚至我們今天繼續在縱橫交錯的充滿迷津的歷史田野上試圖清理那些沉默已久的碎片時也迎受了難以想像的困難與困惑。這些仍然被掩埋的白洋淀詩群的成員不能不使我們發問，歷史敘事離本眞的歷史到底有多遠？當歷史敘事在不斷因各種情勢而進行程度不同的轉換時，總有歷史大海中的一些島嶼沖刷和顯露出來，也總有一些島嶼處於不斷的漂移並最終被湮沒。當我們在今天反觀文革時期最具代表性的白洋淀詩人群落的時候，我們同樣應該關注那些在歷史敘述中仍然處於失聲的地表之下的地帶，儘管這項工作是如此的長期而艱難。

經過近些年的不斷走訪和挖掘，筆者「發現」一位長期被埋沒和「遺失」的白洋淀詩人──文白洋（張元）。這對於一定程度上補充文學史知識具有一定的作用。當 2009 年 5 月我看到文白洋保存至今且相當完好的十幾個黑色、藍色和紅色的詩歌筆記本的時候，我覺得應該將這位長期被埋沒的白洋淀詩人「挖掘」出來。文白洋的手抄詩集有《萌芽集》（1968～1974）、《朝霞集》（1975）、《路邊集》（1975）、《消閒集》（1975）、《莫談集》（1976）、《早春集》（1976）、《貽興集》（1977）、《月光集》（1977）、《雲燕集》（1978）、《新春集》（1979）等。

文白洋，本名張元，因母親姓白，插隊白洋淀故改名文白洋。由此可見白洋淀在他一生中不可替代的特殊位置，「怎能忘記那些日月，在蘆葦畔、白洋淀之濱，一群青年人迷茫地探尋，探尋人生的道路，探尋詩歌的道路」（1995年 7 月 3 日，未刊稿）。

文白洋 1948 年生於北京，1964 年考入北京 65 中學，1968 年插隊白洋淀，1976 年回到北京。此後他作過工人，恢復高考後就讀於北京師範大學一分校中文系，畢業後在高校任教，現已退休。文白洋已將當年白洋淀插隊以及後來所寫的日記、回憶錄和詩歌筆記本都送給了筆者。在他的詩歌寫作中

我看到了舊體詩、毛澤東詩歌、民歌、寓言諷喻詩、西方現代詩歌的綜合性的影響。而我想文白洋也不是個案，而是具有一定的普遍性。這是「失聲」已久的夏日白洋淀的雷雨，然而這雷雨卻被新一輪的新詩史「造神」運動有意或無意的屏蔽了。我想是到了傾聽這遙遠歷史深處的夏日的雷雨之聲的時候了。也許這一切的到來太遲了──「雷聲鼓動了烏雲，／風聲聚集了烏雲。／剛是枝葉狂舞的喧囂，／卻忽而屏息了怒吼的寧靜。／萬籟俱寂，／曠遠的天幕下，／橫臥著我落戶插隊的小村。／／墨藍色的蒼穹上，／躍動著紫紅的花紋，／無聲熄滅的閃電／彷彿將蟻穴搗毀。／於是，躁動的大地上，／奔跑著倉皇的人們／彷彿一切又靜下來，／好像癡癡地等待著，等待／世界末日的來臨。／／出奇的對比，死寂得怕人。／一隻呼嘯的奔鳥，／掠破凝固的氣氛。／雨腥中夾帶了塵埃的嗆味，／終於送來這鋪墊已久的／第一樂章的聲訊」（《夏日白洋淀的雷雨》，1970）。在空前的躁動與不安中，在令人窒息的沉悶中，文白洋空前壓抑和荒涼的內心體驗呈現出一個時代的低鬱和窒息般的精神氛圍。這在食指、多多等人的詩歌文本中能夠找到對應的部分。

在我看來文白洋顯然不是一個淺嘗輒止的詩人。從 1969 年插隊白洋淀之日起一直到 1976 年重回北京，文白洋一直在進行詩歌創作。他不僅有大量的現代詩作，也有數量驚人的舊體詩詞。儘管他的詩歌較之多多、芒克、根子等在詩歌技藝、語言等方面會有些差距，但是當我們比照當時主流的詩歌來重讀這位詩人泛黃的詩歌筆記本上的詩作時他的文學史和詩歌美學的意義同樣是值得重視的。

翻開《朝霞集》這本紅色封皮的老筆記本，第一頁就是一幅彩色插頁。圖為中山公園牌樓上的毛主席像以及毛澤東語錄，「我國有七億人口，工人階級是領導階級。要充分發揮工人階級在文化大革命中和一切工作中的領導作用。工人階級也應當在鬥爭中不斷提高自己的政治覺悟」。同時文白洋所提供給筆者的十幾個詩歌筆記本具有著歷史原生態的特徵。文白洋沒有像其他一些聲明赫赫的其他「地下」詩人一樣不斷修改詩歌或者將詩歌的寫作時間提前，這給筆者的研究提供了方便和可靠的基礎。文白洋少有的安靜和淡泊名利讓他時至今日對來自詩壇的各種利益和誘惑敬而遠之，甚至當白洋淀詩群成為聲名赫赫的文學史經典的時候他仍然是一貫的淡然。

當「知識青年到廣闊的農村接受貧下中農再教育」的上山下鄉運動開始的時候，時已高中畢業的文白洋和同學趙家熹（文革後在北京景山學校任教，

現已辭世）爲了不給家人增添麻煩，揣著戶口本，買了站臺票就混上了開往山西的列車。文白洋此行的目的和其他知青一樣是爲了實地「考察」知青點。此次晉南之行給文白洋留下了深刻印象，啃不動的硬饅頭、狹窄的土炕、成群的跳蚤、艱苦的勞動和知青間的打架鬥毆讓他感覺到這並非是他想插隊的理想之地。

經過多番實地考察和與其他同學、朋友的數次討論以及多方努力之後，文白洋終於和十六個喜愛文藝的男女知青背著樂器（有手風琴、胡琴、小提琴）帶著尋找世外桃源般的夢想登上了前往河北保定的列車。

當時插隊落戶到白洋淀的知青尤其是北京的知青非常多，甚至當時的白洋淀已經不肯再接受知青了。文白洋等人還是通過一個軍區的幹部子女聯繫到插隊白洋淀的指標。他們在出發前甚至有同伴爲是否把書、彈簧床和鋼琴帶到白洋淀而苦惱。這時是 1968 年大年初二的晚上，天上飄著雪花，「京城棄我／我自向南尋娛樂／好事多磨，保定觀花花自多」（《減字木蘭花·欲赴保定》）。到達保定車站的時候已是深夜，混濁冷肅的車站並沒有澆滅這些年青人的青春激情和對未來的憧憬。在車站廣場上這些年青人扯開嗓子唱歌。而當天亮的時候他們才發現腳下的水泥墩子上寫著「小心地雷」。當時保定地區的武鬥已經達到了白熱化的地步。文白洋和其他的知青經過一路的火車和汽車甚至牛車的顛簸到達安新縣城，再從縣城步行幾十里到插隊的關城公社。而迎接他們的是寒風和雪花中的幾座土坯房。在緊張而繁重的勞動之餘（文白洋被分到第六小隊），唱歌和寫詩就這樣成爲了文白洋他們這一代青年的必然選擇。他們「在未開墾的泥土上耕耘，／唱出白洋淀人的未名詩篇」（《未名的詩篇》）。夜深人靜的時候，在村外的大堤上，這些年青人爲了防蚊蟲叮咬而頭蒙衣服、腳蹬雨靴。這些青年人對著閃著鄰光的白洋淀大聲喊「『1－3－5－3－1』，男男女女，高一聲低一聲，顫顫的聲音在夜空中飄蕩。騎車過路的一位農民可嚇壞了，見一群無頭人影（因爲頭頂蒙著衣服）在怪叫，老遠就下車貼堤邊推著車走。誰知這位只顧東張西望，腳下無根，『刺溜』一聲滑下高坡」〔註90〕。音樂和詩歌對於當時的白洋淀知青而言都是不可或缺的（比如根子、多多）。還在下鄉之前文白洋在北京就有一個音樂和詩歌的圈子。其中有一位姓喬的阿姨（她在延安長大，後來嫁給了高崗的小舅子，也因爲高崗事件被斷送了一生。高崗曾有兩次婚姻，分別是楊芝芳和

〔註90〕文白洋：《家熹瑣記》，未刊稿。

李力群）對文白洋的小提琴和胡琴學習起到了啓蒙作用。

　　1968 年到 1976 年，文白洋的詩歌有的寫在白洋淀，有的則是在回北京探親時完成。這也和當時其他的白洋淀詩人的寫作情況大體相近。換言之，白洋淀和北京成了他們的「故鄉」。1975 年夏天至秋天，文白洋完成第二本手抄詩集《消閒集》，「因觀《離騷》的譯文，有『故且散淡心腸』一句，正值征途漫漫，不所適從，故在此立《消閒集》，以紀念路上的拾零」。《消閒集》收錄了詩人自 1975 年 8 月 11 日至 10 月 22 日的 33 首詩作和長篇回憶錄。文白洋除了現代詩歌寫作之外，對古典詩詞很感興趣。在《消閒集》中詩人抄錄了大量的詩律平仄譜和詞牌格律等。而長詩《從白洋淀歸京後隨筆》（1975 年 9 月 10 日寫於龍潭湖畔）顯然是詩人對文革和插隊生活的一個總結和反思。此時大多的知青已離鄉返城，而文白洋仍然歸路無期。在扭曲的時代詩歌也不能不是變形和痛苦的。文革後期，文白洋寫了一些關涉動物的寓言諷喻詩，如《狼的敘事——未來的辯護》、《寓言新編》、《松鼠與兔子的尾巴》、《慢性子與蝸牛》、《駝背與金魚》、《天鵝與青蛙》、《刺蝟與泥鰍》等。在這些具有強大現實指向性和寓意性的詩作中詩人是痛苦、分裂、荒誕和緊張的。這一時期文白洋的詩作顯現出巨大的焦慮感和無望的漂泊，而唯有詩歌成了他安慰自我、抗爭命運、反思時代的療救藥方。當然文白洋也其他白洋淀詩人一樣也寫有關於愛情的詩篇，比如《回憶往事》等。值得注意的是文白洋在《消閒集》裏的這篇《回憶錄》（未刊稿），眞實地呈現了一個青年在插隊歲月裏的青春成長、苦悶彷徨、思想觀念的磨礪和詩歌藝術的捶打。白洋淀水鄉的一切，這裡的歡樂和痛苦，還有那些同樣充滿歡樂和痛苦的詩行成了詩人一生永遠都難以抹去的印記，「自有記憶以來，最美好的莫過於少年時代的回憶，而最難忘的和最有紀念價值的，卻是自二十歲始的白洋淀的插隊生活。自從這個時候，便開始走上了眞正的生活的路。一些重要的觀念便由此而形成……」。而《自由之歌》（1975 年 11 月 16）顯然是一首具有現代氣息的傷感的與反思之作，體現出存在主義的懷疑精神和去魅立場以及更具象徵性的個人悲鳴——「自由的生活 / 如海上的蜃閣 / 飄飄渺渺 / 在雲天相接的遠方 / 逐浪婆娑 / 難以捉摸 / 現實還是現實 / 生活還是生活 / 自古本爲一理 / 並非今日 / 才變得如此隔膜」。而文白洋的《雪蓮之歌》（1975 年 11 月 20）和牛漢的《半棵樹》、曾卓《懸岩邊的樹》、蔡其矯的《懸崖上的百合》一樣都以強烈的個人性和時代性的核心意象呈現了一個時代的殘酷和寒冷。而冰雪中盛

開的雪蓮和危險境地的樹木一樣它們凜然自由的個性成為了一個時代的精神高地。詩人發現了一個看似「陽光照耀」實則摧殘生命寒冷無比的時代背景，「凜冽的風／卷過冰雪覆蓋的高原／發出巨大的響聲／晶瑩透亮的冰川／在藍天和白雲的中間／托出耀眼的冰封／陽光照耀著／但卻看不到什麼生命／到處是冰的世界／到處是雪的高峰／主宰這裡的只有——／冬天的雪飄」，「花瓣上，長滿了密密的絨毛／從而抵禦了高原的寒風／花朵離地也並不高／然而缺失生長在／幾千公尺的高空」，「你在一般植物所不能生存的地方安家／你在冰雪的世界裏／繼續著頑強的生命」。

在一定程度上詩歌成了文白洋在那個特殊時代的日記和精神履歷。他的每一首詩都標明了寫作時間和寫作地點，而這些連綴在一起就呈現了一個時代的真實場景和一代人真實的情感空間。紅色封皮的抄錄了《朝霞集》的筆記本的後半部分是文白洋的讀書筆記，涉及馬列經典著作、基辛格語錄、孫子兵法、詩詞、賀敬之詩作、工農兵詩詞、外國詩歌等等。我們通過詩人的閱讀視野和摘抄的語句既能夠發現那個時代的青年人的心路歷程和教育背景，也能夠折射出些許個性和選擇性。其中有這樣一段話，「一個女友在西海岸邊約會，他經常準備幾套小折合式的牙刷，可以隨時作那種過一夜就回來的旅行」。這能夠對應和呈現的是文白洋對愛情的憧憬和「在路上」探詢的衝動。

1976 年冷峭的冬雪中文白洋帶著內心難以癒合的傷痛也帶著手抄詩稿的終於離開了白洋淀。這或許也是詩人的再次出發，「看一看漸漸遠去的火車的身影／夢一般的歲月／竟是我青春的時空／我沿著沒有站臺的土路走去／昏沉的天底下鐵軌延伸向霧中／後面傳來車馬的雜亂」（《離別白洋淀》）。

第七節　隱匿的光輝：白洋淀詩群的女詩人

說到「非主流寫作」、「邊緣寫作」、「隱秘寫作」、「潛在寫作」或「地下寫作」就不能不提到白洋淀詩群。越來越多的新詩研究者和新詩史家已經認識到了白洋淀詩群在詩歌美學和社會史中的雙重重要性。確實，近些年來白洋淀詩群的發掘與研究似乎已經成為了當代新詩史研究中最為激動人心的事件。不管是贊同者、支持者還是反對者、質疑者都不得不承認白洋淀詩群在當代乃至整個 20 世紀新詩發展史中的重要地位。需要注意的是當下的新

詩史敘事中「朦朧詩」譜系已不再只限於「今天詩派」，即由 1978 年《今天》的創辦到「三個崛起」論爭這一發展線索，而是延續到朦朧詩的「前史」階段〔註91〕——60 年代的「地下」沙龍和讀書小組、食指的詩歌啟蒙、白洋淀的詩歌江湖以及民間狀態的帶有現代性探索性質的詩歌寫作。

在關於白洋淀詩群的研究中多多、芒克和根子等詩人逐漸在文學史中獲得了越來越廣泛的認可和越來越重要的位置。但是值得注意的倒是白洋淀詩群中的幾位女性詩人至今仍然由於諸多原因仍處於被忽略的尷尬境遇。不能否認她們的詩不受到研究的關注與其詩作的散失和相對的被挖掘程度不足有關，而這也與文學史寫作與研究在很大程度上忽略女性詩人的慣性敘述有關。當我們翻開一本本的當代新詩史和文學史著述，半個多世紀以來的新詩發展進程中到底有幾個女詩人受到了詩歌史家的關注呢？而一般研究者往往認為女性詩人在建國之後本來就少造成了目前文學史敘述的這種現狀，但這種看似合理的說辭實際上多少是站不住腳的。當我們在 1980 年代中期以來一再的挖掘非主流的歷史並關注「邊緣」的時候，難道在歷史中真的沒有女性詩人嗎？或者說到底有多少女性詩人被歷史敘述有意或無意地刪減掉了呢？再有一個問題就是為什麼在建國後的新詩史寫作中很少有女詩人出現？相應的新詩史寫作幾乎成了一部男性詩人的文學性別史〔註92〕。在 1949 到 1976 年間到底有沒有女詩人在寫作？如果有的話她們又是如何被文學史敘述所忽略的？這應該是一個值得注意和反思的研究問題。近年來隨著史料的挖掘，灰娃、成幼殊和林昭等人在建國後尤其是文革時期的詩歌寫作受到了一定的重視。而文革時期的白洋淀詩歌群落中的幾位女詩人則仍然處於歷史敘述的巨大冰山之下。正是由於文學研究思維和模式的慣性發展，目前新詩研究界在對待「地下」詩歌尤其是白洋淀詩群時多是大同小異的毫無見地和創見的雷同敘述。

當代新詩史在敘述白洋淀詩群時筆墨多在多多、芒克、根子、林莽等男性詩人身上。白洋淀的「三劍客」——芒克、多多和根子已經成為當代新詩史經典，他們如今在各種文學史著作、資料彙編、研究論文和各種詩選中頻頻露面。但是當年白洋淀詩群中的幾位女詩人卻至今由於諸多原因仍深埋在歷史地表之下。在當代先鋒新詩研究視野中她們大多被忽略，只是作為某種

〔註91〕有研究者稱之為「前朦朧詩」或「前崛起詩群」。

〔註92〕很多當代新詩史在敘述 1949～1976 年間詩歌時只會相當簡略地提到林子和她的詩《給他》，該詩寫於 1958 年，發表於文革結束之後。

點綴和裝飾偶爾被提及。筆者希望借助有限的資料對這幾位白洋淀女詩人在文革時期的詩歌寫作進行力所能及的梳理與辨析，以期引起研究者的注意和思考。

1969 年同芒克、多多、根子、林莽等一起插隊到白洋淀的女性詩人主要有何京頡、趙哲、周陲、戎雪蘭、潘青萍、孔令姚、陶洛誦、夏柳燕、陳佩玲等。

1969 年 3 月初春，宋海泉、劉滿強、崔健強和許建新等乘開往徐水的火車趕赴白洋淀，同行的有師大女附中的戎雪蘭、潘青萍、孔令姚和夏柳燕等。到白洋淀後，戎雪蘭、潘青萍（潘婧、喬伊）、孔令姚等插隊到大田莊公社的邸莊，插隊李莊子的則有何京頡、趙哲、周陲和陳佩玲等人。這些女詩人除了與白洋淀詩群的其他成員的日常交往和文學交流之外，她們之間則形成了相對穩定也更爲密切的詩歌圈子〔註93〕。

史保嘉（齊簡）當時和戎雪蘭、潘青萍以及師大附中（師大女附中當年的學生大多來自於高幹、高知和高級民主人士的家庭）、北大附中的女同學都有著詩詞交往。戎雪蘭在白洋淀時經常與其男友在澱邊畫那些當時看來「離經叛道」的現代派色彩的油畫，也寫下了幾首小詩。

戎雪蘭、潘青萍和孔令姚、夏柳燕之間的詩歌交往由於同處一村則自然更爲密切。潘青萍在插隊白洋淀的當年即 1969 年的 12 月就寫下了《行香子》（未刊稿），這是她送給戎雪蘭的。

> 渺渺故園，隱隱西山，鎖重煙，蘆蕩漫漫。
>
> 萋萋堤柳，門霧靠然。
>
> 悠悠碧水，沈野鶩，暗雲天。
>
> 京華結交，常話銘禪。
>
> 悵何年，天涯行帆？
>
> 海角逢春，天示神懺。
>
> 今事蹉跎，嬋娟素，漁火寒。

儘管《行香子》是一首詞，但這對於那些身處逆境無以爲訴的女孩子來說是如此重要。她們正是通過詩歌在那個黑暗的時代找到了互相傾訴和彼此精神取暖的特殊方式。這首詞在冷硬蕭索的背景上抒寫了對北京的懷念、內

〔註93〕楊健在《中國知青文學史》（中國工人出版社，2002 年版）中簡略地談到了幾個女詩人的情況。

心的彷徨失落以及對未來的一絲期望。

　　孔令姚在 1971 年 1 月 3 日寫有《友情——贈潘婧》一詩：

　　　　透明的玻璃使我們隔房相認，

　　　　相像但不一樣。

　　　　彷彿在銀光閃爍的鏡面，

　　　　印上了兩個苦悶的往像。

　　常人本應該擁有的友情在那個顛倒的時代竟是充滿了如此多的苦悶和煩惱的糾纏。難以擺脫的記憶都是愁苦的往事，而這種迷夢般的痛苦記憶也只有經歷過那段歲月的人才能抒發出來。

　　周陲〔註94〕在 1971 年寫有《情思（片斷）》。詩人通過這首詩對愛情呈現出自己獨特的思考——「讓我把你安放在心靈的哪方？／可是供奉在情愛的殿堂？／哦，我期待的難道就是你嗎？／——吻平箭創的傷痛，／一片迷茫。／／誰在意這信筆的詩行？／它把我哀哀的情思依傍。／維納斯，你發錯了箭矢？／送來他？一動我愁煩心傷。」在那個階級話語和禁欲的年代寫作愛情題材的詩歌已經是異端，而寫下如此不無辛酸的痛苦就更屬罕見。而周陲寫於 1970 年的長詩《幻滅——希望》則相當痛切地呈現出一代知青辛酸無助的靈魂史和思想史。也正如這首詩的標題所揭示的，詩人處在焦慮的彷徨和尋找希冀之中，處在幻滅與夢想的痛徹煎熬之中。

　　　　幸福、愛情，這朝朝夕夕的期冀

　　　　已如淡淡的薄霧消逝了，消逝了，

　　　　——像晨露滴落下瓊葉，

　　　　　　像熱淚在冰雪中消融。

　　　　遠去了，遠去了，離我遠去了，

　　　　你慢慢地隱去，緩步悄行。

　　　　徒望著你飄忽的背影，

　　　　傾聽著你輕移的足音，

　　　　哪還有黃金的雙手

　　　　　　把我引渡天庭？

────────────

〔註94〕1949 年出生，北大附中 68 屆畢業生，1969 年赴白洋淀插隊，1976 年回京，
　　　　現在北京某民主黨派工作。

　　美好的事物——「幸福、愛情、理想」——都在政治風暴中如「飄忽的背影」漸行漸遠，消失得那麼快又那麼蒼涼。在這冰雪般寒冷的時代境遇中這些流落異鄉的女性不單單灑下了痛苦的熱淚，她們更想對那個瘋狂的非理性時代發出懷疑和良知的質問——「哦，又何必呢？早年的燈塔熄滅了，／它畢竟是少女的幻思與遐想。／人世間可還有一副黃金的雙手，／能為我燃點永恆的亮點？／——把我這期待的歎息，吐向虛渺的太蒼。」這其中不乏浸潤著痛苦情懷和理想主義的歌唱以及在慘淡的現實中對未來遙不可及的憧憬。甚至這種精神趨向和詩歌話語方式與後來的舒婷更具有相近的譜系性。

　　在白洋淀詩群的女詩人中需要注意和進一步研究的是趙哲〔註95〕。

　　趙哲的父母和家人在文革中受到衝擊，為了減輕家人的負擔她作為獨生女和同學一起來到白洋淀插隊落戶。同是白洋淀詩人的林莽認為趙哲的詩歌寫作基本上是屬於自然主義的方式。早在 1969 年 4 月趙哲就寫下了一首小詩《丁香》。

> 一群女孩子興沖沖走過，
>
> 滿懷盛開的丁香，
>
> 留下一路芬芳，一路歡唱。
>
>
> 生活裏更多的是丁香葉子的苦味啊，
>
> 姑娘，
>
> 不信，你就嘗嘗。

　　四月是春暖花開的時節，但是當更多的女孩子伴著丁香的花香在歡快的歌唱中沉浸於幸福中時趙哲卻最先敏銳地警醒她們「生活裏更多的是丁香葉子的苦味」。這種清醒的心態和懷疑精神不能不讓人聯想到同是白洋淀詩人的根子的長詩《三月與末日》。根子在三月的春天發出質疑、憤怒和反抗之聲，而趙哲同樣在四月的好天氣裏體味到了一個時代的苦澀和蒼涼。根子和趙哲的這兩首揭開「春天」背後的寒冷、虛無和衰敗的充滿了質疑精神和批判立場的詩作也更容易讓人想到當年艾略特《荒原》開篇的那句「四月是最殘酷的季節」。同樣我們在浩瀚的古典詩詞中也能找到這種精神的對應，比如唐代李賀的「淒涼四月闌，千里一時綠」（《長歌續短歌》）以及孟郊的「春物與愁

〔註95〕1948 年生，原北大附中 68 屆高中畢業生，1969 年赴白洋淀插隊，1972 年回京，現為醫生。

客，遇時各有違」(《春愁》)。

　　趙哲在《丁香》這首詩中運用了大量的矛盾修辭和反諷手法，如四月與失望、芳香與苦澀、青春與受難、假相與真實等。這種反諷的多重指向消解了「春天」這一傳統意象在以往詩歌中歡快、希望和新生的慣性能指，從而無情地揭穿了一個瘋狂而迷亂時代的虛假性和欺騙性面具，也拆除了一代人關於青春、希望、理想、現實、未來的盲目樂觀的烏托邦時間神話。

　　　　撕下六九年最後一頁日曆，
　　　　像剛剛結束一場可怕的夢魘
　　　　靈魂在痛苦中蘇醒，
　　　　希望又迎來新的一年。
　　　　夕陽爬上了東邊的斷壁，
　　　　即將來臨的，又是
　　　　長夜的淒寒，
　　　　長夜的幽暗。

　　　　　　　　　　　　　　　——(《無題》，1970 年元旦)

　　在一年新舊交替的時刻詩人並沒有廉價地盼望遙不可知未來。趙哲阻拒了雪萊在《西風頌》中對不可知未來的希冀而以相當可貴的懷疑精神與這個黑色的時代進行對決和質問。在所謂「新」的時間的起點上詩人覺察到的卻是夕陽所即將帶來的「長夜的淒寒」和「幽暗」。而時代的長夜催生的是詩人的痛苦，更有痛苦中的人性的倔強的「蘇醒」和大寫的作為個體的「人」的誕生。趙哲的《無題》(1971 年 12 月)與芒克的詩風則更為接近，自然而純淨、清新而深沉，「深夜從睡夢中驚醒，／包圍我的是一片可怕的虛空。／我伸手在無邊的暗夜裏挽留你，／挽留你神似的幻影。／我怕這悠長的冬夜，／我怕這死一樣的沉靜，／我怕聽夢醒後空廖的回聲。／真若如此，讓我永遠酣睡吧，／——我不願醒。」詩人處於無邊暗夜般的虛空和夢魘中，然而詩人真能就此沉睡不醒和甘於沉淪嗎？詩人在對時代的痛切反思中以真誠和良知為時代寫下了墓誌銘。

　　　　一閃一閃，是天上疏朗的星星，
　　　　一眨一眨，岸邊漁火朦朧，
　　　　疲勞的耕耘者醒了，
　　　　睡夢裏如從前一樣在書本裏播種。

村頭敲響了上工的古鐘，

驚醒了盞盞如豆的昏燈，

耕耘者停止了夢裏的筆耕。

揉揉肩頭的紅腫，

再去拉那拉不動的犁繩。

日後將會有怎樣的收穫？

泛著新綠的菱葉上，

歎息似地溜過五月慵懶的風。

——《耕耘》（1971 年寫於白洋淀）

　　在這首名爲《耕耘》的詩中「耕耘」是雙重指向的，既指向現實中的上工幹活，又指涉詩人理想中的「筆耕」勞動。然而這兩個向度相反的張力衝突使詩人在理想與現實中竟是這樣充滿不和諧的痛苦甚至無奈。理想中的精神「耕耘」不斷被乏味的上工的鐘聲所敲醒、打斷。詩人作爲個體和主體的理想就這樣在日常生活和階級鬥爭的年代被擱置和拋棄。《無題》（1971 年）則在趙哲的詩中屬於色彩比較明亮的，這是人性關懷的溫暖燈盞在寒冷時代的閃光，「在寒冬的北風裏吹過，／你的雙頰凍得通紅。／你伸給我冰涼的雙手，／我來爲你暖暖，／貼在我熾熱的前胸。／忘卻人世的憂煩吧，／我會用溫柔的手，／試淨你心中的苦痛。／去迎接孕育在丁香條上的春天，／——前面的路，／我與你同行。」

　　此外陶洛誦在帶有自傳性的小說《留在世界的盡頭》不僅引用了食指的《相信未來》等詩，而且更爲重要也更值得關注的是借助柳燕、碧珅、盈華等女性穿插了大量的女性詩歌文本。其中一部分詩作是陶洛誦在文革時期寫成的。因爲其中引用的這些詩從來沒有公開發表過所以無法確認就一定是陶洛誦親自創作的，所以只能採用小說的人物的名字來代替。而這種「匿名」式寫作卻恰恰是這些詩歌的「地下」性質所決定的。比如其中盈華的一首詩：「水晶石的高腳杯中／斟滿了鮮紅的酒漿／失去信仰的年輕靈魂／憤怒地撲向酒精的海洋／心靈的金字塔崩潰了／赤裸的靈魂只好四處飄蕩／葡萄酒的泡沫淹沒了道德的純潔／威士忌的烈焰燒毀高尚的理想／痛苦的靈魂啊／你淨化昇華吧／在這一片酒的汪洋」。孤獨、痛苦和迷茫的情緒體驗在文革中的

青年女性那裡有一定的普遍性。此外，盈華的長詩《離別之歌》更是淋漓盡致地抒發了青年女性當時的苦悶心情以及類似於食指的「相信未來」和迎接挑戰的理想情懷，「年輕的人兒揚起遠航的風帆，／生命的小船將離開熟悉的港灣。／再見吧，親愛的朋友，／再見吧，迷人的樂園。／不要為離別憂傷，／用歡笑送我出航。／那是未知的魅力，／吸引我飛向天邊。／那是心裏的吶喊，／要求我鋌而走險。／告別過去的一切，／莊嚴地走向明天。／今日所拋棄的一切，／明日會加倍償還。／如能登及光輝的彼岸，／身後的一切又何足留戀。／生命的意義啊，／就在向前，向前，向前！／生活沒有痛苦的調劑，／將顯得多麼平淡。／青春沒有痛苦的點綴，／將失去它色彩的浪漫。／對於我所經歷的痛苦，／都會成為最欣慰的紀念。／在人們的記憶裏，／痛苦往往就是幸福的詩篇。／高舉生命的火炬，／緊握青春的利劍。／我大步向前，／去迎接命運的挑戰。／即使是必然的失敗，／也要和命運決戰。／我將懷著悲壯的滿足，／步入絕滅的深淵。／痛苦是人生的支柱，／鬥爭是人生的桂冠。／痛苦與鬥爭啊，／乃是宇宙與人類的本源。」而盈華寫於1970年國慶節的一首詩則表達了女性中同樣存在的類似於北島的激進心理和對權威的「父親」的反抗和僭越，「父親，你締造了我們的祖國，／你拯救了我們的人民，／你不朽的歷史功績，／我們永遠銘記，／永遠尊敬。／但，滾滾向前的歷史車輪，／已把我們更加年輕的一代，／帶到一個新的起點，／載入一個新的航程，／它，要求我們將你們否定，／如你們／曾否定了你們的父親。／原諒我們的魯莽吧，／饒恕我們的無情。／讓路吧，父親，／讓路給更加年輕的一代，／讓路給更年輕的生命！」

　　白洋淀詩群中的其他女詩人則由於史料的挖掘、寫作情況的差異等原因有待進一步研究和梳理。在歷史煙雲中艱難地尋找那些依稀難辨的歷史往事的殘片時，我們能做的不只是對這些早已為歷史遠景的現象加以描述，重要的還在於就此發問什麼是歷史？歷史敘述的真實性到底有多大？

第八節　「需要以冰雪來充滿我的一生」：王家新的「北方」

　　「地方」一向是文化地理學的核心，而如何通過地方來返觀一個時代特殊的詩歌生態以及詩人如何通過記憶、想像甚至虛擬一個「地方」就顯得格

外重要。Tim Cresswell 認爲地方既是一個對象又代表了一種觀看和認知方式。而無論是從北京到杏花村和白洋淀，還是同時期的西南「邊地」都曾在地方性場域中呈現了詩歌生態的特殊性。而到了七八十年代以北京爲代表的「北方」先鋒詩歌和以成都、重慶、南京和上海爲代表的「南方」先鋒詩歌之間則形成了更爲明顯的博弈、齟齬甚至互相想像性的「緊張」關係以及不無強烈的詩歌地方化焦慮。可能一定程度上並不眞正存在什麼「中心」與「邊地」，也從來都不存在壁壘分明的「南方」和「北方」詩歌。正如臧棣對鐘鳴等人提出的「南方」和「北方」詩歌對立分野的看法，他在《南方詩歌》一詩中做出了自己的回應：「這首先意味著我們之中有人／已寫出可以稱之爲眞正『北方詩歌』的東西／但它並不存在……我們之間的差別來自一種偶然的安排／就像草堂和紫禁城之間存在的空間形象／你稱之爲『界限』／我稱之爲『距離』／你看重這一點／而我認爲這純粹是遊戲中的巧合」〔註96〕。確實，一定程度上詩歌和「地方」之間並不一定發生必然的關係。正如上海詩人劉漫流所說假定一個地方同時出現三個詩人，我們總忍不住要特地別轉頭去朝那個方向多瞄上幾眼，「中國革命走的是一條農村包圍城市的路線，我不敢斷言，這是否同樣適用於文學史或詩歌史。好在文學版圖並不分省地縣，更無直轄市一說，沈從文來自湘西，郁達夫來自富陽。小小的愛爾蘭，反而是文學上的超級大國，一個郵票一樣大小的地方往往反而會成爲著名的文學地標」，「詩人都是天生的，不分畛域，時不時會從天上降落個把詩人，本質上屬於一種自然現象」〔註97〕。但是不容忽視的是在當代中國特殊的歷史語境和政治文化語境之下，地方景觀自身特殊的文化場域使得詩歌的空間結構發生了巨大變化。即使時至今日，一些重要的地方比如北京仍然會給南來北往的詩人以重要影響。這在中國詩歌八九十年的轉捩點上尤爲明顯，正如其中的代表性詩人王家新所坦言的「在北京的生活給我帶來了某種精神性的東西，而這主要取決於中國北方那種嚴峻的生存環境，開闊的天空，秋天橫貫而過的大氣流，在寒霜中變得異常美麗的紅葉，以及更嚴酷、但也更能給我們的靈魂帶來莫名喜悅的冬天。我在北京生活了七、八年，我接受著它們的洗禮。我想這和北京的政治文化生活一樣深刻地影響到了一個人的寫作。而當中國北方的氣候、大自然景觀和它的政治、文化、歷史相互作用於我們，

〔註96〕臧棣：《南方詩歌》，《燕園紀事》（自印詩集），1996年。
〔註97〕劉漫流：《地點、數字與詩人》，《星星》詩歌理論月刊，2011年第5期。

在我的寫作中就開始了一種雪，或者說『北京』與『北方』作爲一種主題就在我的詩中出現了。我想這是必要要到來的東西——在一種隱秘的內心呼應下，這北方的風暴、在飛雪中轟鳴的公共汽車，以及北京上空那時而陰鬱、時而異常高遠的天空，必然會加入詩歌的進程，從而成爲內心生活的某種標誌。我想，這即是我蒙受的恩惠：在北京的生活，使『一種從疼痛中到來的光芒，開始爲我誕生』，這形成了 1988、1989 年以後我的詩歌，更重要的是，它在要求著一種與之相稱的個人詩學的建立（如果可以這樣說的話）。我的詩中開始了一種與整個北方相呼應的明亮，而這正是我忍受住一切想到達到的。」〔註98〕

　　1985 年 5 月王家新從湖北山區鄖陽師範專科學校借調到北京《詩刊》社工作，而早在武漢上學期間王家新就已經兩次到過北京。王家新初中畢業的評語上寫著「此人有資產階級個人奮鬥思想」。1977 年冬天，時在區農化廠勞動的王家新接到武漢大學中文系的錄取通知書，「驟然間改變了一個人的命運」（王家新：《一九七六》）的時刻開始了！1979 年早春，王家新在武漢大學中文系讀大二。這一年王家新完成了包括《在山的那邊》（後收入人民教育出版社中學語文教材）在內的詩作。當一個黃昏北京籍的同學張樺、張安東從北京帶來北島和芒克他們剛剛創辦的藍色封面的《今天》時，王家新等人感受到的不異於一場心靈的地震。正是在這種北方先鋒詩歌和民刊的挑動下，這些南方的詩人受到鼓舞和刺激。1979 年夏天全國高校社團在北京（注意是北京，而不是其他城市）召開會議。不久之後由武漢大學的《珞珈山》發起聯合全國其他 13 所高校的文學社團〔註99〕創辦了一份名爲《這一代》的刊物。在《這一代》（定價 0.45 元，含郵資 0.08 元）的創刊號封面上是布滿了白雪的一個個臺階，臺階上是一行腳印。顯然，白雪和腳印代表了那個年代青年人的精神境遇和探索意識。創刊號上在「憤怒出詩人」欄目推出了王家新的長詩《橋》和葉鵬的《轎車從街上匆匆駛過》。因爲辦刊，王家新與北島、舒

〔註98〕王家新：《回答四十個問題》，《爲鳳凰尋找棲所——現代詩歌論集》，北京大學出版社，2008 年版，第 267 頁。

〔註99〕分別爲：北京大學（《早晨》）、中國人民大學（《大學生》）、北京廣播學院（《秋實》）、北京師範大學（《初航》）、吉林大學（《紅葉》）、南開大學（《南開園》）、南京大學（《耕耘》）、貴州大學（《春泥》）、中山大學（《紅豆》）、西北大學（《希望》）、杭州大學（《揚帆》）、杭州師範大學（《我們》）。

婷、顧城和江河有了更廣泛的交往。當然這一年代的詩歌交往主要是通過信件的方式。當第二期《這一代》準備轉載《今天》上的詩歌時，卻因為王家新的《橋》和葉鵬的《轎車從街上匆匆駛過》被指責存在問題而刊物被迫停辦。對於王家新這些出生於 50 年代末期和 60 年代的人而言，北京無疑具有著絕對的文化象徵性和難以說清楚的巨大吸引力，「我至今還留有那時在長城和圓明園廢墟間的留影。對於我們這些經歷過文革浩劫的人來說，來北京必上長城（我記得我和我的一些同學在那時都會背誦江河這樣的詩：『我把長城放在北方的山巒／像晃動著幾千年沉重的鎖鏈……』），也必到圓明園的殘牆斷柱間去憑弔一番。這在今天看來也許有點過於悲壯，但我們這一代人在那時的精神狀況就是這樣」〔註 100〕。王家新到北京後和江河、顧城、楊煉、林莽、田曉青、雪迪、一平、老木等人有了深入交往。儘管北京作為政治和文化中心使得像王家新這樣的南方詩人有些「被改造」的不適感，但是北方在地理和氣候上的廣闊、粗礦、寒冷卻和詩人身體以及精神中的南方構成了一種奇妙的張力，「北方乾燥，多風沙，而一旦下雨，胡同裏那些老槐樹煥發的清香，便成了我記憶中最美麗、動情的時刻。」〔註 101〕江河當時住在西四白塔寺的一個胡同裏，離王家新和沈睿的住處很近。按照王家新的回憶，他和沈睿每次去見江河的時候都要帶上兩個大蘋果，「有一點朝拜大師的感覺」。而在北京的詩人圈子中，在王家新看來北島因為在先鋒詩歌界的特殊地位而有些難以接近。當北島在西打磨廠胡同的家中請王家新吃飯的時候，王家新不能不為之感動。因為「老大哥」北島不僅推掉了一個重要聚會，而且親自掌勺上廚。而正是因為北島在北京乃至全國的先鋒詩歌界的「高大」形象，他就不能不給年輕詩人形成影響的焦慮感。而在一次詩歌活動上喊出「打倒北島」的正是來自北京圓明園詩社（成立於 1985 年，主要詩人有黑大春、雪迪、刑天和大仙）的青年詩人刑天。這一時期在《詩刊》社借調的王家新成為了南北詩人交往的一個中轉站，這並不在於當時的王家新有多重要的影響力，而是當時的官方刊物《詩刊》所代表的文化象徵性（不可否認的是 1980年代的《詩刊》是影響力最大的一個時期，比如當時的「青春詩會」）。當時的黃翔、廖亦武等人都「鬧鬧鬨鬨」像紅衛兵串聯式的到當時《詩刊》所在

〔註 100〕王家新：《我的八十年代》，《文學界》，2012 年第 2 期。
〔註 101〕王家新：《我的八十年代》，《文學界》，2012 年第 2 期。

地虎坊橋來。後來廖亦武在《詩刊》上發表了他磅礴奔湧的長詩《大盆地》。而北京本土詩人多多則寫下了大量的關於北方的詩歌，比如《北方閒置的田野有一張犁讓我疼痛》、《北方的海》、《北方的聲音》、《北方的夜》、《北方的記憶》、《四合院》。多多在1980年代末期離開北京遠去阿姆斯特丹之後，「北京」和「北方」成了其眺望鄉愁的一條遠遠的「海峽」——「走在額頭飄雪的夜裏而依舊是／從一張白紙上走過而依舊是／走進那看不見的田野而依舊是／走在詞間，麥田間，走在／減價的皮鞋間，走到詞／望到家鄉的時候，而依舊是……」（《依舊是》）。這一時期多多包括《阿姆斯特丹的河流》在內的詩歌都直接指向了以北京爲中心的鄉愁感，「在一所異國的旅館裏／北方的麥田開始呼吸」。綜而言之，對於那些詩歌「流放者」而言，地方的空間結構對於他們而言不是可有可無的事情。而考察當代中國「地下」和先鋒詩歌的空間結構顯然有著不可替代的必要性和有效性。王家新與多多開始交往的時候已經到了1987年的冬天。而這在王家新看來不只是自己1980年代最重要的事，而是一生中最重要的事。當時王家新剛搬入西單白廟胡同一個大雜院不久，多多住在新街口柳巷胡同。在那些寒冷的日子多多經常在晚上騎著單車來找王家新談詩喝酒。當深夜或凌晨多多從房間裏出來到院子裏那棵大棗樹下推自行車的時候，在王家新看來這很像是「地下黨人」似的離去。儘管多多因爲性格孤傲以及其他的原因沒有參加過北島的《今天》，但是在北島和王家新看來多多卻是那個時代少有的詩歌天才。1988年秋天北島從國外回到了北京。他此行的目的只有一個——就是爲多多頒發首屆「今天」詩歌獎並爲多多舉行詩歌研討會。多多研討會的地點選定在王府井（請注意王府井特殊的地理位置）。這裡離天安門廣場盡在咫尺，因而也更具象徵性。研討會上，四川詩人李亞偉和廖亦武也來參加。因爲到的晚，會場又人多雜亂，廖亦武和李亞偉因此感覺似乎受到了冷落而想搗亂。北島在授獎詞中這樣寫道：「自70年代初期至今，多多在詩藝上孤獨而不倦的探索，一直激勵著和影響著許多同時代的詩人。他通過對於痛苦的認知，對於個體生命的內省，展示了人類生存的困境；他以近乎瘋狂的對文化和語言的挑戰，豐富了中國當代詩歌的內涵和表現力。」當北島在秋天的夜晚，在他既熟悉又陌生的北京寫下關於多多授獎詞的時候，我們可以感受到以北京爲中心的北方詩歌也正迎來不期然的秋天一樣的肅殺景象。因爲不久之後，一個時代不僅宣告了先鋒詩歌

的結束，而且也無情地終結了北方詩歌曾經權威的中心地位。這自然包括北島以及《今天》。儘管姜濤認為當下的「詩歌大省」正在崛起並處於群雄割據的狀態並且可能根本就沒有什麼「中心」可言，但是「從所謂『外省』的視角看，在某種意義上，北京仍然居於『中心』。」〔註102〕

　　1988 年春節，王家新已經跟隨《詩刊》社從虎坊橋遷到了東三環團結湖附近的農展館南路文聯大樓。當王家新偶然在樓道里看到北島前來領取中國作協評選的優秀詩集獎（當時獎金還比較豐厚，人民幣 2000 元），的時候，沮喪、悲哀和失望至極的王家新預感到一個詩人必須妥協的時代已經開始了。王家新在後來寫出他的名句「一切全變了 / 這不禁使你暗自驚心 / 把自己穩住，是到了在風中堅持 / 或徹底放棄的時候了」（《轉變》）。我想這不只是王家新寫給他本人的，也是寫給整整一個時代的。這一切都得到了印證！1989 年春天王家新最後一次見到駱一禾。在那特殊的日子裏，在沉默中駱一禾和王家新只能把杯中的白酒一飲而盡。不久之後，海子自殺。這一年的冬天極其寒冷。在此後詩人們離散的日子裏王家新並沒有讓曾經磨得滾燙的鋼筆生銹。他在那所低矮的老房子裏與索爾仁尼琴的《古拉各群島》、帕斯捷爾納克的《日瓦戈醫生》、《安全通行證》、米沃什的《詩的見證》相遇。在呼號的朔風中，在奔湧的淚光裏，王家新終於找到了精神的對位——「從雪到雪，我在北京的轟響泥濘 / 公共汽車上讀你的詩，我在心中 // 呼喊那些高貴的名字」。在《瓦雷金諾敘事曲》、《帕斯捷爾納克》等詩歌中詩人以精神和詞語的力量迎接一個時代的到來，也為一個時代的結束寫下了墓誌銘。轟響的泥濘、冬天的寒冷和以公共汽車為代表的時代和日常「暴力」景觀構成了生活和寫作的雙重難度。這也正是 1990 年代先鋒詩人們所共同面對的難題。在強烈而突然的時代轉換中王家新的《帕斯捷爾納克》相當具有說服力地印證了詩人命運和時代境遇之間的複雜關係。其真切而撼人心魄的悲憫情懷、擔當意識和懷疑精神完成對一個時代的命名，儘管這種命名是不無尷尬而沉重的。北方的寒冷正好暗合了詩人內心深處的寒冷，「忍受更瘋狂的風雪撲打」，「嘴角更加緘默」。儘管《帕斯捷爾納克》全詩充滿著 1990 年代特有的沉鬱和沉痛的精神震蕩，但是其間仍有明亮的色調，「無論生活怎樣變化，我仍要求我的詩中永遠有某種明亮：這即是我的時代，我忠實於它」（《詞語》）。但是這種

〔註102〕姜濤：《沒有共識，又何需爭辯——北京詩歌印象》，《巴枯寧的手》，北京大學出版社，2010 年版，第 81 頁。

「亮色」卻恰恰是一種冰冷的亮色、沉鬱的亮色。換言之，悖論的修辭與反諷成爲全詩的一個本質內核，正如詩中反覆出現的「風雪」、「雪」、「雪的寒氣」、「冰雪」等「深度意象」。它們是寒冷與受難、質疑與肯定、放逐與堅持的共時呈現，「這是你目光中的憂傷、探詢和質問／鐘聲一樣，壓迫著我的靈魂／這是痛苦，是幸福，要說出它／需要以冰雪來充滿我的一生」。王家新在北京因爲租房不得不頻繁變化住址，從新街口馬相胡同、前門西河沿街道西單白廟胡同以及昌平的上苑。1992 年初王家新終於離開了北京，暫時離開了他的祖國。車子從西單白廟胡同出來，沿著冬日的長安街越過西單路口，越過高高的電報大樓，越過闊大的天安門廣場，越過故宮的紅牆，「中國北方的那些樹，高出於宮牆，仍在刻劃著我們的命運」。多年之後，白廟胡同已經不復存在。當我 2006 年在北京教育學院中文系與王家新共事的那段短短的日子裏，他仍在寫詩。在他簽好名遞過來的詩集上我看到了一個曾經的詩歌理想時代最後的閃光。

　　那時在北方的雪中，張曙光的詩歌以更加「北方」的方式充滿了一個時代凜然驚悚的寒意——「一整個冬天雪在下著，改變著風景／和我們的生活。裏著現實的大衣你是否感到寒冷／或一種來自事物內部隱秘的聯繫？」（《這場雪》）。當張曙光的詩歌中不斷出現一場場「大雪」的時候〔註 103〕，我們已經不能夠僅僅在文化地理上指認北方場域對於一個詩人的影響，還應該從精神詞源學上發問——詩人的精神與「大雪」一次次相遇該凸顯了怎樣一番靈魂和詞語以及「現實」相撞擊的景象？而理想主義在我們所生活的時代更像是一場大雪，它純潔、空曠、凜冽而飛揚，但是最終的污濁的大地仍會吸盡它的短暫的身影。是的，一場理想主義的大雪能維持多久？泥濘而寒冷的背景下，質疑、盤詰、沉痛、尷尬、放逐、擔當、犧牲的詩歌精神在風雪之路上被一一展開或者掩埋。我們似乎發現詞語和修辭甚至已經無法分擔事物的沉重、詩人內心的沉重和時代的沉重。詩人在寒冷的雪中讓內心和時代發出了嘎嘎崩裂的聲響。

　　王家新和張曙光「90 年代詩歌」的代表性文本印證了「詩與詩人的相互尋找」的過程。1990 年代也在一定程度上成爲考驗所有中國詩人的一個特殊

〔註 103〕連張曙光出版的詩集也一再以「雪」來命名，如《雪或者其它》、《午後的降雪》。也許在當代詩歌譜繫上如此集中而大量的出現的「雪」的核心意象的詩人也只有同時代的王家新和後來的桑克能夠承擔起「對稱」或「對照」的角色。

時期，壓抑、迷茫、困惑、沉痛、放逐成為詩人的日常生活和詩歌寫作的主題。而如何以詩歌來完成由 80 年代向 90 年代中國社會的轉型、詩歌寫作語境和詩人心態的轉換就成了 90 年代詩人所面臨的挑戰和難題。

第三章　北方詩學的理想年代

　　詩歌的「地下」狀態在 20 世紀的發展中處於一種在國家、民族、戰爭、運動語境中不斷被邊緣化的一種尷尬處境。這在六七十年代更多是一種與主流和政治相對抗的隱伏狀態，而到了 1980 年代中後期以來則更多顯現出寫作的「地方主義」和「江湖氣」。文革結束之後以「今天」的創辦爲標誌的北方詩歌迎來了又一個「理想年代」。這一時期《今天》的創辦以及相關活動對「外省」詩歌的重大影響形成了公共媒體尚未敞開環境下油印機時代主導性的北方詩學。

　　文革時期「地下」詩歌甚至包括後來的「今天」詩歌帶有的現代性和探索性不是憑空產生的，但是一些詩歌也明顯帶有十七年主流詩歌範式的印記和影響。而這正是我們今天需要重新認識這一時期的先鋒詩歌的入口，而不要盲目地推崇和過高的經典化和美化。推而廣之，當時的很多「地下」詩人的寫作都是存在著「多重性格」的。這呈現了個人話語和集體話語之間的齟齬──有衝突也有妥協。在長期的烏托邦的幻想與衝動中詩歌語言被浸染上道德判斷和政治色彩，這就形成了過於簡單的善惡對立的二元修辭體系。詩人往往是從階級、鬥爭和思想純粹性的立場出發先入爲主地對詞語做出「好壞」的分類──「整齊的光明，整齊的黑暗」。然而在十七年和文革時期的眾口一腔、萬人同調的「戰歌」和「頌歌」的大合唱中早已失效的僵化語言如「青山」、「旭日」、「紅梅」、「大海」、「青松」、「向日葵」、「航船」、「紅燈」等被廣泛使用。這形象地呈現了語言工具論和本質化語言觀的詬病以及其所帶有的先天不足的精神疾病氣味和濃厚的道德氣息。「地下」詩歌仍然是一種經驗型的意識形態寫作（當然也有一部分詩人的詩作不在此範圍之內），或者

更為確切地說這是一種過渡性的寫作。當然這並非意味著這種過渡性寫作沒有意義，甚至在歷史語境中考量其意義是不可低估的。但是，從詩學和語言的層面來看這種夾雜著意識形態性的經驗型寫作是有一定的危險性的。1975年冬天，文白洋在白洋淀完成了第三本詩集《朝霞集》。在這本詩集中有《童年回響》、《自由之歌》、《雪蓮之歌》、《路》等具有反思性的現代主義色彩的詩作，也收錄了《紀念聶耳逝世四十週年》和《紀念紅軍長征勝利四十週年》的「主流」詩作〔註1〕。而這些主流的詩作對於研究文白洋以及其他的白洋淀詩群是具有重要的參照意義的。換言之，這些先鋒詩人在當時的寫作是雙重甚至多重的，既具有個人反思性意義上的「地下」性質，也有當時普遍存在也不可避免的「地上」色彩。然而我們目前所看到的一些核心的白洋淀詩群的成員所呈現給我們的完全是具有先鋒性、探索性、反抗性、個人性的具有現代主義色彩的「地下」詩作，而那個時代詩人不可避免的雙面性卻被刻意地掩藏了。在文白洋的《紀念紅軍長征勝利四十週年》（1975年11月2日）這樣的詩中我們能夠明顯看到毛澤東詩詞和賀敬之的政治抒情詩的影響（比較具有代表性的是食指），「征途的水啊，征途的山，／征途一去四十年。／四十年前風雷激，／長征二萬五千里」。這從郭世英、張朗朗、黃翔、啞默、食指以及北島、根子、方含、舒婷、江河等詩人的經典性文本的肯定性的直陳式語氣中可以程度不同地看到帶有思想性、箴言性、宣告性、講演性的廣場寫作範式。這種直接的甚至簡單的語式、明顯帶有意識形態色彩的語調一定程度上妨害了詩歌的繁複性和多義性。由此可見「地下」詩歌和「今天」詩歌還不完全是求真意志的「成人」式的詩歌寫作，還是一種不成熟的帶有「不純」成分的過渡性寫作。這也暴露出1970年代到1980年代詩歌寫作在語言能力和創造力上的時代局限性。換言之，「地下」詩歌和「今天」詩歌仍然是在「思想─權力」的框架內寫作，仍帶有意識形態幻覺和「宏大敘事」的影子。當然，詩人是不可能脫離歷史話語場而存在的。也正是如此我們才有必有在詩歌本體和歷史層面來考察當代漢語詩歌的問題和生態機制。

第一節　從飯館、街道和公園開始

　　值得注意的是1970年代末期的先鋒詩歌運動，尤其是隨著北京的一些公

〔註1〕　類似的1976年文白洋還寫有《慶祝揪出四人幫》、《除害益民頌》、《地震》、《開除四害為民伸冤》等比較浮泛的詩作。

共空間的逐步敞開詩人們在聚會的酒桌上以及廣場、街道和公園開始進行詩歌活動。而此前文革時期的「地下」詩歌互動則更多只能在個人住宅的隱秘空間裏進行。值得關注的是詩人們頻頻在飯館聚會談詩還與北京人特有的愛吃一口以及北京眾多的餐飲在文革後的大面積興起所形成的得天獨厚的條件有關。北京的先鋒詩歌似乎從一開始就與飲酒和吃食結下了不解之緣。詩人與酒確實存在著某種天然上的切近關係。

當年北島、芒克等人無論是創辦《今天》還是日常的交往和活動幾乎都是在飯局和酒桌上完成的。這些喝得面紅耳赤的詩人們在酒精的刺激下找到了思想的活力和文學的激情。在芒克、北島關於這一時期的回憶文字中我們可以看見一個個遍佈在胡同和街道上的大小不等的酒館。老北京特有的飲食文化是否影響了這些詩人可能還不好下定論，但是基於這段詩歌史事實北京先鋒詩人和飲食文化之間的關係無疑是一個趣味性的話題。儘管這可能會引起那些板起面孔的詩歌史家和研究者的批評和不屑。作為千年古都，金代開始北京就有了大規模的酒樓（《東京夢華錄》），北京的飲食文化從此開始產生，到明清兩代達到繁榮。我們曾經在民國時代看到梁啓超、魯迅、周作人、郁達夫、胡適、朱自清、徐志摩、林徽因、沈從文、朱光潛等人在東來順、西來順、南來順、老正興、全聚德、都一處、又一順、砂鍋居、烤肉季、便宜坊、鴻賓樓、月盛齋、四大居、淮陽春聚眾暢飲的場景。而隨著文革的結束，一度停業的北京老字號飯店才紛紛開始營業。這些檔次不同的飯館也才開始出現了先鋒詩人的身影。

北京作為北方儒家文化的聚集地，尤其是明清以來 600 餘年的歷史性塑造，社會各階層都受到了儒家文化的影響。北京作為中原文明的東部終點，其政治和文化中心的地位顯然對文學起到了相當重要的影響。甚至在中國當代詩歌史上「今天」詩人成為南方以及其他「外省」詩人長期覬覦和不滿的對象。而北方廣闊的平原和低緩山脈為生活其間的詩人提供了樸素、忠厚和寬容的性格。這從北島和芒克那裡能夠得到充分證明。而以北京為中心的北方文化和北方詩歌所承載的意識形態的主流文化、知識分子文化和市民階層的民俗文化〔註2〕顯然增加了這一地帶的豐富而厚重的屬地性格。

說到上個世紀 60 年代開始的先鋒詩歌，我們會立刻將視野轉向北方。在白洋淀、杏花村以及北京的 13 路沿線、西四大院胡同 5 號、德內大街、北京

〔註2〕 楊東平：《城市季風》，東方出版社，1994 年版，第 205 頁。

東四十四條 76 號大雜院、大雅寶胡同、三不老胡同、朝陽門前拐棒胡同 11 號、鐵獅子胡同、百萬莊辰區、北京第三福利院以及玉淵潭、圓明園、頤和園、北海公園、百花山、潭柘寺等這些地理坐標上想到當年的食指、張郎郎、郭世英、北島、芒克、多多、根子、江河、顧城、楊煉、林莽等「北方」詩人們造就的傳奇往事,「從白洋淀到大西洋、太平洋,從北京到整個世界,伴隨著『今天』群體的漫遊,這個記憶的河流早已不在同一條河道上,卻總能追溯至《今天》的前史……而且更是那些為『八十年代』的光芒遮蔽了的名字和與詩歌聯繫在一起的日常故事」〔註3〕。「今天」留給我們的已經不再是一般意義上的尋常故事了。從上個世紀 90 年代開始「今天」詩人開始被海外大規模的譯介和傳播,其頭上的光環越來越耀人眼目。1992 年春天,北島、多多、舒婷和顧城等人參加在美國加州舉行的朦朧詩英譯本 Splintered Mirror 的活動和巡迴朗誦,「記得那天活動安排在我們柏克萊城的一個叫黑橡樹的書店裏,書店的地方不大,但來的人很多,有不少聽眾被擠在書架和書架之間站著,盛況空前」〔註4〕。

當時江河居住在宮門口橫二條一個胡同不足八平米的房間內。江河會和來訪的詩人和朋友們到大街上排隊、加塞兒買廉價的啤酒喝。而「今天」的同仁大多居住在 13 路沿線的左側(巴黎的左岸?),這是一種巧合還是歷史的必然不得而知。而核心人物北島則居住在圍繞 13 路沿線展開的中段位置──位於廠橋附近的三不老胡同以及胡同深處那幢 1950 年代蘇聯風格的紅磚樓,「這種巧合似乎印證了《今天》作為一個小小的地域性的概念所暗含的意味──文化意味著交流,交流有賴於交通的便利。一個不怎麼合度的比方是,歷史上那些沿大河流域或地中海形成的文明」〔註5〕。

實際上我們還應該關注更廣泛的意義上以北京為中心所展開的「今天」的前史和發生階段。儘管「今天」誕生於 1978 年年底,但是在此之前相關詩人和朋友就開始了交往和相關活動。這種交往和活動顯然無論是對於「今天」詩人還是這本天藍色封面的民刊《今天》而言都顯得格外重要。因為這些詩人都來自於北京,所以北京成為這些詩歌活動展開的空間區域。同時北京特

〔註3〕 見劉禾主編的《持燈的使者》(廣西師範大學出版社,2009 年版)一書的封底,汪暉語。
〔註4〕 劉禾:《持燈的使者》,廣西師範大學出版社,2009 年版,第 1 頁。
〔註5〕 田曉青:《13 路沿線》,《持燈的使者》,廣西師範大學出版社,2009 年版,第 35 頁。

有的政治、文化和文學的絕對權威的核心地位以及特有的地理文化成爲了北方先鋒詩歌的搖籃，儘管這些詩人當時或後來對以北京爲代表的政治年代有所不滿和反叛。

到了文革後期詩人之間的交往已經不再局限於私人空間，而是漸漸向公園等公共空間延伸。

1975 年春天，北島、芒克、趙振先、黃銳等人以及三位手裏拿著野花的女性在潭柘寺遊玩。

1975 年秋天，北島、芒克和蔡其矯、陸煥興、申禮玲等一行人到北京郊區遊玩。有意思的在這十四個人中竟然有七個女性。這些穿著已經具有個性特點且已經有些時髦的女性在那個年代具有某種象徵性。

1976 年春天，北島和蔡其矯在北京的景山公園促膝談詩。

1977 年春夏之交第一次到北京的舒婷和北島、芒克、蔡其矯、艾未未等人盡興遊玩並合影留念（那個年代能用照相機留下影像已實屬不易）。同年 10 月舒婷再次來北京，在八達嶺長城與北島、蔡其矯等遊玩。

1977 年夏天，北島、蔡其矯、邵飛（當時北島的女友）等前往北京郊區的櫻桃溝郊遊。

1977 年秋天，北島、芒克、蔡其矯、黃銳、趙振先以及另外三位女性在北京郊區門頭溝遊玩。

在這些遊歷中我們可以很多次看到蔡其矯的身影。顯然，這位居住於北京和福建兩地的「候鳥」詩人將南北兩地的詩歌信息進行了責任性和及時性的傳遞。而舒婷加入「今天」就是直接來自於蔡其矯的引介。福建、廈門等地的文學青年如舒婷、金海曙等從蔡其矯這裡最先瞭解到北京「地下」詩歌的狀況，而北京的詩歌狀況又最能代表當時全國的政治和文化的最新動向。

值得注意的是中山公園、北海公園以及玉淵潭公園在當時「今天」詩人活動中曾經起到了重要作用。而先鋒詩歌在公共空間裏的進行正體現了這一時期所特有的啓蒙精神和公眾意識。從詩歌功能而言當時的詩人都希望以詩歌的方式參與民主、自由的群眾性運動。當波德萊爾等詩人在巴黎的各個公園裏游蕩的時候，公園就不能不成爲這些精神上的波西米亞者一個重要的空間——「公園——詩中提到它們時稱之爲『我們的花園』——向城市居民開放，他們陡然地嚮往著巨大的、周圍封閉的公園。到這些公園去的人們並不

全是在游蕩者身邊亂轉的庸眾」〔註6〕。而新文學年代的胡適除了在後門裏鐘鼓寺胡同 14 號的家裏與北京以及各地文人交流之外還經常到公園裏去與朋友散步交談。而在二戰結束後的日本，尤其是 60 年代由於經濟和居住條件等諸多問題，很多年輕人在晚上不願意擠到那些狹小的閣樓上去而來到分佈在城市各個角落的公園裏。這些公共空間已經因爲那些青年男女的到來而帶有了某種隱秘性，尤其是在夜晚公園黑黢黢的角落裏。但是這些青年男女在約會和接吻的時候卻沒有注意到那些帶有夜拍功能的相機早已經對準了他們。當這些照片在媒體上公開的時候，很多日本青年無比憤怒，爲此成群結隊的上街遊行活動開始了。

第二節　「外省」的波動

　　北島曾經在 1980 年代初期翻譯過瑞典詩人特朗斯特羅姆的詩《寫於 1966 年解凍》。顯然對於北島這一代人而言對文革年代的回憶和反思成了必備的功課。在七八十年代以北京爲代表的「今天」詩人和朦朧詩潮顯然成了一種主導性的北方詩學。北方詩歌在漢語詩歌史上呈現出罕見的耀眼光芒。「今天」顯然在經過短暫的禁錮之後迎來了日久彌新的神奇力量，它至今仍然延續和強化的詩歌傳奇成了二十世紀中國漢語詩歌史上少有的奇迹。難怪柏樺等西南的「第三代」詩人會發出這樣的感歎——「時至今日，當我們回憶 20 世紀 70 年代末至 80 年代初『今天派』最活躍的那段歷史時，我們仍然不覺驚歎：『今天派』帶給我們的神話是罕見的，也是永遠的。它通過幾個人，一些詩就完成了對一個偉大時代的見證」〔註7〕。遠在鼓浪嶼的舒婷在 1977 年的一個夜晚第一次讀到手抄本的北島詩歌的時候其感受卻不亞於一場八級地震，「北島的詩的出現比他的詩本身更激動我。就像在天井裏掙扎生長的桂樹，從一顆飛來的風信子，領悟到世界的廣闊，聯想到草坪和綠洲」〔註8〕。而自「今天」之後，「第三代」詩人中只北京的顧城、駱一禾、西川以及來自安徽而寄寓昌平的海子等極少數詩人在身後獲得過這種「榮光」。而隨著寫作和時

〔註6〕　本雅明：《發達資本主義時代的抒情詩人》，張旭東、魏文生譯，張旭東校訂，生活・讀書・新知三聯書店，2007 年版，第 92 頁。
〔註7〕　柏樺：《今天的激情：柏樺十年文選》，上海人民出版社，2006 年版，第 39 頁。
〔註8〕　舒婷：《生活、書籍和詩》，《沉淪的聖殿：中國 20 世紀 70 年代地下詩歌遺照》，新疆青少年出版社，1999 年版，第 306 頁。

代語境的雙重轉換，一個不再產生「傳奇」和詩歌英雄的年代已經不可避免
地降臨。但是即使到了 1980 年代末期，在南方詩人柏樺眼中「一個外省詩人
只有到北京得到承認，才算得上成功」〔註9〕仍然具有某種普遍性。

　　儘管遠在貴州的黃翔、啞默等人創辦民刊《啓蒙》要早於《今天》且這
些西南詩人的詩歌行動要遠遠比北島、芒克等這些北京詩人更激烈、更直接、
更非常規化，但是他們這些「過渡性詩人」〔註10〕以及他們的詩歌遠遠沒有
被更廣泛的範圍認可。儘管黃翔和啞默為此付出了巨大的代價，比如他們多
次到北京活動希望爭取更多的人來認可。甚至黃翔和啞默在 1980 年代來北京
的時候還專門找過北京師範大學中文系的王富仁先生，那時北京的高校是貴
州詩人重點活動的目標。在 1986 年 8 月 31 日寫給啞默的回信中可以看到王
富仁起初對這些遠道而來的外省詩人是持有戒備和警惕心理的，但是王富仁
仍高度肯定了啞默和黃翔的詩歌，「黃翔同志的詩我已經讀了很多」，「他的詩
是使我的心靈最受擾動的一個。這是一個紅色的詩境，是從肉裏騷動著的不
安的靈魂，顫動的靈魂，有時它又是一個混茫的深無底極的幽黑的宇宙，我
們人類便在這樣一個幽黑的宇宙中來，又將到這個幽黑的宇宙中去，它就是
我們的生命的底蘊，是我們的詩的底蘊，他表現了我們的生命，我們的生命
的奧秘」，「我敢說，黃翔同志的那些好詩，是不帶一點虛偽的真的生命，活
的靈魂，奔湧著的人的血與肉」〔註11〕。但是這種來自「北方」肯定的聲音
仍然是相當微弱的，仍處於極小範圍的私人之間的交流，而不可能在更廣範
圍內傳播和認可。甚至黃翔等西南詩人在當時的詩壇「泰斗」艾青這裡還吃
了閉門羹。這導致了貴州詩人的強烈不滿，他們甚至聲稱要把艾青埋進棺材
裏去。

　　儘管 1980 年代四川詩人鐘鳴借很多機會向國內和國外介紹黃翔這些詩
人，但是直至 1990 年代這些詩人才首先被西方「認可」並且黃翔和妻子還遠
渡重洋到美國定居。直到今天，在眾多的當代先鋒詩歌選本和朦朧詩選本中，
在 1990 年代以來「重寫」詩歌史的浪潮中較之北島、芒克、顧城等北方詩人
黃翔、啞默等人仍處於邊緣的位置，發揮點綴和花邊的作用。而反過來同一
時期的北島等北方詩人，他們的詩歌傳奇、英雄故事和詩歌文本卻都被罩上

〔註9〕 鐘鳴：《回顧，南方詩歌的傳奇性》，《北回歸線》，1995 年。
〔註10〕 謝冕：《20 世紀中國新詩：1978～1989》，《詩探索》，1995 年第 2 輯。
〔註11〕 《大騷動》，1993 年第 2 期。

了巨大的光環。儘管他們的詩歌也曾在一個時期內不被官方和主流認可。

黃翔在給鐘鳴的一封信中曾激烈地表達對北方詩人和「今天」的不滿，「北京的一些人把中國當代詩歌的緣起總是盡可能迴避南方，老扯到白洋淀和食指身上，其實是無論從時間的早晚，從民刊和社團活動，從國內外所產生的影響都風馬牛不相及。食指的意識仍凝固在六十年代末期，至今仍堅持『三熱愛』，無論過去和現在思想都非常『正統』和局限。他當時的影響僅局限在小圈子裏，而不是廣泛的社會歷史意義。我想這是公允的」〔註 12〕。顯然這種說法有失公允而過於主觀臆斷。實際上，無論是黃翔當時對《今天》的微詞，還是後來人們對這份刊物的極力追捧似乎都忽略了這份民間刊物的命運並非一帆風順。1985 年冬天，北島、芒克、多多、顧城和徐曉等一行人踩著厚厚的積雪到北京大學參加校學生會舉辦的藝術節。當走進階梯教室的時候，他們都沒有想到大學生對《今天》的瞭解和認識甚至已經達到了無知和冷漠的程度，「北島開始回憶《今天》。我不知道坐在講臺上的《今天》元老和主力們當時有怎樣的感受，大學生們對這一話題的茫然和冷淡深深刺痛了坐在觀眾席上的我，我覺得受了傷害，並且為這些無從責怪的學生感到悲哀，我甚至想走上講臺，講述我們當年承擔的使命和風險，我們所懷的希望和衝動……那時離《今天》停刊只有四年」〔註 13〕。

上個世紀 80 年代初期以大學校園為交流空間的校園詩人紛紛油印詩集創辦同仁刊物。1982 年貴州「崛起的一代」成員吳秋林、黃建勇、瞿巍和張時榮油印詩集《三簽名》。1982 年到 1984 年時為上海師範大學中文系學生的陳東東、王寅和陸憶敏等創辦不定期的油印詩刊《對了，吉特力治》、《地下餐室》等近20 期。這已經成為「第三代」的校園詩歌崛起的重要現象。而這種創辦刊物的熱潮其直接導源就是以北島為首的「今天」的影響，「新一代詩歌正醞釀著。藍色封面的《今天》，給當時許多人帶來了新的顫慄──儘管，這顫慄因各種偶然原因，在我身上反應微乎甚微，傲慢，不善學習，奇思怪想，但它在南方碰撞的痕跡，卻為我親眼所見。這是一條游動的怪魚，皮膚粗糙，但摩擦生電，它的氣泡，直接噴濺到正煥發的春天的粉刺上。春天，──啊春天，那時正缺乏特徵和意義。必須賦予它充實的意義，賦予它正顯露的生動性」〔註 14〕。作為

〔註 12〕鐘鳴：《旁觀者》（第 2 卷），海南出版社，1998 年版，第 668 頁。

〔註 13〕徐曉：《〈今天〉與我》，《持燈的使者》，廣西師範大學出版社，2009 年版，第67 頁。

〔註 14〕鐘鳴：《旁觀者》（第 2 卷），海南出版社，1998 年版，第 685 頁。

北島（北京六建工人）、芒克（造紙廠的臨時工）、江河（街道製藥廠）、舒婷（建築公司臨時工、宣傳員、統計員、爐前工、泥水匠、織布廠的紗工、擋車工、燈泡廠焊工）、趙南、方含（電焊設備廠）、周酈英（自動化儀表廠）等「工人階級」創辦和參與的《今天》對於以大學生爲主體的「第三代」詩歌卻產生了重要影響。發行 1000 多份的《今天》已經在全國產生了持續性的「波動」與震盪。雪片一樣的讀者來信以及外省的讀者和青年作家來編輯部「朝拜」成爲普遍現象。而北島、芒克、趙南等人的家則成爲文學沙龍和作品討論的據點，外省的黃翔、韓少功、孔捷生都曾與「今天」發生關係。而外地的民刊和社團更是頻頻與《今天》接觸，比如南京的「我們」和「他們」。正如韓東所說的「我本人便直接受惠於《今天》的啓蒙，是在它的感召下開始寫作的……《今天》在我看來不僅是一本書學刊物，不僅是一群寫作的人以及某種文學風貌，更是一種強硬的文學精神」〔註15〕。《今天》在全國大學校園的傳播佔了主體地位，時在武漢大學讀大學二年級的湖北青年王家新也接觸到了《今天》，並指出「它喚醒並激動了整整一代人」。徐敬亞則回憶了當時自己在吉林大學中文系上學時讀到《今天》的激動情形，「1979 年秋，我突然收到從北京寄來的《今天》。是創刊號。『詩還可以這樣寫？！』我當時完全被驚呆了。最初，它很秘密地在我們《赤子心》詩社內部傳閱。後來，那本珍貴的油印刊物，傳到了宿舍。最後，我們吉林大學中文系 204 寢室的 12 名同學一致決定，由一個人朗誦大家聽：『卑鄙是卑鄙者的通行證，高尚是高尚者的墓誌銘。』我至今還能清晰地記得那種精神上的震撼。它是一根最細的針的同時它又是一磅最重的錘……那樣的震撼，一生中只能出現一次」，「正是在一種近於癡迷的閱讀沉醉中，我陸續用筆寫下了我最原始的一些讀後斷想，並命名爲《奇異的光——今天詩歌讀痕》。那是我有生以來第一次寫詩歌評論。我把文章寄給了『劉念春』後，竟收到了北島的回信。後來，它被發表在《今天》最後一期第 9 期上。在最後一段，我寫道：『我敢假設：如果讓我編寫《中國當代文學史》，在詩歌一頁上，我要寫上幾個大字——在七十年代末詩壇上出現了一個文學刊物：《今天》』」〔註16〕。

第三節　《今天》的空間優勢與文化資源

　　說到《今天》我們還不得不注意到北島的母校北京四中的重要性。

〔註15〕見劉禾主編：《持燈的使者》一書的插頁，廣西師範大學出版社，2009 年版。
〔註16〕徐敬亞：《中國第一根火柴》，《南方都市報》，2008 年 6 月 1 日 B33 版。

　　文革期間《中學文革報》、《新四中》、「新四中公社」以及紅衛兵組織「北京四中井岡山革命軍」成爲北京四中的標誌。儘管《中學文革報》還不能與當時清華大學的《井岡山》相比，但是在全國已經具有了一定的影響。當時《中學文革報》接到的全國各地的讀者來信數量巨大（據統計除了西藏和臺灣，各地都有來信），以至於相關人員只能蹬著三輪車到郵局去取。這所全國聞名的重點中學以及在北京公共空間裏的重要性都使得北島無形中獲得了空間上的優勢和文化資源。

　　當時北島（68 屆高一 5 班學生）和同學牟志京（北京四中 67 屆高二 2 班學生）與當時因寫作《出身論》而聞名的風雲人物遇羅克之間有著密切的文學交往和讀書活動。北京四中 68 屆初一 2 班的陳凱歌赴雲南插隊前夕與父親陳懷皚專門到天安門廣場前合影。面對鏡頭父親笑逐顏開，而陳凱歌的眼睛卻有意避開了鏡頭，表情沉重，目光有些迷茫。

　　1967 年 4 月《中學文革報》停刊後，牟志京、陶洛誦、遇羅文、楊百朋、吳景瑞、王建復等一行離開北京前往成都。峨眉山、洗象池、報國寺以及九老洞爲這些北京的中學生提供了一次少有的放鬆機會。然而已進入武鬥階段的成都給這些北京的紅衛兵小將們也帶來也空前的緊張感，「位於四川盆地的成都房屋、商店、機關、飯店……凡能塗漆的地方都被刷上紅油漆，美其名曰：『紅海洋，紅心向著紅太陽』。去年十一月初碧珅來時，人們的狂熱僅僅限於夜裏聽見『最高指示』頒佈，從被窩裏爬起來遊行歡呼。事隔不到半年，成都已經變成一個戰場，兩派忙於建牆頭堡壘、戰壕工事，推土機像坦克一樣橫衝直撞，『叭』『叭』的炮聲不斷，飛機場被衝擊，人們互相警告：『水井裏被投了毒，小心。』大街上，有一派擡著一個年輕姑娘的鑲黑框的肖像遊行，武鬥中，她是位勇敢的機槍手，在掃射對方的時候，中了流彈犧牲，成爲她所屬派別的哀悼對象和學習榜樣。」〔註 17〕牟志京和毛子（在陶洛誦的小說中二人被化名爲瑞陽、童志俠）甚至在貴州某車站被查處，無奈之下冒險扒火車。甚至更具有傳奇性的是牟志京等人居然偷渡到越南並且還受到了越南軍人的熱烈歡迎。顯然這些熱血激蕩的年輕人受到了切‧格瓦拉「國際共產主義」精神的巨大鼓舞——「晚上宿營時，估計已進入越南，百感交集，我在手電筒下寫了很長的日記，其中有對父母的歉意，對祖國的離別之情，以及對前景的期望。夜裏夢到西貢，夢見電影院門口有許多外國電

────────────

〔註 17〕陶洛誦：《留在世界的盡頭》，電子版。

影海報」〔註 18〕。這與歐洲的那些不斷漂泊和動蕩的「迷惘的一代」是何其相似！1969 年春天，牟志京與鮑有悌前往白洋淀去找插隊的吳世陸。而更富有戲劇性的是牟志京竟然此後稀裏糊塗的開始了白洋淀的插隊生活。透過後來牟志京插隊白洋淀時期的一張照片，這個北京的高中生已經和當地農民沒有太大區別。在白洋淀的堤岸上，他穿著一件襯衣，頭頂一個草帽。而當時北京四中插隊到白洋淀的人不在少數，比如史康成（68 屆高一 5 班）等。趙京興認爲當時插隊的地方有兩個是特別迷人的：一個是白洋淀，一個是東北的莫力達瓦，「這兩個地方不僅收入高，而且風景優美適於生存，一個是草原牧區，一個是北方的魚米之鄉。」〔註 19〕北京四中 66 屆初三 3 班的趙京興和插隊到白洋淀的女友師大女附中的陶洛誦後來因言獲罪在 1970 年 1 月一同入獄則成了轟動一時的事件〔註 20〕。趙京興在日記中曾有這樣極具挑戰性和預見性的話——「伴隨著人們的地下活動，將會出現新的歷史舞臺」。後來，陶洛誦將入獄和文革期間的讀書、寫作和串聯的相關情節寫進了自傳性小說《留在世界的盡頭》。在陶洛誦看來趙京興更像是一個哲學家，正如她在寫給趙京興的信裏所說的「少女面前站著一個十八歲的哲學家」。而 1968 年 10 月趙京興寫完著作《哲學批判》後在扉頁上寫下的是：「獻給我親愛的朋友，不倦的眞理探索者陶洛誦」。陶洛誦早於趙京興半年出獄，迷茫和痛苦中的她踏上了去往白洋淀的火車。她在邸莊做起了民辦教師。

　　文革結束後，在 1978 年 10 月到 1979 年 6 月間風起雲湧的民主運動中民刊成爲爭得自由和話語權的重要渠道。在 1978 到 1979 年之間從北京到外省的各種傳單、小冊子和民刊簡直可以用鋪天蓋地來形容，而到 1979 年底和 1980 年初風起雲湧的民刊潮漸漸平息。而在眾多的民刊中 1978 年末齣現的《今天》無疑是影響最大的。這在很大程度上歸功於《今天》有效的傳播方式。換言之，《今天》是相當重視詩歌的傳播功能和社會效應的。無論是《今天》編輯部的成立（1978 年 10 月）、《今天》的創辦（1978 年 12 月 23 日）、「今天」

〔註 18〕　牟志京：《似水流年》，《暴風雨的記憶：1965～1970 年的北京四中》，北島、曹一凡、維一編：生活‧讀書‧新知三聯書店，2012 年版，第 41～42 頁。

〔註 19〕　趙京興：《我的閱讀與思考》，《暴風雨的記憶：1965～1970 年的北京四中》，北島、曹一凡、維一編：生活‧讀書‧新知三聯書店，2012 年版，第 354 頁。

〔註 20〕　據趙京興自己的說法入獄時間是 1970 年 1 月，北島在相關文章中認爲是 1970 年 2 月。《暴風雨的記憶：1965～1970 年的北京四中》，北島、曹一凡、維一編：生活‧讀書‧新知三聯書店，2012 年版。

叢書、3 期非正式刊物，還是規模巨大的詩歌朗誦會、讀者交流見面會、民刊之間的聯誼會以及詩人之間的日常交往都從不同側面凸顯了這一刊物的廣泛影響力。

民刊的創辦以及仍然帶有「地下性」的方式不僅在當時全國各地的詩歌圈子中迅速傳播，而且對 1980 年代中後期大面積湧現的詩歌民刊無疑有著很大的影響。于堅等「第三代」詩人就認為沒有《今天》就沒有朦朧詩，而沒有《今天》也沒有《他們》與《非非》。北島在《今天》創刊號上的發刊詞《致讀者》可以看出一代人不無強烈的詩歌史意識並且張揚出新一代人強烈而迫切的希望登上時代舞臺的心理，「歷史終於給了我們機會，使我們這代人能夠把埋藏在心中十年之久的歌放聲唱出來，而不致再遭到雷霆的處罰。我們不能再等待了，等待就是倒退，因為歷史已經前進了。……今天，當人們重新擡起眼睛的時候，不再僅僅用一種縱的眼光停留在幾千年的文化遺產上，而開始用一種橫的眼光來環視周圍的地平線了。只有這樣，才能使我們真正地瞭解自己的價值，從而避免可笑的妄自尊大或可悲的自暴自棄。我們的今天，根植於過去古老的沃土裏，根植於為之而生、為之而死的信念中。過去的已經過去，未來尚且遙遠。對於我們這代人來講，今天，只有今天！」〔註 21〕現在看來《今天》以及由此形成的「今天」詩群已經在新詩史中確立了經典地位，但是這份「同仁」刊物由於一代人的整體性格特徵和顯豁的時代政治背景而帶有強烈的意識形態傾向，儘管這一傾向是通過「先鋒」的姿態和啟蒙的立場來實現的〔註 22〕。這種政治傾向不是通過黃翔那樣直接和政治對抗的手段，而是採取了文學的方式，即通過詩歌和小說來表達這種政治情緒和懷疑立場以及反抗精神。《今天》創辦第一期後七位編委中除了北島和芒克其

〔註21〕 《今天》，第 1 期，第 1～2 頁。
〔註22〕 例如當年《今天》在北京的玉淵潭公園舉行的第二次詩歌朗誦會照之第一次朗誦更具政治傾向，而 1979 年 10 月 1 日為抗議「星星畫展」被取締而遊行前芒克的發言和遊行後北島在北京市委門口被成百上千的群眾所簇擁的演講顯然更具政治衝擊力。再有如徐曉所說的「《今天》曾以與官方文學抗衡的形象，以反叛者的姿態，進入中國主流文化的格局，成為反主流的主流，因此她的影響力和意義是不容忽視的」，參見《〈今天〉與我》，《沉淪的聖殿》，新疆青少年出版社，1999 年版。李潤霞則認為《今天》是「非政治化」的「純文學立場」的刊物，而這顯然與事實相悖。參見李潤霞：《「文革」後民刊與新時期啟蒙運動——以〈啟蒙〉與〈今天〉為例》，《新詩評論》，2006 年第 1 輯。關於《今天》的研究文章可參閱柏樺：《早期民間文學場域中的傳奇與佔位考察：貴州和北京》，《今天的激情——柏樺十年文選》，上海人民出版社，2006 年版。

餘五人的退出。其分歧不僅在於這些作品自身不無強烈的與主流對抗的現代主義色彩和個人化的懷疑和反抗立場，而且也與當時的其他民刊更為激進的政治立場有關。而早在 1972 年 2 月北島在寫給友人的信中就已經表達了同《今天》的立場一樣的個人信仰和「政治」態度，「你忽略了一點，沒有細看一下你腳下的這塊信仰的基石是什麼石頭，它的特性和它的結實程度，這樣就使你失去了一個不斷進取的人所必需的支點——懷疑精神，造成不可避免的致命傷」，「我相信，有一天我也不免會有信仰，不過在站上去之前，我要像考古學家叩叩敲敲，把他研究個透徹」。在北島等人組織的第一次詩歌朗誦會上，也就是 1979 年 10 月 21 日，北島特意選擇了非常具有政治性和挑戰性的詩歌進行朗誦。《今天》的發刊詞以及將刊物命名為「今天」都帶有極強的在時代轉折點上為自己「占位」的時間進化論傾向。甚至還帶有將《今天》以及「今天」詩人的寫作與此前的寫作方式對立和割裂的時代特徵。而這種特徵顯然更為符合此後文學史對「新時期」文學的認定與評估。隨著時代語境的變更 1990 年代的詩歌民刊和七八十年代之交的民刊已經不可同日而語。由歷史語境的差異構造出的刊物和詩人的意義和價值明顯不同。

而在空間構造上考察，《今天》自誕生之日起其宣傳的重點就是西單民主牆、天安門廣場、王府井、圓明園、北沙灘文化部大院、人民文學出版社以及北京大學、清華大學、中國人民大學、北京師範大學等這樣最容易引起公眾效應的「敏感」地帶。

這些帶有政治、文化與文學象徵意義的空間顯然在當時發揮了重要作用。儘管《今天》企圖以純文學刊物的姿態出現，但富有意味的是《今天》的誕生、傳播和相關的活動卻帶有非常鮮明的「地下黨」式的極強的目的性與策略性。當這份油印的刊物以散頁的形式張貼在重要的公共空間的坐標和節點上的時候，這種特殊形式的詩歌傳播形態在當時時代的轉折點上不能不引起當時讀者甚至官方的好奇心和關注，「在一年中天黑得最早，也是北京最冷的日子裏，我在出版社門口看到幾個正在張貼油印宣傳品的青年，其中一個就是趙振開。他們蹬著平板三輪車一天內跑了幾十里路，到北京大學、清華大學張貼自辦的文學刊物。天已大黑，看不清刊物的內容，但自辦刊物這種形式本身足以使我興奮和激動」〔註 23〕。值得注意的是收藏《今天》以及

〔註 23〕徐曉：《〈今天〉與我》，《持燈的使者》，廣西師範大學出版社，2009 年版，第 46 頁。

眾多文革時期先鋒詩歌資料的趙一凡就住在朝陽門前拐棒胡同，而胡同口即是人民文學出版社。趙一凡的住所是「地下」的油印和手抄詩歌的資料庫和傳播基地，而咫尺之遙的即是國家最重要的文學出版機構。前者和後者之間的這種奇妙甚至緊張的空間關係現在看來是富有強烈而豐富的象徵意味的。這也是《今天》這樣的刊物在當時選取的一個最好的觀察角度和精神基點。位於朝陽門內大街 166 號的人民文學出版社（1958 年 1 月人民文學出版社由東四頭條 4 號文化部東院遷入現址）已經成為當代文學的一個象徵。這座五層樓高的建築儘管已經顯得有些低矮，但是因為這裡曾聚集了馮雪峰、聶紺弩、牛漢、綠原、巴人、樓適夷、嚴文井、韋君宜、秦兆陽、舒蕪、孟超、林辰、蔣路等知識分子群落（這一群落由作家、詩人、翻譯家、編輯家、評論家組成）而成為當代中國文藝運動中一個重要的公共空間。人民文學出版社作為當時最高和最具權威性的國家級文學出版機構（甚至被稱為「皇家出版社」）已經成為中國作家和知識分子心中的一個「聖殿」。這也是為什麼在1978 年多天北島和芒克等在這裡張貼剛剛油印完畢的《今天》的原因了。而北島和牛漢的詩歌交往顯然值得注意。在老一輩詩人中牛漢和蔡其矯對北島等「今天詩人」予以了相當多的關注和扶持。牛漢和北島在文革的後期結識並迅速成為忘年交，北島經常到人文社和牛漢在八里莊的家裡談詩。牛漢是為數不多的在第一時間能夠讀到北島詩作的讀者，《今天》第一期和第二期的原稿北島都曾讓牛漢過目並提建議。

　　玉淵潭公園位於北京市海淀區西三環內。文革時期曾有很多作家和名人在這裡含冤自殺，比如著名的國家隊乒乓球運動員、世界冠軍容國團就是在一個清晨穿戴一新在八一湖南岸的一個小土坡的樹林裡上弔。而就是在八一湖畔的心中空地上，北島、芒克等人在這裡進行迎接一個即將完全解凍的詩歌時代的到來。當時《今天》編輯部成員每人胸前都別著藍白相間的有機玻璃製作的徽章。當時的音響擴音等設備是徐曉從當時所在學校裡借出來的，而沒有調好的擴音器不時發出刺耳的噪音和嘶鳴。北島、芒克等「今天」詩人以及朗誦者在空地的中央，四周的草地和緩坡上是成百上千的觀眾，其中有大學生、工人、遊客、無業者、文藝青年、公安、便衣……。這裡面甚至有文革當中的學生領袖和風雲人物，還有高幹子弟，「還有一些不修邊幅、形象怪異的人。他們剃著光頭、留著絡腮鬍，穿著破舊的中式對襟小褂或發白的中山裝，光腳穿著圓口布鞋」，「他們叼著煙斗（或不叼煙斗）諱莫如深地

笑著，在他們的門徒的簇擁下活像是亂民之首」〔註24〕。當時有女孩朗誦方含的《在路上》，陳凱歌朗誦食指的《相信未來》。當江河正在面部繃緊有些緊張地朗誦自己的詩歌時，不遠處的一個女大學生正在翻越草坪的護欄。這次朗誦會現場有眾多的警察和便衣在檢察和維護秩序，這也因此更吸引了更多的年輕人參加這次朗誦會。這種自發而壯觀的「民間」場面在1990年代基本絕迹。會後，北島和芒克為了避難跑到當時陳凱歌在北京電影學院（朱辛莊）的大學宿舍並結識了田壯壯。

　　而《今天》之所以能在青年詩人、大學校園尤其是南方的校園和大學生中產生如此廣泛甚至不可思議的影響（比如于堅、韓東、柏樺、鐘鳴、王寅、陸憶敏、翟永明、歐陽江河等等代表性的「第三代」詩人）一定程度上來自於它佔據北京的空間文化上的優勢和資源。當1983年顧城要到華東師範大學中文系最大的階梯教室做詩歌講座的消息在校園和上海詩歌圈子傳開來的時候，甚至當時正在播放最受年輕人喜歡的鄧麗君歌曲的四喇叭的收錄機都被狂熱的詩歌青年扔在了一邊。而當時的陳東東和王寅故意不想參加顧城的演講可以體現出南方詩人對北京詩人的集體性的焦慮——崇拜和挑釁，嫉妒與不滿。結果卻是陳東東和王寅仍然抵擋不住巨大的誘惑，當他們從階梯教室的後門悄悄走進來的時候火熱的場面仍然出乎意料，「階梯教室裏黑鴉鴉的坐滿了人，最下面的講課區，顧城並沒站在中間，而是斜坐在邊角一張高背椅子上。日光燈的關係吧，他的臉色跟他身上那件過大的米色風衣十分接近。他在小聲說話，似乎在自言自語，離他最遠的我們一點都聽不清。我們中有人發出了不耐煩的聲響。那聲響太大，黑鴉鴉裏面很多人吃驚地回過臉來。那麼我們就趕緊撤離，耳邊刮到歷屆生阿姨的一句不滿：『格幫小赤佬啊……』」〔註25〕。而在一些南方詩人看來，《今天》的成功與《啓蒙》的失效在於前者的核心人物更為深謀遠慮，對政治懷有警覺，地理位置也占上風。在一個仍然沒有完全開放的年代裏，地理位置在當時的民刊和詩歌運動中所發揮的作用確實是有很大差別的。《今天》是北京的刊物，而北京作為與外省相對的一個權威文化空間顯然獲得了天然的優勢和話語權力。無論是王府井、天安門，還是西單民主牆顯然都成了文化和文學的坐標，「近代史

〔註24〕田曉青：《13路沿線》，《持燈的使者》，廣西師範大學出版社，2009年版，第28頁。
〔註25〕陳東東：《雜誌八十年代》，《收穫》，2008年第1期。

上，許多重大事件，在北京，要醞釀很久，而風頭，卻常常起自沒什麼醞釀過程的外省，最後，自然又在北京形成高潮和結果（例子是「五四」和「四五」運動）。在不嚴格的歷史學意義上，『朦朧詩』也應驗了這點。從規模看，『白洋淀詩群』，北京 60 年代到 70 年代的沙龍，較之外省，似乎更有說服力」〔註26〕。在 1978 年，西單民主牆成爲政治控訴的地帶，各種大字報和傳單吸引著上下班的人們和外國的記者。儘管當時人們仍穿著藍色或灰色的衣裝，但是個性和自由的氣息已經開始顯現。而張貼在這裡的《今天》作爲文學刊物顯然在眾多的政治性大字報中具有某種新奇性和特殊性。這也成爲那一年代受禁錮的人們接受和追捧這一刊物的一個重要原因。一定程度上還在於《今天》這份刊物的傳播方式以及其所負載的文學功能填補了當時日漸開放卻缺少眞正文學刺激和文學營養的眞空。精神上嗷嗷待哺的青年，剛剛走出慘烈的政治運動不久的一代人正需要這種文學的啓蒙以及自由、開放精神的叩擊。同時在一體化的公共媒體時代，這些散發著油墨清香的「民間」刊物以溫暖的方式撫慰了年青人的精神籲求。《今天》上所發表的作品，尤其是詩歌和爲數不多的小說，這些帶有現代主義特徵、理想主義情懷、浪漫主義和啓蒙立場的作品與當時校園和社會上流傳的文學作品之間仍有不小的差異。這種差異、個性和陌生化的強烈刺激在當時的語境之下更是被誇張性地呈現出來，甚至在越來越廣泛的傳播和接受過程中《今天》和「今天」詩人的這種差異、個性和陌生化被經典化、傳奇化和歷史化了。

值得注意的是每一種詩歌民刊的傳播都會有重要的「中介人」和「交通員」，比如趙一凡、周忠陵、黃貝嶺（貝嶺）、孟浪（原名孟俊浪）。黃貝嶺在北京圈子之外傳播《今天》的過程中起到了重要作用。這個留著披肩長髮、穿著相當時髦的北京青年經常大包小包的背著《今天》這樣的民刊到全國各地交流。以上海而言，陳東東、王寅、孫甘露等人都受到了黃貝嶺所攜帶的《今天》等民刊以及北方詩歌的影響，「他提起最多的名字是北島，願意以北島的發言人姿態在我們這些遠離中心的初出茅廬者面前講一些引人景仰的話。他曾語焉不詳地說起北島看我們小雜誌的反應，印象中那似乎是沒有反應。他要傳達給我們的信息是，『北島知道你們』，他覺得這對我們是鼓勵。當時，對我們這也的確是鼓勵。」〔註27〕

〔註26〕鐘鳴：《旁觀者》（第 2 卷），海南出版社，1998 年版，第 769 頁。
〔註27〕陳東東：《雜誌八十年代》，《收穫》，2008 年第 1 期。

　　相比照《今天》全國範圍的廣泛傳播，貴州的《啓蒙》就更多是「自產自銷」。儘管貴州詩人嘗試到北京等敏感地區進行傳播，但最終其傳播範圍和社會影響是有限的。而當時《今天》在中國的影響是難以相見的，幾乎成了風向標的作用。後來成名的幾個先鋒小說家如蘇童和孫甘露以及陳染、林白等最早寫詩都是程度不同地受到了北島等人的影響。當時在北京師範大學中文系上學的蘇童經中學同學王寅影響最早嘗試寫作詩歌，甚至在與王寅以及其他朋友的通信中他經常抄錄一些詩歌作品。

　　我們今天研究「今天」詩群的時候幾乎完全將視野和光環投注在北島、芒克等這幾個人身上，而曾經以青春、熱情的無私奉獻和義務勞動方式的參與過《今天》活動、刊物出版的「無名」者中只有極少數的幾個被《今天》的當事人在回憶文章中提到過名字。而更多的則可能永遠沉默於歷史冰山下的無聲漩流裏。徐曉、鄂復明、周郿英、李南等參與《今天》的人物我們已經在《沉淪的聖殿》和《持燈的使者》等書中看到了他們當年依稀的身影。而小英（崔德英）、李鴻桂（桂桂）、陳凱燕、程玉、陳彬彬、張黃萍以及其他不知名的「今天」外圍的年輕女性則幾乎被其他「今天」詩人英雄般的高大身影隱沒於歷史的黑暗之中。我們只能在少得可憐的相關回憶和敘述中看到她們極為模糊的場景和不多的細節。

　　場景之一：狹窄的房間裏一個身段苗條、穿著發白的軍上衣的漂亮女孩
　　　　　　　在爐子上煮著麵條。旁邊是芒克和嚴力〔註28〕。

　　場景之二：桂桂是一名護士，也是詩歌愛好者，她與北島在大街上的「接
　　　　　　　頭」暗號就是手裏拿一本《今天》。

　　場景之三：小英當時是北京一家國營棉紡廠的普通女工，爲了參與《今
　　　　　　　天》經常請假礦工，最後被工廠除名。後來她竟然患上精神
　　　　　　　分裂症，時至今日仍在精神病院。

　　而「今天」的廣泛傳播除了一般意義上我們經常談論的詩歌和小說等作品以及這些「今天」詩人的交遊和活動有關之外（比如北島等人曾數次到南方宣傳「今天」，即使距北京 3000 多華里的貴陽也在北島的視線之內）還在很大程度上忽視了圍繞著「今天」以及在「星星畫展」和中國繪畫史佔有一席之地的先鋒畫家們，如鍾阿城、栗庭憲、曲磊磊、周邁、王克平、馬德升、

〔註28〕田曉青：《13 路沿線》，《持燈的使者》，廣西師範大學出版社，2009 年版，第27 頁。

嚴力等人。這些先鋒畫家爲《今天》所做的插圖以及天藍色的封面（當時北島等人最初將《今天》的封面設計爲黑色，遭到印刷廠的拒絕，顯然黑色帶有更強的政治隱喻色彩）今天看來仍然具有強烈的刺激性和衝擊效果。這種比詩歌更爲直觀和形象的畫面無疑在很大程度上以更爲有力的方式成爲引領和影響當時青年人的宣傳方式。我們可以看看曲磊磊的兩個木版畫，《捆縛在我手臂上的太陽》和《我讚美祖國英雄的降臨》。高大的巨人英雄，強壯的體魄，伸展的雙臂，長城、星星、太陽、鎖鏈、嬰兒、高山都成爲那個時代最具標誌性的形象和標識。從這兩幅作品我們可以看到這些青年藝術家身上和當時的「今天」詩人一樣帶有的英雄主義和理想主義色彩。其不無張揚的啓蒙立場和精英意識是對五四以降而在建國後被長期中斷的現代主義傳統的重新接續。

同時，北島和芒克的性格和個人魅力在「今天」的傳播著也起到了不小的作用。當南方詩人鐘鳴在 1983 年第一次在歐陽江河家裏見到北島的時候，北島留給鐘鳴的印象應該在南方詩人中具有代表性，「我們開始交談。他的分寸感，很快就讓我明白，他何以會成爲佼佼者。而且會永遠隨身成爲道德的力量。他近乎枯燥的嚴肅，帶有明顯的時代特徵」〔註 29〕。在北島和芒克身上我們看到了純正的北方性格，受儒家文化的影響他們具有更強的理性精神和深厚的力量。這可以從北島一生中所有照片中幾乎同樣的不苟言笑的矜持和嚴肅的表情中可以看到。這非常像北京話與四川方言之間的巨大差異，前者更爲注重腔調和分寸感。這正體現了北京文化的委婉、謙恭和溫雅。

值得注意的是無論是從早期貴州的野鴨塘沙龍再到後來的「啓蒙」、「解凍社」、「崛起的一代」，還是更爲複雜的四川詩歌的「莽漢」、「非非」、「新傳統主義」之間的分歧和各自的「圈地運動」都呈現了南方詩人的「內訌性」、極強的個性和某些偏激的成分。實際上當時的眾多民刊都是倉促上陣並迅速夭折，不團結和短命成了這些民刊繞不過去的悲劇命運。儘管《今天》在第一期的時候也出現了分歧並且七位編委中除了北島和芒克其他人（黃銳、劉禹、陸煥興、張鵬志、孫俊世）都宣告退出，但是很快就被重新洗牌後統一得步調一致了〔註 30〕。而更爲重要的還在於在眾多的民刊中《今天》上發表

〔註 29〕鐘鳴：《旁觀者》（第 2 卷），海南出版社，1998 年版，第 815 頁。

〔註 30〕第二期《今天》的編委除了北島和芒克外，增加了周郿英、徐曉、鄂復明、陳邁平、劉念春。

的作品是第一個甚至也是唯一的被當時官方的主流刊物所接受的，如後來的
《詩刊》、《安徽文學》等都轉發過《今天》上的作品。所以，黃翔等人尷尬
的詩歌命運成了「外省」處境的象徵，即使在此過程中有詩人不遺餘力地推
捧黃翔但是仍然效果微弱〔註31〕，「黃翔最後艱難而幼稚地犧牲在他的地理
位置上，——外省詩歌變成了一場自製的政治革命，付出的嗓音和胸腔共
鳴，『死亡朗誦』不光是音量問題，也不光是農業型的赴京告狀」〔註32〕。
較之貴州這些外省詩人的急躁和急功近利的過於自我膨脹，北島等這些「今
天」詩人因為地理上的天然優勢和對北京政治和文化形勢的最為準確的理解
和把握以及冷靜的姿態而贏得了那個時代和歷史。幾次大型的詩歌朗誦會和
讀者見面會顯然在很大的程度上以特殊的方式將《今天》的影響推向了一個
高潮，也從而在更大範圍內產生影響。儘管黃翔等貴州詩人曾在70到80年
代六次進京，以大字報、朗誦、演講等形式在天安門、王府井和西單進行詩
歌宣傳，但是其後來以及在當時的影響都很難和北島們比肩。這除了《今天》
和《啓蒙》的辦刊方向以及創辦者的性格、思路的差異之外，還在於北島等
北京詩人獲得了一種天然上的地理和文化的優勢。北島等人組織的幾次大型
的公開的詩歌朗誦活動儘管也有大量的警察、便衣和安全部的人在現場「管
理」，但是每次都如期和圓滿舉行。這很大程度上在於當時的公檢法和文化
部門對北京本土詩歌和文學活動的「網開一面」，而對於像黃翔等這樣的「外
省」詩人的活動則要嚴酷得多。這從黃翔等人當時的命運遭際可以很清晰地
呈現出來。

第四節　油印機時代主導性的北方詩學

　　眾所周知，白洋淀詩群、「今天」詩人和朦朧詩潮是今天我們研究文革到
新時期先鋒詩歌的一條線索。這條線索因為其詩歌具有現代主義特徵並因其
反抗性和始終貫穿的政治和意識形態性，從而在與那個時期的詩歌美學和研
究視閾的合拍中獲得了廣泛認可。而今天看來這些詩人和詩歌都已經在不斷
經典化的合力中進入了歷史。綜觀白洋淀詩群、「今天」和「朦朧詩」，我們

〔註31〕詩人張嘉諺在與鐘鳴的信中就談到從1980年到80年代中期無論是辦《崛起》
　　　　還是1986年北京大學的首屆藝術節他都一直大力支持和宣傳黃翔，但最終都
　　　　以失望和失敗告終。
〔註32〕鐘鳴：《旁觀者》（第2卷），海南出版社，1998年版，第776頁。

可以發現有些詩人在三者中都出現過，比如芒克、北島。而這種疊加和強化顯示了這幾個爲數不多的詩人的特殊性和奇特的詩歌界地位。甚至在不短的時期內成爲南方和外省詩人觀察北京詩歌和北方詩歌的一個窗口、象徵和標尺。北島、芒克、多多、根子、顧城、江河、楊煉成爲這一譜系中的代表人物。而朦朧詩人中僅舒婷來自福建，她成爲了北方詩歌譜系中一個獨特的存在。

　　以詩歌刊物爲例，1922 年到 1949 年間大陸詩刊約略爲 110 多種，而建國後的詩刊數量卻相當少。這也在一定程度上說明了當代詩歌並非如有的研究者所說的是一個繁榮的時期。1950～1980 年間大陸詩刊僅 4 種〔註33〕，而同期的臺灣則有 30 餘種。大陸詩刊在 1980 年代以來出現了繁榮局面，而 1970 年代末期以來的詩歌民刊的數量至少有 300 種以上。在 1978 年到 1980 年由於處於特殊的政治環境的過渡時期，一些政治性的、文學性的民間刊物大量湧現。在這些詩歌民刊中上個世紀 70 年代末期出現的《今天》無疑是影響最大的。而當「第三代」詩人大多接受了《今天》的影響並且爲之鼓吹的時候，更爲晚近的 1970 年代出生的一代人卻感受到了強烈的文學史的壓抑——詩歌寫作方式和慣性話語的壓抑。因此，他們覺得有必要走出「今天」的巨大陰影爲自己命名。「70 後」詩歌民刊的繁衍創辦應該就是這種影響的結果。而從《今天》、《明天》甚至《後天》，一條清晰的時間線索暗含著某種新詩發展和生成演化的圖景也不無強烈地呈現出來。詩人和文學史家終於看到了這樣的一個事實：70 年代末期的「今天」詩群的現代主義色彩的出現、發展乃至最終進入當代詩歌史都離不開《今天》等大量的民刊的湧現。換言之「朦朧詩」一代是與《今天》等民刊直接相關的。同樣，民刊在「70 後」詩歌的發展歷程中也相當重要。誠如洪子誠所說「『民辦』的詩刊、詩報，在支持詩歌探索、發表新人的作品上，是『正式』出版刊物無法比擬的；在很大程度上成爲展現最有活力的詩歌實績的處所。」〔註34〕

　　文革時期食指的詩歌以手抄本的形式在知青們內部傳播，而後來的《今天》即可以看作手抄本和刻板油印時代詩歌傳播的又一個最典型的例子。

〔註33〕《大眾詩歌》1950 年 1 月 1 日創刊，是大陸當代最早的詩刊，《人民詩歌》1950 年 1 月 15 日創刊，《詩刊》1957 年 1 月創刊，《星星》1957 年 1 月 5 日創刊。
〔註34〕洪子誠、劉登翰：《中國當代新詩史》（修訂本），北京大學出版社，2005 年版，第 251 頁。

　　儘管《今天》已經不再是手抄本形式，但是其第一期的純手工的刻蠟版，手推式油印機，然後一次次重複的折頁、配頁、裝訂仍然是類似於手抄本的形式。《今天》第二期開始通過私人關係和出錢的方式找打字員採用打字油印的和手搖機印刷（當時《今天》編輯部花費三百多元購買）。這都以非常民間和「地下」的方式在生產和傳播著詩歌。而通過各種關係和偷梁換柱的介紹信最後在印刷廠印製的天藍色封面的鉛印《今天》則引起巨大的轟動並吸引了更多的讀者。這幾乎是當時眾多民刊中唯一的鉛印的封面，從這裡也能夠看到民間和「地下」刊物的特殊時代意義和價值，「我聞著那油墨的芳香，心裏是多麼欣慰」（《今天》的讀者來信）。但需要指出的是 90 年代的詩歌民刊和七八十年代之交的民刊是不可同日而語的，當時的《今天》、《啓蒙》和後來的《北回歸線》、《偏移》、《傾向》等由於歷史語境的差異其意義和價值明顯不同。再有一個問題 90 年代以來的民刊一般印數極少只是在很小的圈子裏傳播，而這種現象所造成的文學史效果是值得注意和探討的。

　　　　詩刊、詩集的「等級」不是以它們的質量、影響，而是以是否註冊「正式」出版作爲標誌，那是沒有道理的。我想，當代的詩歌批評和詩史寫作，應該調整這種自 50 年代以來確立的認識，質疑當代各種不合理的成文、不成文的等級劃分。從近 20 年的事實看，正是在這些「非正式」的詩集、詩刊中，存在著最爲活躍、最有創造性的詩歌因素和詩歌力量。〔註35〕

　　儘管《今天》的歷史只有兩年的時間（1978～1980），刊物只有 9 期，但是這個刊物以及「今天」詩群卻成了不斷製造「新聞」和「傳奇」的聚集地。當時北島和芒克創辦《今天》顯然就在於不可避免的政治因素，這從當時的一次激烈的帶有很強的政治色彩民刊聯誼會上芒克的簽名和北島義無反顧的支持上可以看出。發行上千份的《今天》越來越在傳播中獲得了它在北方乃至全國詩歌中的核心地位。1980 年底到 1981 年初，北島和芒克成立「今天文學研究會」，推出三期交流資料之後也被迫宣告結束。

　　1978 年 12 月 23 日已經成爲中國當代先鋒詩歌史的一個重要的時間坐標，圍繞著它一度北方詩歌成爲中國詩歌的中心所在。那時接連不斷的罕見的數場大雪爲這些詩歌「英雄」的出場渲染了足夠浪漫、傳奇和悲壯的氣氛。

〔註35〕洪子誠：《編選「新詩大系」遇到的問題》，《新詩界》（第 2 卷），新世界出版
　　　社，2002 年版，第 380 頁。

現在的《今天》以及「今天」詩人已經成為文學史敘述和研究中的「聖殿」和「神話」。甚至時至今日這種經典化的過程仍然在不斷增加熱度。北京的「今天」和河北的白洋淀一起成為先鋒詩歌源頭性的地理版圖。這不能不讓當時和後來的南方和外省詩人們望洋興歎。

　　劉禾編著的《持燈的使者》最早是由香港牛津大學出版社出版於 2001年，但是遲至 2009 年夏天才由內地出版社廣西師範大學出版社推出。這種遲到無疑增加了詩人和內地研究者對這本關於「今天」回憶和歷史敘事的期待。翻開這本書，迎面而來的插頁和書封是國內著名學者、新詩研究者和詩人們近乎無以復加的極高評價和歷史性的「定論」。洪子誠、陳思和、汪暉、唐曉渡、舒婷、王家新、韓東、歐陽江河〔註36〕、翟永明、張新穎等人對《今天》及「今天」詩人的評價是有代表性的。在這些研究者、詩人以及當下的新詩史視野中《今天》不啻於一場文學史上的造神運動和不可賡續的神話。甚至在很多人看來在二十世紀中國文學進程中似乎只有《新青年》和《新月》等極少數的刊物能夠與《今天》比肩。而「今天」作為北方先鋒詩歌的翹楚，其神話是如何發生和完成的呢？甚至這種傳奇和神話又是如何被不斷的闡釋和增加意義呢？當年由老詩人蔡其矯介紹來自閩南的舒婷進入北京的「今天」詩歌圈。這位自視由邊沿向中心靠攏的詩人的切身觀感和說法似乎是我們重新審視「今天」和北方詩歌的一個入口──「我本是鼓浪嶼海灘一枚再平常不過的貝殼，經由《今天》，帶上大海。是偶然的機緣，抑或歷史的必然，讓邊沿與中心有了聯接，我至今還不太清楚。只是在解凍與破冰時期，順應人心，發出了屬於自己的微弱聲音」〔註37〕。研究者們頻頻使用的「解凍」、「破冰」、「激情的真空」、「啟蒙」、「中心」、「開端」等這些關鍵詞在一定程度上概括了「今天」產生的背景以及由此生發的特殊的時代價值和歷史意義。確實結集在《持燈的使者》中的隨筆、回憶錄、訪談錄並非在簡單講述圍繞一份刊物、一群詩人的詩歌往事、詩歌友誼和政治年代特殊的歷史記憶，倒是在向我們展示從 60 年代一直到 80 年代中國先鋒詩歌的現象學和某種源頭性的詩歌發生史與演變史。甚至在南方詩人看來這裡展示的是對於中國當代先鋒詩歌而言北方詩歌的中心地位和主導性的文化傳統。

〔註36〕值得注意的是廣西師範大學出版社版《持燈的使者》一書的封底歐陽江河對《今天》及「今天」詩人的評價全部出於劉禾關於《持燈的使者》一書的序言，見該書2～3頁。

〔註37〕《舒婷和她的〈這也是一切〉》，《詩江南》，2010 年第 1 期。

　　值得注意的多多沒有像其他詩人參加後來的「今天」，其中重要原因之一就在於多多孤傲的性格。在多多和北島的印象裏雙方第一次見面留下的印象都是孤傲。當時經過插隊白洋淀的史康成的介紹，1972 年的一天北島去找多多。當多多從樓梯上下來的時候北島的感受是「非常傲慢的樣子」，而在多多的眼裏北島比他還傲慢，「戴著一個口罩，根本就不摘口罩下來」〔註38〕。

第五節　東四十四條胡同 76 號

　　北京東四十四條胡同（明朝稱新太倉南門，舊稱王寡婦胡同，文革時又叫紅日路十四條）76 號的這個大雜院顯然成了漢語先鋒詩歌文脈的一個重要標識。儘管這個各色人聚居合住的大雜院和北京其他的大雜院沒有什麼太大的區別，都是很容易在行人眼中被忽視的最為普通的角落，但是因之特殊時代的一批異端色彩的年青人這裡聚集和「精神密謀」而成為當代中國詩歌地理版圖上的「聖地」。

　　民居作為私人空間顯然在一個極權化的年代裏成了最後一塊能夠「做夢」和自由精神呼吸的地方。當然這種私人空間的私密性和自由度在政治高壓的年達是被嚴格限制的。這些分佈在北京城大大小小的胡同和大雜院中的民居成為那一代人僅存的精神上相互取暖的地方。宇文所安把作為家宅的私人空間稱為「私人天地（private sphere）」，「所謂的『私人天地』，是指一系列物、經驗以及活動，它們屬於一個獨立於社會天地的主體，無論那個社會天地是國家還是家庭。要創造一個私人空間，宣告溢餘和遊戲是必需的」，它「包孕在私人空間（private space）裏，而私人空間既存在於公共世界（public world）之中，又自我封閉、不受公共世界的干擾影響。」〔註39〕

　　而值得進一步深究的是北京的大雜院是否對於成長中的一代詩人和正在醞釀生成的《今天》發揮了不可替代的作用？

　　之所以《今天》能夠維持近兩年之久（1978 年 12 月至 1980 年 7 月）正得力於北京人的那種純樸、執著和某種揮之不去的「道義」感，而局促的大雜院也成為北方詩人性格的象徵。我們甚至可以在更早年代的老舍筆下看到

〔註38〕《北島訪談錄》，《持燈的使者》，廣西師範大學出版社，2009 年版，第 227 頁。

〔註39〕宇文所安：《機智與私人生活》，陳引馳、陳磊譯，《中國「中世紀「的終結》，生活・讀書・新知三聯書店，2006 年版，第 70～71 頁。

北京這種破舊、狹窄的大雜院對於原住民生活和性格的重要影響。而北島一代人就是在這樣的環境中長大的，而《今天》也是在這樣的環境裏誕生的，「房子的本身可不很高明。第一，它沒有格局。院子是東西長而南北短的一個長條，所以南北房不能相對；假若相對起來，院子便被擠成一條縫，而頗像輪船上房艙中間的走道了。南房兩間，因此，是緊靠著街門，而北房五間面對著南院牆。兩間東房是院子的東盡頭；東房北邊有塊小空地，是廁所。南院牆外是一家老香燭店的曬佛香的場院，有幾株柳樹」〔註40〕。芒克和北島則分別從不同側面呈現了北京人特有的性格——作為京城子民北京人的中心意識都比較強烈，天子腳下的優越感和自尊感以及好面子的特性。1978年冬天，北島和芒克、黃銳在喝酒之後決定辦一份刊物。在當時紙張和油印機都由機關控制的條件下，黃銳費盡周折終於搞到一個破得不行的油印機。而芒克、北島等人則偷了整整一個月的紙才湊夠了第一期《今天》的用紙。從此，東四十四條76號、船板胡同、三不老胡同、北沙灘文化部大院、13路沿線、玉淵潭、紫竹院、西單民主牆、京郊的詩人出遊聚會都成爲了《今天》「紀念碑」式的歷史記憶，成爲文學史繞不開的空間場景。這種近似於「地下工作者」的冒險行動顯然在政治剛剛解凍的年代天然具備了先鋒的性質，這也成了不折不扣的社會主義國家的先鋒文學境遇的絕好象徵，「當時他形單影隻地站在雪地裏，在看牆上貼著的一溜白紙。不遠處文化部大門站著一個持槍的哨兵。他手裏拿著一支筆和一個本。後來我在十三路車上看到過這個本子，我越過他的肩頭讀到那些陌生而奇特的詩句：卑鄙是卑鄙者的通行證，／高尚是高尚者的墓誌銘／看吧，在鍍金的天空中，／飄滿了死者彎曲的倒影……或者：黃昏。黃昏。／丁家灘是你藍色的身影。／黃昏。黃昏。／情侶的頭髮在你的肩頭飄動……」〔註41〕。傳單、油印機、密室、地下刊物的散頁、寒冷的冬天、白雪、孤獨的抄錄者、持槍的哨兵、無名的旁觀者，這一切都構成了那一特殊時代的精神象徵，也成爲那個時代文化語境最爲生動的寓言。

北島、趙南、陸煥興的家裏都曾經成爲《今天》的「編輯部」，油印的散頁在這裡被裝訂成冊。一本本天藍色封面的《今天》從這些房間和胡同被傳遞到全國各地。同時，他們的居所又成爲外地詩人落腳和聚會的特殊沙龍，「一

〔註40〕 老舍：《四世同堂》（上卷），百花文藝出版社，1979年版，第11頁。
〔註41〕 田曉青：《13路沿線》，《持燈的使者》，廣西師範大學出版社，2009年版，第21頁。

些不明來歷的外地畫家是編輯部的常客，他們不修邊幅，嗓音嘶啞而又滔滔不絕」〔註42〕。詩歌交流和作品研討在散落於北京的這些胡同和大院裏舉行，當時通宵達旦的「烏煙瘴氣」（當時聚會和參加討論的青年比拼抽煙似乎成了習慣，深夜裏那成堆閃爍的煙火和滿地的煙頭似乎已經成為了先鋒的象徵和時尚）又場面熱烈的詩歌討論也只在後來的「第三代」詩人那裏有著最後的閃現。

　　《今天》編輯部的所在地位於東四十四條西段的船板胡同。船板胡同位於東城區東南部，西北起自崇文門內大街，東南至崇文門東順城街。早年此地曾有造船廠，因故得名。當年船板胡同北面就是肅王府，建國後被北新橋襪廠佔用。船板胡同的不遠處就是北京電視設備廠（東四北大街107號），工廠斜對面是一個小酒館。小酒館旁邊就是一個胡同，胡同裏就是我們要說的這個在文學史敘述中加上著重號的東四十四條76號。當年這裡是破舊的大雜院，院子里居住著十幾戶幾十口人家，到處是搭建的廚房、矮棚、廁所。堆在牆角的垃圾箱蒼蠅亂飛，屋檐下擺放著痰盂和便盆。但就是這個北京城裏最為普通的大雜院的一個裏外兩間的東廂房，為當時普通老百姓和居委會戴紅箍的小腳老太太們所不解甚至戒備和鄙夷的「可疑分子」聚集的「傷風敗俗」之地卻是眾多詩人和藝術青年垂青的「聖地」。

　　鐵獅子胡同是北京最老的胡同之一，現改名張自忠路。鐵獅子胡同曾經是太監府、皇親府、將軍府、貝勒府、親王府、海軍陸軍部的所在地。詩人吳梅村曾在此寫過一首《田家鐵獅歌》來追挽歷史，「此時鐵獅絕可憐，兒童牽挽誰能前。橐駝磨肩牛礪角，霜摧雨蝕枯藤纏。主人已去朱扉改，眼鼻塵沙經幾載。鎖鑰無能護北門，畫圖何處歸西海？」袁世凱曾在這裡宣誓就任中華民國大總統，後又成為段祺瑞執政府所在地。被魯迅稱為「民國最黑暗的一天」的「三・一八慘案」就發生在這裡。建國後著名劇作家歐陽予倩以及詩人田間曾居住此地。當年參與《今天》的重要人物趙南的家就在鐵獅子胡同，這裡距東四十四條76號院不遠。北島和趙南曾一次次拿著一個凹凸不平的鋁鍋在清晨去胡同口不遠處的早餐店和包子鋪買飯。很多時候趙南的家裏或是東四十四條76號大雜院的那個東廂房裏是橫七豎八的借宿和喝醉酒的詩人、工人、大學生和外地來訪的青年以及外國作家、記者。趙南的家是當

〔註42〕徐曉：《〈今天〉與我》，《持燈的使者》，廣西師範大學出版社，2009年版，第59頁。

年北京大雜院中最常見的。院門是老舊的垂花門，走進院子右邊是天井和葡萄架，屋裏窗戶常年掛著窗簾。走進黑乎乎的屋子，牆角有一張單人木板床、門邊是一排沙發以及破舊的看不出顏色的碗櫃和八仙桌、嘎吱作響的老舊的木地板。房間當中是火爐和正吱吱叫響的燒開水的大鐵壺，還有牆上黃銳創作的一幅色塊斑駁的油畫以及北島從家裏拿來的磚頭式的錄音機……。這一切就是當年「文學密謀者」和精神上的波西米亞人高談闊論文學和政治的聚集地。這也成爲北島、芒克等人在這裡談情說愛的場地。如今這裡早已人去屋空，甚至隨著城市改造和拆遷我們已經很難在北京的地理版圖上再找到這些在詩人和文學史家眼裏非同尋常的地理「坐標」和精神的聚焦之地了。還是讓我們倒轉往日文學時光的發黃膠片，透過略顯神秘的大雜院深處蒙著紗簾的窗子看看當時的理想主義的文學年代裏讓人激情澎湃的場景，「人影幢幢（這些文學上的密謀者，你只是在那本油印刊物上見過他們的大名。你不禁怦然心動）……你膽怯地敲敲門，門打開了，放出煙霧和蠅群般的交談聲，一些陌生的面孔轉向你，然後失望地轉回去。你好像走錯了門，恨不得馬上抽身離去。這時，一個穿著黃呢子軍裝的青年從單人床上站起來，臉上掛著歉疚的微笑招呼你，把你從不知所措的困境中解救出來」〔註43〕。這對於當年第一次走進《今天》那些略顯神秘的院落和房間的外省青年而言不亞於一次朝聖的經歷。而那些再也無緣走進這些院落的人只能在當事人的文字中透過歷史的煙霧看到一些粗糙的輪廓，而這也使得那本天藍色的刊物和圍繞著這份刊物的詩人具有了後來者難以企及的神秘感和傳奇色彩。

芒克在1972與北島結識，後來北島曾攜當時的女友史保嘉到白洋淀拜訪芒克等詩人。透過當時的照片，兩個北方的高大的意氣風發的男人如此躊躇滿志地站在相機面前，芒克和北島的上衣口袋裏都裝著香煙。北島的右手搭在芒克的右肩，這是兄弟的信任，也是詩歌的信任。這兩個北方詩人一定程度上開啓了一個全新的詩歌時代。1978年10月，《今天》文學編輯部即告成立。芒克和北島的詩歌傳奇也從這時開始，而芒克爲此也付出了不小的代價。因爲辦《今天》芒克被工廠開除。爲了躲避麻煩，在北島等人的勸說下芒克離開北京南下。在福建等地游蕩的芒克還在鼓浪嶼與舒婷見面，此後還去了三明、泉州、安海等地。後來託人找關係芒克在北京復興醫院看大門，這個

〔註43〕田曉青：《13路沿線》，《持燈的使者》，廣西師範大學出版社，2009年版，第24頁。

臨時工一幹就是兩年。後來，芒克曾參與阿城、栗庭憲等人成立的公司，沒過多久公司也宣告倒閉。當時居無定所的芒克曾一度住在阿城家裏，阿城當時住在德勝門內大街的一簡陋平房裏。芒克在這裡與阿城等人喝最便宜的二鍋頭，抽最劣質的煙草，吃大碗的炸醬麵，寫大塊頭的詩歌。一大早上從塞外張家口和郊區來的羊群和趕路人的聲音一度成為那一時期芒克最深的印象。而在林海音的《城南舊事》中，在那些長長的駱駝隊清脆的駝鈴聲中，在那些頭戴氈帽、穿著黑色棉襖的拉煤人身上我們可以看到北京特殊的景象對這裡成長和生活的人們那種潛移默化的影響，「它們排成一長串，沉默地站著」，「它們吃草料的咀嚼的樣子，那樣醜的臉，那樣長的牙，那樣安靜的態度。它們咀嚼的時候，上牙和下牙交錯地磨來磨去，大鼻孔裏冒著熱氣，白沫子沾滿在鬍鬚上。」〔註44〕

　　一個刊物、一個群體的經典化以及歷史化認同和影響除了詩人自身的文本成就之外，這些詩人和刊物所帶有的故事性、傳奇性和民間衍生的英雄江湖氣息成為其中不可忽視的重要因素。尤其是對於「今天」而言，尤其其中幾個詩人帶有的傳奇性甚至悲劇性的命運在給人們帶來唏噓感歎的同時也在街談巷議和文壇軼事中呈現了這個詩歌群體極其特殊的意義和傳播效果，比如顧城的殺妻、自殺以及江河妻子蝌蚪的自殺。

　　芒克和北島與顧城的第一次見面是在 1979 年初。顧鄉帶著弟弟顧城到東四十四條 76 號的這個大雜院，即當時《今天》編輯部所在地。膽小、羞怯是顧城當時留給北島和芒克的印象。此後顧城開始在《今天》和北京的一些區級報刊上發表詩作，直至 80 年代新詩潮中成為風雲人物。1993 年 1 月，芒克赴德國參加柏林藝術節時住在顧城柏林寓所。幾個月之後，悲劇發生。1980 年《今天》被迫停刊。當年秋天，一度悲傷、孤獨的芒克不斷借酒澆愁。一天晚上芒克與唐曉渡等人喝酒之後大醉。芒克歪歪斜斜跑到大街上撒尿，還不斷對著空曠的北京街道發表演講，「你們說，中國有詩人嗎？」〔註45〕每次看到當年芒克、北島、唐曉渡等人的照片都能夠看到這些已經在酒桌上喝高了，一個個面紅耳赤、東倒西歪。在芒克等白洋淀、北京詩人身上十分形象地呈現了詩歌和飲酒的關係。芒克和唐曉渡曾經極其認真和煞有介事地

〔註44〕林海音：《冬陽‧童年‧駱駝隊》，《城南舊事》，同心出版社，2010 年版，第189 頁。

〔註45〕唐曉渡：《開心老芒克》，《瞧！這些人》，時代文藝出版社，2003 年版，第 181頁。

推算過，如果從 18 歲成年時開始喝酒以每天半斤白酒計算下來，三十年後是 10950 斤，40 年後是 14600 斤。而歷史竟是如此地相似！當北京的芒克和唐曉渡在探討一生能喝多少酒時，來自西南的「第三代」詩人李亞偉和馬輝也在討論這個問題〔註46〕。

第六節　新詩史敘事中經典化的《今天》

北島在不同時期的文學史敘事中經歷了從貶抑到經典化的過程，而這種轉變的複雜性和歷史性動因值得探究。無論是作為一份民刊的《今天》還是成為詩歌流派的「今天」，這些當年在一個時期的新詩史寫作中曾被貶抑和忽略的現象到了今天則成了詩歌史的「英雄」。這些詩人圍繞著《今天》的交往已經成為今天津津樂道的文學史故事甚至詩歌傳奇。這些曾經在私人間的筆記本上秘密傳抄的詩作已經成了 20 世紀中國新詩的經典範本。而這種轉變的過程及其複雜性更是生動地呈現了不同時期的文學史研究範式和多變的文化生態，「由於『文革』和階級成分，創辦《今天》的人們均無緣上大學，可不知從何年何月開始，這些平均『初中文化程度』的朦朧詩元老的名字不僅登上大學課堂，而且成為大批文科碩士和博士的論文題目。因此，所謂邊緣與中心、學院和在野的位置是可以掉換的。」〔註47〕值得糾正的是《今天》的經典化並不是從 90 年代後期開始的，早在《今天》辦刊的過程中北島等人已經預料到這份刊物在今後的歷史價值，「《今天》的性質是令人矚目的，它是在中國近代歷史的極為罕見的變革之後，由一些青年知識分子創辦的文藝刊物。這樣一份刊物的出現已經意味著它沉重的歷史份量了。」〔註48〕當年這些藍色封面的文學小冊子在後來成為新時期文學的「先聲」。

而由於歷史語境、文學史觀、書寫模式、史料挖掘等諸多因素的影響，文學史對「今天」以及「朦朧詩」的敘述曾一度處於相當大的變動之中。

1990 年代以降的「今天」研究在文化學、社會學、文本語義研究之外更為關注還原歷史和揭示歷史本相。研究者大多采用文化人類學者經常使用的

〔註46〕李亞偉：《我們在社會上執行任務》，《豪豬的詩篇》，花城出版社，2006 年版，第 237 頁。

〔註47〕廖亦武主編：《沉淪的聖殿──中國 20 世紀 70 年代地下詩歌遺照》，新疆青少年出版社，1999 年版，第 411～412 頁。

〔註48〕辛鋒：《試論〈今天〉的詩歌》，《今天》，第 6 期。

「田野作業」的方法來充分挖掘被掩埋的歷史（如民刊、詩稿、回憶錄、日記、照片、手抄本、信件、檔案等），以期在對往事細節和現象的再現中展開歷史敘述。而影響日甚的《沉淪的聖殿——中國 20 世紀 70 年代地下詩歌遺照》、《持燈的使者》、《半生爲人》、《燦爛》、《左邊——毛澤東時代的抒情詩人》、《旁觀者》、《文化大革命中的地下文學》、《中國知青文學史》等更是不斷將「今天」推向經典化的高峰。尤其是《沉淪的聖殿——中國 20 世紀 70 年代地下詩歌遺照》，其中大量的當事人的訪談、回憶錄、書信都以「鐵的事實」向世人和文學史家證實了這段詩歌往事的眞實性和不可替代的文學史價值。而書中近 200 幅涉及詩人生活、交往、活動、書信、手稿以及私人（比如當年北島的女友邵飛在北京電影學院游泳池的照片）的老照片更是以最爲眞切和鮮活的方式打通了讀者和文學史家進入當年滄桑歷史的通道。相信看到 1976 年的春天北島和老詩人蔡其矯在景山公園促膝談詩、北島等人在西單民主牆出售《今天》、北島在「星星美展」遊行結束後在北京市委門前的演講、北島和芒克與《今天》的讀者熱情的交談，1977 年夏天北島和蔡其矯在北京京郊櫻桃溝的出遊、1979 年北島等在玉淵潭、紫竹院公園舉行的詩歌朗誦、讀者見面會、1980 年舒婷到北京參加「青春詩會」時與《今天》編輯部同仁的合影，讀者都會眞切地感受到這段歷史並未遠去的鮮活與生動、可信。這些歷史煙雲深處的黑白照片喚起的不只是一代人的記憶，更爲重要的是這種類似於紀錄片式的畫面呈現爲我們勾勒了當初激動人心的詩歌往事和文壇佳話。像《沉淪的聖殿——中國 20 世紀 70 年代地下詩歌遺照》這種極巨衝擊力的文學史構造方式顯然推動了《今天》的歷史意義和經典化的過程。無論是《今天》的創刊還是被迫停刊都已經成爲中國新詩史上極具象徵性的現象和話題。而《今天》這樣一份刊物在特殊的年代不能不具有強烈的啓蒙和自由的精神，也不可避免地帶有因爲與政治和意識形態抗衡而帶有的自身的政治文化色彩。這從《今天》被迫停刊的原因〔註49〕以及在 1980 年以《今天》編輯部和「今天文學研究會」籌備會的名義油印的《致〈今天〉讀者書》中能夠非常鮮明地體現出來。這份致讀者的信不斷強調的是憲法、法制、自由、權利和人權，「我們鄭重聲明：保留在任何時候恢復《今天》出版的權利，我們認爲中華人民共和國憲法第 45 條關於出版自由的條文賦予我們這一神聖的

〔註49〕北京市公安局以 1951 年政務院《期刊登記暫行辦法》和 1980 年 7 月國家出版局根據國務院有關文件精神爲依據下達指示：《今天》未經註冊爲由不得再出版發行。

公民權利。《今天》不存在非法的問題,而是有關出版自由度和具體法令不完善。」〔註50〕

　　「朦朧詩」之所以從出現伊始就成為社會輿論關注的焦點與公議的對象,與《今天》雜誌的「同人色彩」有著很大關係。「朦朧詩」當時受到社會的熱烈關注不僅與《今天》這份同人刊物以及《詩刊》等重要的官方刊物對他們作品開綠燈有關,而且更重要的還與它獨特的「『結社』形式是有『地下沙龍』色彩有密切關係」〔註51〕。還需要強調的是《今天》的北京背景。顯然北京作為當時全國「撥亂反正」的中心以及文化象徵性在很大程度上突出了《今天》的主流地位和主導性影響。這也一定程度上「壓制」了其他民刊的影響。有研究者將《今天》及「今天」詩人的意義放在現代主義新詩發展序列中處理,如陳超在《〈今天〉及其前驅詩歌、詩人概說》指出「1978年末,北京又一個民間文學社團《今天》創刊。它的『組織基礎』乃是70年代的『白洋淀詩群』和與其關係密切的北島、江河等人。從『X小組』、『太陽縱隊』,到『白洋淀詩群』、『今天』,有一條現代詩的連續文脈可循。而《今天》的出現,標誌著中國當代文學史上第一個具有廣泛社會性影響的、成熟的現代主義傾向的詩歌群體出現」〔註52〕。而到了1980年代的「重寫」文學史的熱潮,《今天》雜誌和「今天」詩人受到新詩史和研究的青睞顯然迎合了這一時期對文革文學以及文革後的「新時期文學」的歷史想像。《今天》的重要影響、秘密交往、自由精神、叛逆大膽的詩歌活動、先鋒詩歌文本、詩人傳奇性的經歷都成為最具代表性的文學史「故事」而被不斷經典化。

　　在不同的新詩史和「朦朧詩」選本中所認定的朦朧詩人範圍的差異是很大的,尤其是在不同的歷史時期有的選本收錄朦朧詩人竟達40多個。但是對「今天」詩人的認定,如果是以圍繞《今天》並在《今天》上發表詩作為標準的話,那麼在《今天》出版的總共9期中一共出現的詩人是24位,詩作是146首。很顯然這24位「今天」詩人〔註53〕與40幾位的朦朧詩人之間的差異

〔註50〕《今天文學研究會文學資料》(之一),1980年10月(油印)。
〔註51〕孟繁華、程光煒:《中國當代文學發展史》,人民文學出版社,2004年版,第175頁。
〔註52〕陳超:《打開詩的漂流瓶——現代詩研究論集》,河北教育出版社,2003年版,第285頁。
〔註53〕這應該說是寬泛意義上的,如舉例而言,蔡其矯在《今天》上發表詩作,但是著者還沒有在任何新詩史和新詩評論中將蔡其矯看作是「今天派」詩人。而多多沒有在《今天》上發表作品卻被一些文學史和研究者認為是「今天」

是非常明顯的。所以要注意區分「朦朧詩人」與「今天詩人」的關係與區別。
很多文學史和朦朧詩選中所列舉的一些「朦朧詩人」由於與《今天》沒有關
係因而不是「今天詩人」（甚至涉及的很多詩人更嚴格意義上講卻屬於「第三
代」），如呂貴品、駱耕野、許德民、孫曉剛、韓東、西川、白馬、貝嶺、陳
東東、呂德安、王家新、馬高明、牛波、楊榴紅、駱一禾、封新成、島子、
余剛、王寅。需要強調的是黑大春參加了《今天》的活動，但是沒有在《今
天》上發表詩作，但是被相關當事人認定為「今天」詩人中年齡最小的詩人。

　　這一時期新詩史敘述先鋒詩歌的線索、變動以及範式轉換可以從這一時
期的新詩選本中得到印證。

　　唐曉渡在《在黎明的銅鏡中‧朦朧詩卷》中將「朦朧詩」分為三個時期：
濫觴期（文革時期的「地下」寫作），湧流期（《今天》創辦到 1983 年），發
散期（1983～）〔註54〕。而洪子誠和程光煒編選的《朦朧詩新編》中也體現
了這一思路。正是在此意義上，《在黎明的銅鏡中》和《朦朧詩新編》基本上
可以看作是「今天」詩派和白洋淀詩群的選本。北島、芒克、多多、根子、
方含、林莽、田曉青、齊雲、嚴力等佔有相當重要的位置。正是由於朦朧詩
的敘述向其前史階段的推移，以往文學史敘述中的朦朧詩人北島、舒婷、顧
城、江河和楊煉的經典五人模式已被打破。相應地食指、多多、芒克、根子、
林莽、方含、齊雲、田曉青、嚴力甚至黃翔、啞默都加入到了朦朧詩人的行
列中。值得注意的是在 90 年代以來的新詩史寫作以及相關研究都是從文革「地
下」詩歌，《今天》和「新詩潮」這個線索來敘述朦朧詩的〔註55〕。而在早期
的新詩史和文學史中（如張鍾、洪子誠等人的《當代中國文學概觀》〔註56〕）

　　　詩人。而多多曾表達過根本就沒有什麼「今天派」的看法。
〔註54〕謝冕、唐曉渡主編：《在黎明的銅鏡中‧朦朧詩卷》，北京師範大學出版社，
　　　1993 年版。
〔註55〕洪子誠、劉登翰的《中國當代新詩史》、程光煒的《中國當代詩歌史》等都是
　　　這一敘述線索，即使是一般的新詩研究也都注意到了朦朧詩的前史階段。詩
　　　人一平就這樣描述朦朧詩，「中國新詩潮經歷了 1967 年詩人食指（郭路生）
　　　的出現：1970～1974 年北京『地下詩群』詩人依群、馬佳、根子、芒克、多
　　　多、北島、江河、林莽、方含、嚴力……的相繼出現及於 1978 的由北島、芒
　　　克發起的文學刊物《今天》的誕生，到 1980 年『今天文學研究會』的自然解
　　　體等三個階段，中國現當代新詩發展的第一個時期已宣告完成。之後便出現
　　　了遍及全國地新詩潮運動。」參見林莽：《序〈生存與絕唱〉》，《食指黑大春
　　　現代抒情詩合集》，成都科技出版社，1993 年版，第 2 頁。
〔註56〕張鍾、洪子誠等：《當代中國文學概觀》，北京大學出版社，1986 年版。

由於史料的發掘以及其他「滯後性」因素在敘述「朦朧詩」時還不可能涉及
到食指、白洋淀詩群等「地下」寫作。而在 90 年代以降的新詩史寫作中「朦
朧詩」的前史階段被空前強調。陳仲義就認為以《今天》為發端的朦朧詩潮
竟釀成了新詩史上令人矚目的詩歌運動,「最初的源頭可以一直追溯到文革時
期北京的『沙龍』文學——70 年代初上山下鄉時期的『白洋淀詩群』,以及
1976 年天安門詩歌運動。三種自發的文學力量構成《今天》——朦朧詩潮潛
在深厚的背景土壤。它完全是土生土長的,屬於文革痛定思痛的產物,而絕
不是全盤西化的『舶來品』。」〔註57〕而徐敬亞早在寫於 1979 年 12 月 19 日
的《奇異的光——〈今天〉詩歌讀痕》就大聲疾呼「我敢假設:如果讓我編
寫中國當代文學史,在詩歌的一頁上,我要寫下幾個大字——在七十年代末
詩壇上,出現了一個文學刊物:《今天》。它放射了奇異的光。它將牽引後人」
〔註58〕。

　　值得注意的是《今天》當時的發稿原則是盡量發表「文革時的地下詩歌
作品」〔註59〕,而這種編選原則使一些詩人寫於文革後的詩作在《今天》上
發表時注明的寫作時間卻變成了文革。如食指的《瘋狗》一詩實際是寫於 1978
年,而在《今天》第 2 期發表時卻變成了 1974 年。而此後的新詩研究也大
多認為該詩是寫於 1974 年,如徐敬亞的《奇異的光——〈今天〉詩歌讀痕》
(《今天》第 9 期)、楊健的《文化大革命中的地下文學》、李楊的《當代文
學史寫作:原則、方法與可能性——從陳思和主編的〈中國當代文學史教程〉
談起》、陳思和的《試論當代文學史(1949～1976)的「潛在寫作」》、《中國
當代文學史教程》、楊鼎川的《1967:狂亂的文學年代》等等。這都給相關
的史料挖掘以及「潛在寫作」等文學史概念帶來了懷疑和否定的聲音,「以
這種『未正式出版物』重構文學史的努力,『潛在寫作』、『地下文學』的發
掘引發了持續的熱情,緩解了我們的『文學史焦慮』,然而,對致力於以這
些『潛在寫作』來改寫文學史的研究者而言,這些作品的真實性卻始終是一
個無法迴避的問題〔註60〕。

〔註57〕陳仲義:《中國朦朧詩人論》,江蘇文藝出版社,1996 年版,第 1 頁。
〔註58〕徐敬亞的《奇異的光——〈今天〉詩歌讀痕》原載于吉林大學中文系《紅葉》
　　　　第 2 期,後發表於《今天》第 9 期。
〔註59〕唐曉渡:《芒克訪談錄》,《傾向》(美國),1997 年總第 9 期
〔註60〕李楊:《當代文學史的寫作:原則、方法與可能性》,《文學評論》,2000 年第
　　　　3 期

　　需要追問的是為什麼在早期的文學史寫作中從沒出現過對文革時期的「地下」詩歌、食指、白洋淀詩群、《今天》的創辦和相關活動的敘述？這當然與史料的挖掘有關，也與不同時期的歷史敘述的歷史構造和深層動因相關。所以說歷史是被時代塑造出來的並不過分，一個時代有一個時代的詩歌史。正是在這個意義上一切歷史都是「當代史」。確實很多新詩史家和研究者都已注意到了「今天」與「朦朧詩」之間的關係，但是問題是很少有人真正思考「朦朧詩」、「今天」和文革的「地下詩歌」這些概念之間的區別和差異。而是在更多的時候將「朦朧詩派」與「今天詩派」、「朦朧詩人」與「《今天》詩人」劃等號。這實際上遮蔽了很重要的詩歌史問題，如關於「朦朧詩」的發生、命名、論爭和詩人認定等歷史性問題。在具體的文學史操作中寫作者會受到各種各樣意想不到的影響並且會出現與書寫者初衷相悖離的情況。陳仲義的《中國朦朧詩人論》在扉頁上寫著——「這是國內第一本研究朦朧詩和朦朧詩人的專著。作者潛心多年，對當代詩壇最具代表性的朦朧詩人北島、舒婷、顧城、江河、楊煉等人的生活和創作作了深入的剖析。從某種意義上說，它不僅是一部當代朦朧詩發展的簡史，也是瞭解朦朧詩和朦朧詩人的窗口」。需要說明的是這部朦朧詩「發展簡史」也是一般文學史中都出現的所謂朦朧詩人的 5 人格局（北島、舒婷、顧城、江河、楊煉），但實際上這並非是陳仲義的初衷。在《中國朦朧詩人論》後記中陳仲義無奈地道出了原委，「本書原名《今天派論稿》，考慮到詩界外人士對此名猶覺陌生，遂改成現在雖非科學，卻有較大通約性的提法。原訂計劃還要涉及芒克、多多、嚴力三人。……由於各種主客觀原因，他們在此書中只好暫付闕如。」〔註61〕儘管陳仲義沒有將這部著作命之為《今天派詩稿》，但在具體的敘述中還是自覺或不自覺地強調了《今天》和「今天」詩人的重要性，如針對某些研究者認為「朦朧詩」的意義在於其道義的光芒而非美學的光芒更多停留在社會、道德和意識層面陳仲義進行了質疑〔註62〕。他認為從《今天》開始的「朦朧詩」恰恰對建國後的 30 年詩歌美學進行了顛覆，「比較公允的提法應該是：《今天》的早期詩歌歷史地烙上強烈的社會性烙印，但並沒有全然不顧詩的本體屬性去遷就它的功利目的，隨著時間的推移，回歸與張揚本體

〔註61〕陳仲義：《中國朦朧詩人論》，江蘇文藝出版社，1996 年版，第 242 頁。需要
　　　　說明的是《中國朦朧詩人論》原名《今天派論稿》。
〔註62〕如歐陽江河的文章《受控的成長》。

的自覺愈加鮮明。」〔註63〕

　　還有一個文學史的敘事問題就是芒克與多多儘管同是白洋淀詩群的主將並且芒克還參加了《今天》的創辦，但是他們兩人在新詩史上的命運卻近乎相同。這就是二人在長時期內被埋沒與忽視。這不僅與他們在詩壇的一貫低調有關，如很少參加各種詩歌活動，更與他們的詩歌觀念甚至做人準則有關。而這也造成相當程度的他們的詩歌寫作與當時主流的詩歌寫作存在著不小的差異。多多當年在《今天》上並沒有發表詩作，各種期刊也難覓他的身影，直至 1985 年老木編選的非正式出版的《新詩潮詩集》才收入多多的詩作。多多的個人詩集《行禮：詩 38 首》至 1988 年才由灕江出版社出版。儘管芒克在 1983 年已經完成了油印詩集《陽光中的向日葵》，但這部詩集也直至 1988 年才由灕江出版社出版。就詩集的正式出版而言，多多和芒克要遠遠晚於北島、舒婷、顧城、江河等人。而在多多和芒克看來，詩人的職責就是寫出重要而優異的詩歌，而不是以此去撈得什麼名聲和資本。黃燦然認為多多的獨特性或者被眾多評論者和文學史家所忽略的原因正在於他的特立獨行，即不為詩壇的各種主義、流派甚至幫派所迷惑，「詩歌中的現象，主要體現於各種主義、流派和標籤。這些現象並非完全一無是處，其中一個好處是：它們會進一步迷惑那些迷惑人的人，也即使那些主義、流派和標籤的提出者、形成者和高舉者陷入他們自己的圈套；又會進一步吸引那些被吸引的人──把他們吸引到詩歌的核心裏去，例如一些人被吸引了，可能變成詩人。這些可能的詩人有一部分又會被捲入主義、流派和標籤的再循環，另一部分卻會慢慢培養出自己的品位，進而與那些原來就不為主義和流派所迷惑，不為標籤所規限的詩人形成一股力量，一股潛流，比較誠實地對待和比較準確地判斷詩歌。」〔註64〕在此意義上多多與芒克不屬於任何一個詩歌流派和詩歌主義。

第七節　「細節新詩史」的「北方」敘事

　　上個世紀後期見證歷史（eyewitness history）在西方史學界再度興起，這主要是因為社會變遷的速度空前加劇以及媒體空間的敞開，以往史家所認為的「歷史」可能是遙遙幾個世紀之前的事情，而在當下史家眼中的「歷史」

〔註63〕陳仲義：《中國朦朧詩人論》，江蘇文藝出版社，1996 年版，第 6 頁。
〔註64〕黃燦然：《最初的契約》，《阿姆斯特丹的河流》，北嶽文藝出版社，2000 年版，第 1 頁。

卻可能就是在昨天剛剛發生。以「當下」來認定「歷史」，史家在書寫當代史的時候就不可避免地帶有見證和親歷者的成分。而當我們回溯 20 世紀的新詩發展以及相應的各個時期的新詩史寫作，寫作者的見證身份是相當明顯的。早在 30 年代初期劉半農在《初期白話詩稿》中就道出了迫近的歷史滄桑感。而這種五四一代人的滄桑體驗也僅僅是新詩發展短短 10 餘年時間所造成的──10 年前的新詩竟已成為「古董」。這不能不使「當代」書寫歷史的行為帶有深深的焦慮感和當事人迫切希望梳理歷史的複雜心態。

> 這些稿子，都是我在民國六年至八年之間搜集起來的。當時不以搜集，只是為著好玩，並沒有什麼目的，更沒有想到過；若干年後可以變成古董。然而到了現在，竟有些像起古董來了。那一個時期中的事，在我們身當其境的人看去似乎還近在眼前，在於年紀輕一點的人，有如民國二年出生，而現在在高中或大學初年級讀書的，就不免有些渺茫。這也無怪他們，正如甲午戊戌，庚子諸大事故，都發生於我們出世以後的幾年之中，我們現在回想，也不免有些渺茫。所以有一天，我看見陳衡哲女士，向她談起要印這一部詩稿，她說：那已是三代以上的事了，我們都是三代以上的人了。〔註65〕

所以，在「當代」語境中無論是新詩史料整理還是新詩的歷史敘述都帶有不可避免的「見證者」身份。在新詩史的寫作常識中研究者往往認為寫作新詩史是新詩史家的事情，是新詩史家對以往時期新詩史現象進行整合、梳理、總結和再敘事的過程。然而一個重要的事實是當代的詩人（尤其是在 1980 年代以後）不僅直接參與了新詩史（如詩歌運動、詩會、筆會、詩歌獎、辦詩歌刊物、編輯新詩選、新詩年鑒，提出詩歌概念等），而且乾脆有的詩人自己開始了新詩史的寫作工作。而詩人眼中的新詩史和一般意義上的史家眼中的新詩史之間的差異是巨大的。這些帶有當事人身份的見證式的新詩史無論是在寫作框架、敘述模式、詩人和詩作的遴選與評定上都有著一套有別於正統的話語系統。已有研究者開始注意到了這種現象，如洪子誠和陳仲義分別在《當代詩歌史的書寫問題──以〈持燈的使者〉、〈沉淪的聖殿〉為例》和《撰寫新詩史的「多難」問題──兼及撰寫中的「個人眼光」》〔註66〕對這些

〔註65〕劉半農：《初期白話詩稿》，書目文獻出版社，1984 年版，第 2～3 頁。
〔註66〕洪子誠：《當代詩歌史的書寫問題──以〈持燈的使者〉、〈沉淪的聖殿〉為例》，《文學與歷史敘述》，河南大學出版社，2005 年版。陳仲義：《撰寫新詩史的「多難」問題──兼及撰寫中的「個人眼光」》，《詩探索》，2005 年第三輯（理

所謂的見證式（細節）新詩史文本進行了分析與探討，「它們沒有使用概括性的描述語言，沒有設立明確的作家作品『經典』排列次序；而這些都是通常的文學史的基本特徵。總之，既不全面，也不系統，不那麼『嚴謹』和『科學』。」〔註67〕

　　近年出版的細節新詩史〔註68〕主要有廖亦武主編的《沉淪的聖殿——中國20世紀70年代地下詩歌遺照》、劉禾的《持燈的使者》、柏樺的《左邊——毛澤東時代的抒情詩人》（今天文學叢書之一）、楊黎的《燦爛：第三代人的寫作和生活》，鐘鳴三卷本的《旁觀者》，另外陳蔚的《中國詩歌考察：1998～2001》、徐曉的《半生爲人》等也具有寬泛意義上的細節新詩史特徵。當然如果以目前傳統的對文學史著作的認識，這些是很難歸入到文學史寫作（「大歷史」）當中去的。正如洪子誠在分析《沉淪的聖殿》和《持燈的使者》所指出的這是一種意義不容忽視的「邊緣化的文學史寫作」。這些帶有見證色彩的邊緣化的敘述被看作新詩史敘事是有其道理的。這些細節新詩史的寫作者基本都具有當事人的親歷者身份，對於各自的那段新詩發展歷史也較爲熟悉。他們提供了很多一般新詩史寫作和研究中沒有提及的重要歷史細節和相關一手資料。而這些新詩史由於與教科書和正統新詩史在體例和方法上大有差異，所以它們的面目都呈現出了日常的、散漫的、質感的、細節的、鮮活的、生動的、跟蹤式的特徵。歷史的複雜性和偶然性在這些碎片一樣的文字中凸顯出來。這些另類的或邊緣的新詩史敘述大都是由對當事人的訪談以及回憶文章組成，更像是回憶性隨筆的結集或資料彙編。但是由於書寫者都有著相當強烈的文學史意識並且一定程度上修復了被以往的文學史所遮蔽和遺漏的歷史眞實和一些細節，而成爲帶有邊緣化性質的新詩史寫作模式。

　　這些細節新詩史尤爲強調歷史細節和資料的眞實性，從而使敘述帶有鮮明的現場感和眞切的細節化。這是一般意義上的新詩史書寫所不可能做到的，「『強調細節和資料性』是《持燈》（也包括《聖殿》）的特徵。『質感』的、『細節化』敘述，有助於凸現歷史的『現場感』，呈現被抽象概括遺漏、

論卷）。

〔註67〕洪子誠：《當代詩歌史的書寫問題——以〈持燈的使者〉、〈沉淪的聖殿〉爲例》，《文學與歷史敘述》，河南大學出版社，2005年版，第308頁。

〔註68〕這些帶有見證色彩並提供大量新詩史細節的新詩史著作由於多爲當事人的回憶和評說，所以在文體上更接近於隨筆和回憶錄。所以從傳統的文學史寫作體例來看，這會引起一些學者的疑問。

遮蔽的情景，包括具體的思緒、情感、氛圍等因素。這對於以文學（詩歌）為對象的歷史寫作來說，尤為重要。著重處理個體感性經驗的文學（詩歌），對它所做的歷史描述則一律走去除感性細節之路，總是一個需要反省的問題」〔註69〕。這些感性而生動的文字顛覆了以往歷史敘述的條分縷析、體大慮周的敘述格局。這種開放的充滿張力的衝突可感的文本讓讀者看到了歷史的另一側面。或者按照葛兆光的說法是對被歷史敘述中「減法」原則所遺漏部分的強調和重視。一個印象是這些當事人的回憶、歷史細節、照片資料都似乎在說明其中所敘述歷史的真實性和客觀性。確實，這種見證式的敘述提供了其他新詩史著述所不能提供的歷史的獨特一面。但是問題是這些當事人性質的細節歷史就完全是歷史的原貌和真相嗎？是否歷史的親歷者最有資格、最有可能呈現「真實」的歷史圖景？

　　講述已經或將被遺忘的歷史事實和經驗無疑是親歷者們的基本職責，但是如果由此認為沒有親歷歷史的人就沒有資格對歷史發言或者這種發言的可信度和重要性就會降低或受到疑問就未免偏頗了。同時還值得注意的是親歷者（尤其是詩人）由於個人趣味、性格特點、認知結構、觀感的個人性、交往的局部性以及與相關詩人和活動的親疏遠近而會形成另一種層面上的主觀傾向性甚至顯而易見的缺陷，「要警惕歷史記憶中強大的情感因素的作用。它可能是一種透視『歷史』的契機，但也可能是一種『毒素』。最大的可能是，在歷史意見中導致狹隘、固執和專斷，導致非理性的盲目破壞。」〔註70〕所以在歷史研究中在注意到細節新詩史能夠接近歷史情境的重要性和不可替代性的同時，同樣也應該警惕當事人在回憶歷史時個人主觀感情膨脹對客觀性的妨礙，或者因當事人對一些事情的避諱而有意忽略了其他一些重要的歷史細節。我們當然可以用各種說法來指出或指責這些細節新詩史的弊端和局限，但是我們關注的應該是如何看待這些見證式的新詩史文本的特殊價值。這些細節新詩史寫作給整個新詩史寫作和研究帶來的是積極作用和影響。而這些非正統的新詩史寫作的意義就是對以往宏大歷史敘述中所遺漏的大量歷史細節的強調，更富有現場感，而對某一時期的略顯散漫的詩歌史敘述在一定意義上更能顯現歷史煙雲中的詩人和詩歌活動的原生態狀況。發生的歷史

〔註69〕洪子誠：《當代詩歌史的書寫問題——以〈持燈的使者〉、〈沉淪的聖殿〉為例》，《文學與歷史敘述》，河南大學出版社，2005年版，第310頁。
〔註70〕洪子誠：《當代文學史寫作及相關問題的通信》，《文學評論》，2002年第3期。

有時並非就是後來歷史敘述中那樣的條分縷析和邏輯分明。這都是對傳統意義上的新詩史寫作模式的一種有益補充和參照。

在《今天》創刊 20 週年（1998 年）之際，劉禾的《持燈的使者》集合了重要當事人的回憶文字和訪談的「細節新詩史」由香港牛津大學出版社出版。這本有關《今天》和「今天派」詩人的回憶錄和訪談就是「細節新詩史」中的代表。這部細節新詩史的重要性在於它讓新詩研究者和新詩史家反思文學史寫作的範圍、模式和方法。而另外一個更值得關注的問題就是這部「細節新詩史」對「北方」詩歌的歷史性敘事呈現了怎樣的特點或者問題？

《持燈的使者》中所囊括的文章主要有兩部分。一部分是《今天》雜誌在海外復刊後於 1991 年開始設立「今天舊話」欄目中所發表的文章，另一部分是使用了《沉淪的聖殿》裏面的 10 幾篇訪談錄和當事人的回憶錄〔註71〕。它看起來更像是當事人回憶往事的資料彙編，很難和一般意義上的新詩史和文學史寫作聯繫起來。而問題恰恰在於這部書讓我們思考什麼是文學史寫作？從當代新詩史的角度來看《持燈的使者》所提供的大量史料對於解讀食指、北島、多多、芒克、舒婷等詩人的寫作以及《今天》的「成長史」都是相當重要的。但顯然編者劉禾並不希望此書的價值僅僅定位在文獻資料彙編上，這本集子更像是一種自覺的新詩史寫作嘗試。即《持燈的使者》與正統新詩史寫作的關係應該倒過來看，不是《持燈的使者》僅僅為新詩史寫作提供一些文獻資料，而是迫使文學史家重新思考文學史寫作的本體問題。所以在這個意義上《持燈的使者》所代表的是一種非正統的歷史寫作方式，「這種寫作與正統文學史不同，它不以歌功頌德為己任，不以樹立經典為目標，而是抱著誠實的、懷疑的態度去審視過去，因此它的敘事是輕鬆自然的（儘管所涉及的話題並不那麼輕鬆）、開放的、而不急於下什麼結論。在這裡，著名詩人和普通人之間的界限是模糊的，他們之間的交往是純粹的，沒有摻入文學之外的功利因素」〔註72〕。其實劉禾所提出的這個問題並不是一個新問題。

〔註71〕 這些文章是：第一編《昨天》：齊簡《詩的往事》，田曉青《13 路沿線》，徐曉《〈今天〉與我》，鄭先《未完成的篇章》，多多《1970～1978 北京的地下詩壇》，北島《彭剛》，宋海泉《白洋淀瑣憶》，舒婷《生活、書籍與詩》，阿城《昨天今天或今天昨天》，何京頡《心中的郭路生》，戈小麗《郭路生在杏花村》，崔衛平《郭路生》，徐曉《永遠的五月》。第二編《今天說昨天》：《北島訪談錄》、《芒克訪談錄》、《彭剛、芒克訪談錄》、《鄂復明訪談錄》、《李南訪談錄》、《馬佳訪談錄》、《林莽訪談錄》、《王捷訪談錄》。附錄：《今天編輯部活動大事記》。

〔註72〕 劉禾主編：《持燈的使者》，香港牛津大學出版社，2001 年版，第 XVI～XVII 頁。

很早就有研究者認爲《中國新文學大系》（尤其是第一個十年）的每一篇導言都是相當出色的文學史敘述。劉禾因此上也是以此作爲切入點和歷史參照進行闡釋，「《中國新文學大系》在這個意義上其實是拯救了五四文學，迄今爲止，正統的現代文學史依舊離不開《大系》最初設立的規則和選目、以及它講述的關於現代文學的故事」〔註73〕。確實第一個十年的新文學大系和文學史的關係值得重新思考——不是大系爲文學史提供必要的資料，而是它自身即是文學史寫作——如作品和作家的遴選，評價和編選體系。如果我們承認劉禾所說的話是正確的並且毫不懷疑《持燈的使者》是一部另類或邊緣的新詩史時，我們就會驚訝地發現很多與那些正統的新詩史不同的部分是如何新奇地出現在歷史敘述的地平線上。有些細節對於我們瞭解「地下」詩歌的發生與傳播尤其是《今天》的相關情況都相當重要，而這曾在80年代的「朦朧詩」論爭和新詩史寫作中被一再遮蔽。這部關於北方的「地下」詩歌寫作和《今天》相關情況的新詩史敘述是如何被結構和聯繫起來的呢？確然，以往被忽視或因種種原因不能處理的歷史細節和鮮活肌質被呈現出來。白洋淀、杏花村、北京東四十四條76號《今天》編輯部、東城區前拐棒胡同11號趙一凡的住所，由這些歷史地帶擴展開來的正是一代詩人在那個時代寫作的整體氛圍，而這也是我們瞭解這段詩歌歷史的必經入口。在新詩史寫作中一些相當敏感的話題被提出來，如食指當時詩歌傳播範圍與影響、白洋淀詩群是否是被誇大和塑造出來的經典等問題。而《持燈的使者》正是以大量而翔實的資料和歷史細節回答了這些問題。如關於食指詩歌當時的傳播範圍到底有多大，食指的詩歌影響是何種程度，「食指（郭路生）從北京到山西汾陽縣杏花村插隊期間，他的詩歌很快傳遍全國、不但在陝西內蒙廣爲傳抄，還傳到遙遠的黑龍江建設兵團和雲南兵團（獨立於大眾傳媒的如此廣泛迅速的長途傳播現象、值得認眞對待）。戈小麗說杏花村一時成了詩聖朝拜地」〔註74〕。在「今天」詩人中北島、多多和芒克等人以及和食指有過直接或間接接觸的人都談到了當年食指詩歌的影響。這並非像有些研究者所認爲的食指的詩歌只是在很小的範圍內傳播並產生有限的影響。當然這也並不意味著這些當事人的知情敘述就完全是歷史的眞相。

〔註73〕劉禾主編：《持燈的使者》，香港牛津大學出版社，2001年版，第ⅪX～ⅩⅩ頁。

〔註74〕劉禾主編：《持燈的使者》，香港牛津大學出版社，2001年版，第Ⅻ頁。

　　另外的一個頗有爭議的問題是「地下」詩歌的歷史敘事為什麼歷史偏偏選擇了白洋淀詩群卻沒有選擇貴州詩人群？為什麼偏偏選中了食指和北島卻忽略了黃翔和啞默？

　　張明在《沉淪的聖殿》的《後記》中就曾提到由於種種原因刪而掉了黃翔的文章《三次進京有感》〔註75〕。由於複雜的政治原因照之白洋淀詩群，貴州詩人群確實一定程度被忽略。但是一個重要問題是白洋淀詩群的較為廣泛的交遊、傳播和影響都比後者更明顯也更具有代表性。而白洋淀詩群受到新詩史的青睞與當年《今天》的活動以及詩人之間的特殊的交往遊歷和詩歌傳播方式不無關係。而一般文學史研究往往比較看重作家、作品和文學潮流，儘管偶爾也觸及作家與作家、作品與作品之間的交換活動，但這些活動往往是被放在形形色色的作家論和思潮論的框架底下討論的，而不把交往和游離作為文學發展的必要條件來看待。而「今天」的新詩史意義正在於詩人或詩歌在遊歷的形式和背景下不但是一個有趣的現象，而且是理解70年代前後「地下」詩歌的關鍵環節。這種遊歷「不僅在特定歷史條件下構成必不可少的傳播手段，它根本上是創作的源泉、出發點。『遊歷』作為一個動態的概念，有助於我們發現一些通常被正統文學史的框架所遮蔽的現象，比如個人、社會和作品之間究竟是怎樣互動的。地下文學這方面表現得尤其突出，但地面文學未必不是這樣，只是『遊歷』的形式要細加分辨，另當別論」〔註76〕。廖亦武主編的《沉淪的聖殿──中國20世紀70年代地下詩歌遺照》也是重要的細節新詩史，其影響甚至比《持燈的使者》要更廣更深。很多新詩史在敘述「地下」詩歌時大多以此為參照。《〈今天〉的創刊及黃金時期》談到了當代新詩史寫作為什麼偏偏選擇了《今天》而沒有選擇其他的民刊尤其是《啟蒙》的個中原因。原因之一就是《今天》在短短的兩年時間裏，通過朗誦會，作者、讀者、編者交流會，各民刊聯誼會以及同各界群眾和讀者的通信聯絡產生了比其他民刊更廣泛的社會影響。再者廖亦武談到曾經有朋友建議他對與《今天》同時期的民刊作一個全貌式的介紹，並特別提到貴州詩人和他們的「啟蒙社」。而廖亦武認為光收集這些民刊資料就得花費幾年時間，而至於為什麼「重」《今天》而「輕」《啟蒙》則完全是因為《今天》的前後線索比

<hr>

〔註75〕廖亦武主編：《沉淪的聖殿──中國20世紀70年代地下詩歌遺照》，新疆青少年出版社，1999年版，第498頁。
〔註76〕劉禾主編：《持燈的使者》，香港牛津大學出版社，2001年版，第ⅩⅢ～ⅪⅤ頁。

《啓蒙》顯得清晰並且與「朦朧詩」血肉相連。當然廖亦武並沒由此就認爲「啓蒙」社不重要，「如果將來，有人能提供相當的歷史物證，展示《啓蒙》和《今天》相等的重要性，我們將虛心地修訂這個觀點。歷史對某一階段政治、文化現象的淘汰是很無情的，在激烈競爭的民刊潮中留下來的，除了眾所周知的意義，還得力於《今天》幕後的大批文學志願者。」〔註77〕

　　《沉淪的聖殿》與《持燈的使者》都是由回憶錄和訪談組成，並且其中所收集的文章也有重合交叉之處。但二者在對當代詩歌歷史的理解和具體編排體例上既有相近之處也有不同。事實上《持燈的使者》更多還是對《今天》雜誌以及「今天」詩人的關注，而《沉淪的聖殿》不論是所涉及的新詩史範圍還是編者的史家眼光以及文章的編排方式上顯然比《持燈的使者》更系統、更完整、也更爲整體性地呈現了相關的詩歌史面貌。儘管編選者廖亦武並沒有將這部書定位爲新詩斷代史，但是事實上他是完成了這一任務並且不失出色。他不僅在這部書中提供了大量的甚至有些是首次披露的史料，如《今天》編輯部活動大事記和《今天》編輯部出版發行刊物總目都具有著相當的新詩史研究價值，而且在新詩史的敘述方式上也是一個有益的嘗試。歷史在這裡被重新審視，被挖掘和發現的新詩史實使那些主流的「表揚體」文學史的書寫者自慚形穢。廖亦武認爲當年的「朦朧詩」論爭曾使六七十年代的「地下」詩歌長期被埋沒，而《沉淪的聖殿》所展示的恰恰不是海面上壯觀的藝術殘骸（時過境遷的詩歌、小說、理論結集），也不是被商品觀念所操縱的公眾普遍認可的歷史評傳或通俗演義，也不單是一本由圖片、手稿、信件、刊物、編目、便條組成的資料集。而當事者的回憶、說明、論證及對當事者的採訪都必不可少，「這樣才能一點點填補遺忘眞空，部分恢復歷史細節（歷史肌肉）的彈性」〔註78〕。《沉淪的聖殿》的副標題「20世紀70年代中國地下詩歌遺照」正呈現了斷代史的面貌（圖文式的見證史）。也正如廖亦武所說由於自己並非當事人所以優勢在於能夠避開歷史糾纏（構成那個時代的若干個人恩怨）而保持一種客觀和公正的態度，既身處其中又身處其外。

　　《沉淪的聖殿》共六章，分別涉及20世紀70年代的「地下」讀書活動、文藝沙龍和詩歌小組，郭路生的開啓和引導性的詩歌寫作，趙一凡在新詩史

〔註77〕廖亦武主編：《沉淪的聖殿——中國20世紀70年代地下詩歌遺照》，新疆青少年出版社，1999年版，第322～324頁。

〔註78〕廖亦武主編：《沉淪的聖殿——中國20世紀70年代地下詩歌遺照》，新疆青少年出版社，1999年版，第3頁。

料收集上的巨大貢獻，白洋淀詩歌江湖，《今天》的創辦以及相關活動。而將這些詩歌活動有機地串聯起來恰恰呈現出六七十年代「地下」詩歌的歷史狀貌。編者在每章開頭的概述性的文字也體現了這些活動之間的歷史關聯，從而避免了全書成為零碎而雜亂資料的堆積。林莽認為《沉淪的聖殿》有別於一般新詩史的重要性就在於以一種不同於官方的邊緣姿勢呈現了長期被遮蔽的歷史的真實，「中國這個詩歌史，多少年來都是非常模糊的。所謂『官方』的敘述，很多是歪曲了的。而中國真正的文學是一股潛流。這股潛流可能是真正介入文學命運的東西，它起著推動歷史發展的作用。」〔註79〕第二章「平民詩人郭路生」部分涉及郭路生、戈小麗、何京頡、李恒久、崔衛平、林莽等人的文章。這些文字呈現了郭路生對於當時乃至後來的「今天」詩人的重要影響。郭路生在當下的新詩史敘述中基本上已經成了一個詩歌英雄和經典。但是郭路生的詩之所以流傳並在歷史的挖掘中沒有被埋葬反而被彰顯，不只是食指自己的因素，而是同時代的見證人一起參加了這個歷史塑造的過程。食指的很多詩作連他本人都忘記了但卻靠朋友和讀者而幸運地流傳下來。李恒久在《路生與我》中談到自己背誦詩人詩作的情況，「那兩篇詩（指郭路生在 1968 年春在北海公園給李恒久朗誦的《書簡》兩首，引者注）他後來再也沒有收藏。在那動亂的、誰也不知今後將是怎樣的日子裏，為了使這些珍貴詩篇不致散失，也是由於我對郭路生詩歌的深摯的愛，我把他當時已創作的大部分詩作統統背誦了下來（大約有 38 首），牢牢地藏在了誰也無法奪去的記憶中。」〔註80〕第四章「從白洋淀到北京的詩歌江湖」基本上是對白洋淀詩群的挖掘與歷史敘述並且這種敘述的結果深深影響了此後當代新詩史寫作思路和格局。食指和白洋淀詩群成了新詩史寫作中繞不開的話題，甚至成了衡量一部文學史的一個必備的指標。這些當事人的相關文章〔註81〕使

〔註79〕廖亦武主編：《沉淪的聖殿——中國 20 世紀 70 年代地下詩歌遺照》，新疆青少年出版社，1999 年版，第 282 頁。

〔註80〕廖亦武主編：《沉淪的聖殿——中國 20 世紀 70 年代地下詩歌遺照》，新疆青少年出版社，1999 年版，第 83 頁。

〔註81〕《彭剛、芒克訪談錄》、多多的《被埋葬的中國詩人（1972～1978）》、周舵的《當年最好的朋友》、《馬佳訪談錄》、宋海泉的《白洋淀瑣記》、齊簡的《到對岸去》、甘鐵生的《春季白洋淀》、白青的《昔日重來》、嚴力的《我也與白洋淀沾點邊》、《林莽訪談錄》、舒婷的《生活、書籍與詩》、彭剛的《第一九七六年》等。

在長時間的新詩史研究中被忽略的白洋淀詩群崛起於歷史地表，並且在此後的新詩史寫作中成為津津樂道的話題。周舵在《當年最好的朋友》中的一段話值得注意：「1972年，毛頭（指多多，引者注）忽然寫起詩來，讓我大吃一驚。他們那個大淀頭村竟然冒出三位大詩人（毛頭之外還有芒克和根子），這種成批生產詩人的農村公社，恐怕舉世罕見。個中原委，遵照早已交代的『為尊者諱為朋友隱』的原則，我不便多言」〔註82〕。可見即使是當事人的敘述，歷史的某些部分也只能永遠沉默在冰山之下。第五章、第六章都是關於《今天》雜誌及其相關活動的，如第五章「《今天》的創刊及黃金時期」，第六章「《今天》詩人的社會活動及影響」〔註83〕。由此我們可以看到一條清晰的文學史線索：「地下」沙龍——食指——白洋淀詩群——《今天》——「朦朧詩」。而這基本上成為當今新詩史敘述這段詩歌發展的基本框架。

此外，《今天》的參與者徐曉所撰寫的《半生為人》則可以看作是對《今天》的一種專題史的描述。其中的《永遠的五月》、《無題往事》、《荒蕪青春路》、《有一個人的存在讓我不安》、《穿越世界的旅行》、《精神流亡者的重訪》、《路呵路，飄滿了紅罌粟》、《與久違的讀者重逢》等文章對與《今天》有密切關係的趙一凡、北島、芒克、周郿英、嚴力、李南等人進行了相當細緻的敘寫。這也讓讀者感歎歷史的真實面貌到底是怎樣的，「是對歷史的禮讚，還是對逝者的悲悼？是對一代人的反思，還是對自我的救贖？你無法定義徐曉的寫作，如同你無法定義人、歲月和生活。人類試圖解開時代與人生之謎的努力足以匯成一條大河，但對當代中國人來說，徐曉關注的支流特別重要」〔註84〕。這種對歷史「支流」的關注確實在一定程度上改變了歷史敘事的慣常流向。同樣，本書也對趙一凡在收集文革史料上所做出的常人難以想像的艱苦努力做了細緻描述，這可以與《沉淪的聖殿》的相關部分互相參照。在徐曉這裡她對北島的敘述佔有相當的比重。而尤為重要的是徐曉談到了北島寫於1973年而定稿於1978年的《回答》一詩的修改情況。根據徐曉證實《回答》寫於1973年，「北京曾有一個『文革』詩歌研究者向我詢問《回答》的寫作時間，想要證實此詩不是寫於一九七三年而是寫於一九七八年。

〔註82〕廖亦武主編：《沉淪的聖殿——中國20世紀70年代地下詩歌遺照》，新疆青少年出版社，1999年版，第211頁。
〔註83〕327～496頁，佔據全書篇幅的1/3還多。
〔註84〕徐曉：《半生為人》封底，同心出版社，2005年版。

我想，此人的目的是想證明誰是詩壇的『霸主』，對此我無法提供確鑿的證據，也毫無興趣。但我相信不管詩寫於何時，詩所表達的思想卻是由來已久的」〔註85〕。同樣是對「地下」詩歌寫作情況的歷史回顧與講述，徐曉認為用「民間」比「地下」一詞更為準確，「詩，就這樣創作並流傳著。詩人，就是這樣在郊遊與交流中成長。寫作一直不是秘密的，在民間社會公開傳閱，公開朗誦，只是沒有機會公開發表。有不少人使用『地下文學』這個概念來表述那時的創作，我認為，與其強調其『地下』性質，不如強調其『民間』性質更加準確。」〔註86〕

　　一個相關的問題是在諸多文學史中「民間」、「地下」、「邊緣」立場和敘述姿態越來越受到重視並得以張揚，然而這種過程也是對以相應的官方、公開、主流的文學立場的排擠和輕視為前提的。當研究者將眼光更多地投向那些所謂的歷史黑暗中的邊緣之物並反覆挖掘的同時，與之相對的其它的文學史現象在歷史敘述中的合理位置是什麼？值不值得敘述？應該怎樣進行敘述？當代詩歌史寫作是否應該確立一種本質化、排他性的詩歌經典遴選和重構、評價的標準還是應該持更為包容性和相對主義色彩的敘述方式？這都是值得重視和思考的問題。

〔註85〕徐曉：《半生為人》封底，同心出版社，2005年版，第146頁。
〔註86〕徐曉：《半生為人》封底，同心出版社，2005年版，第219頁。